U0691804

中国专业作家作品典藏文库

中国专业作家作品典藏文库

王棵卷

乘歌声之翼

CHENG
GESHENG
ZHI YI

王棵／著

中国文史出版社

目 录

在水之涘

一

这条河真是安稳啊，船都不必拴在竹篙上，就可以一动不动地停在河边。

跟天气有一点点关系。夏天里的这一天没有风，河像是睡着了，从里到外没有一丝波动。倒是有三两只蝉，要挨杀似的，用自己声音的极限叫喊。那又能怎样呢？叫得再大声，河水也不跟它们一般见识，愣就是端住了架子，不愿给出一丝涟漪。就像是，后来的人再用力呼喊，也无法喊回历史的素颜。

船是老松木做的，分为前、中、后舱，前舱和中舱之间还有一个狭窄的夹舱，四个舱加起来十来米，这就是这种木船的长度。后舱是船主一家的起居室，两边用木板固定住，上面搭着拱形的防雨篷。现在这种船已经很少见了，若对它好奇，可以去通城博物馆，那儿有一条这种船的标本。

"过去是铜匠和篾匠等手艺人外出做生意用的"，这是通城博物馆对这种木船用途的解释。在距离现在的通城正东二十公里的王家园，这种船是用来弄鱼的。弄鱼这种手段，似乎是王家园及周边几个自然村落所独有的。这个"弄"字，听着有戏弄的意思，但其实是没有的，仅仅是一个方言而已。大家都那么穷苦，哪来的闲心思去戏弄鱼？不过，这个弄鱼的手段，跟广义上的捕鱼，还是有些不同。

到底是种什么样的手段呢？关于这个，通城博物馆并没有介绍过。换句话说，还没有人觉得，这种奇特的捕鱼手段、这个在很长一段时间里让通城东部某些乡村的百姓得以活下来的生计、这门现在几将失传的捕鱼技艺，其实是应该尽快进博物馆的。

弄鱼这种手段的独特，首先来自器材的别具一格。

简单说来，这套器材由四个器物构成。一、卡：这是用一种极柔韧的毛竹制成的针状粗细、牙签形、可以捏成"U"形而绝不会折断的东西；二、芦圈：这是一种可以套在"U"的端口的东西，由晒干的芦苇剪成，大小正好可以使那般大小的"卡"固定成"U"；三、饵：它是用麸面调和了香油烤制而成，再切成正好可以塞满"U"身体的条状物；四、线：这线很长，确保可以在其中系上几百个由"卡"和芦圈、饵三者构成的钓具，每个钓具之间相隔一米半的距离。

不用的时候，这根装满"U"的、长达数千米的线就借助于一种十分难以驾驭的技巧，叠放在竹制的卡盘上。要弄鱼了，就借助于一种同样十分难以驾驭的技巧，把卡盘里系满了"U"的线一小段一小段地放入河中。

现在是一九四三年夏天。这条安静的河里，停着的是旁金家的船。旁金是个七岁的小男孩。所以，准确讲这条船是王万用家的。王万用是旁金的父亲。

这是夏天下午两三点钟，王万用不在船上。他上岸已经半个时辰了。王万用每次在这条河上岸，都要花去整整一个时辰，才会回到船上来。就是说，旁金现在还有半个时辰的时间自己在这儿待着。

旁金此刻并不在船舱里，他站在船头的浅水里，一动都不动。他的手里拿着个渔叉。前方数米远处有一群鲫鱼正在水面上欢快地嬉戏，旁金在等待在一个时机，好把渔叉掷过去。

前面的鱼群全体朝着一个中心扑了过去。这是因为旁金向那儿扔过去了几只鱼饵。站在这边的旁金看着已经聚集成一团的鱼群，握着渔叉的手开始做准备。他就这样两只手一前一后地用力地握着渔叉竿，确保渔叉长短不等的五个铁刺稳固、准确地指着鱼群的方向。接下来，他要奋力将渔叉向鱼群掷过去。

这条河真是安稳啊。鱼们被这种安稳迷惑了，欢快地扑打在一起。如果它们的身上像人类一样长有发声器官，此刻河面上就会有它们歌唱、大笑和七嘴八舌嗔怪彼此的声音。

动物们似乎总是活在一种亢奋的快乐中，越是低等的动物，越容易亢奋和快乐起来。在王家园，夏、秋两季，旁金还经常在竹竿上系一根线，线下面系一条蚯蚓，去那些茂盛的庄稼地和草窝里钓田鸡。旁金提着线，使蚯蚓在庄稼和草窝里抖动，附近的田鸡就会跳近来，欢快地咬蚯蚓，直到它们被旁金钓上来。

鱼、田鸡，它们都欢快地扑腾着、跳着，单一地亢奋着，即便在最后的一刻，它们离死亡仅有一步之遥了，也不懂得停止它们的亢奋与欢乐。

3

其实是因为它们那时并不知道，死亡仅仅离它们一步之遥。

旁金每次把渔叉对准鱼、把蚯蚓用钓竿放进田地，心里都会打一阵了鼓。他会像王家园里的妇女们那样，悄悄地念一句"阿弥陀佛"，才能松下一口气，再继续他的下一步。阿弥陀佛是什么意思，那些妇女为什么念它，这个旁金并不懂。这并不妨碍他在心里打鼓的时候用心地念它。

现在旁金在心里念了一句"阿弥陀佛"，把渔叉掷了出去。渔叉扎在了鱼群正中间的水面上，一条鱼被铁刺扎中，其他的鱼四散逃开了。一时间，那一片水面上，就只剩下了混乱、惊惶与乱糟糟的扑打。整条河的宁静都不见了。

旁金快速地把渔叉收回来。叉到的那条鱼在铁刺间最后挣扎了一下，死了。旁金又念了一句阿弥陀佛，爬上船。在船上，他将鱼取下来，又跳到中舱拿到刀具，准备杀鱼。杀完鱼，他要把它煮到锅里去，这是他和王万用今天的晚餐。王万用回来的时候，鱼应该已经在锅里煮好了。

河岸上有一片高而密的玉米地，没有风的这一天，玉米秆一直是静止的，现在，它们中的几棵晃动了起来，伴随着细碎的响声。旁金一惊，王万用今天提前回来了。

旁金连忙把杀到一半的鱼扔进河里，迅速收拾了船舱里的鱼鳞，将菜刀洗干净放到原位，把渔叉藏入舱底的隔板下。接着旁金在后舱坐好，看着岸上，等着王万用出现在他的视野里。然而旁金眼睛的余光却看到，那条死鱼在河里浮了起来。旁金是不能让王万用看到这条死鱼的，因为王万用不让旁金叉鱼。至于王万用为什么不让旁金叉鱼，这个旁金也想不明白。难道王万用觉得这河里鱼的数量是恒定的，叉了一条，他就会少卡一条鱼？

旁金挺身跳入河中，握住鱼把它塞到脚底下。刚完成这一系列的动作，王万用已经在河岸上了。看得出来，他今天特别满意，浑身上下一股吃饱喝足的满意劲儿。远远看到旁金站在水里，王万用就喊：

"旁金，我跟你讲过几次了，一个人的辰光不允许下水。水鬼最欢喜吃小囡，你想给水鬼吃掉哇？"

旁金感觉到自己的脚掌已经完全被河床里淤积的软泥裹住了，这说明那条死鱼已经被他踩进了淤泥中。旁金就放心地把那只脚从淤泥里拔出来，灵巧地爬上了船。

旁金坐在后舱与中舱之间的船棱上，身体朝外，晃着两条腿涮洗着脚，不跟王万用说话。王万用像是有轻功一样，轻身一跃，就来到了前舱，而后他踩着狭窄的船棱来到旁金这儿。

"看看这两天头上有没起虱子！"

王万用扒开旁金头上的小辫，开始翻找。

旁金从出生到现在就没剪过头发。他头上这条小辫拆开了能有一尺长。王家园里只有旁金一个小孩留小辫，这说明他父母太喜爱他了。谁家都不会像王万用夫妻那样宠旁金。旁金上面有八个姐姐，到他这儿，才是男孩，王万用夫妻不喜爱旁金才怪。"扎辫子，活到一百岁！"每次，旁金的姆妈在旁金要求剪掉这根小辫时，就这么给他解释。"到十岁就剪！"旁金的姆妈又这么向旁金承诺。

但是旁金本人厌恶这条小辫。"旁金旁金，你是个女的。""旁金旁金，你都七岁了，为啥胎毛都没有剃哪？""旁金旁金，男的扎小辫长大了鸡鸡变成螺蛳卷。"王家园的小孩经常这样拿旁金的小辫奚落他。

现在旁金不情愿地配合着王万用帮他掏蚤的动作。在此过程中，他闻到了王万用身上女人的气味。看来，王万用今天在那个女人身上是用了大力气了。

王万用这次跟旁金离开王家园出来弄鱼，每隔三四天，都要到这条河里来停一下，上岸去，到那个女人家里，待一个时辰，再回船上来。那个女人比旁金的姆妈年轻，三十来岁，她男人在外地当雇佣兵，一年到头难得回家一趟，王万用是上去卖鱼的时候跟她勾搭上的。旁金不能想象，如果姆妈知道王万用跟别的女人胡搞，她会不会寻死。可是王万用每次出来弄鱼，都会找到一个合适的女人胡搞，如果因为王万用胡搞就寻死，旁金的姆妈不得死过好几次了？

"这两天你还蛮干净的哩！"

王万用没有找到一只蚤子。他放开了旁金，跳到了前舱，提起竹篙。

竹篙往河床上用力一撑，船就飞了起来。旁金在快速漂移的木船上看到，刚才停船的位置，水面上一阵气泡翻涌，紧接着那条死鱼浮了起来。

幸亏它这会儿才浮起来，没有叫王万用看见。

旁金看到船两边开始有鱼欢快地跳跃，有一条鱼跃出水面并横向跳过了船，落到了船另一面的水里。旁金想起在上海拉黄包车的小舅给他讲过的鱼跃龙门的故事。河里的这些鱼把这条船当成一个龙门了吗？

这些鱼何以会那么快乐呢？难道快乐真的是这些低级动物唯一的本能？

二

王万用和旁金这次出来弄鱼，已经有一个月了。在这一个月里，旁金总结出王万用停船的一个规律。除开上岸卖鱼必须随机停船之外，王万用固定会在三个地方停船。

第一个地方就是刚才那条河。那上面，有一个王万用要去私会的女人。第二个地方，是一个尼姑庵。当然，那个尼姑庵在另一条河的上面。尼姑庵里住着一个中年尼姑。那个地方，王万用是每隔一个礼拜会停靠一次。

王万用第二次在那个停靠点停船的时候，旁金看着向岸上走过去的王万用，以及他前方尼姑庵青色的屋顶，心里面又打起鼓来。他去那个尼姑庵干什么呢?

王万用在那条河上跟那个女人胡搞的劣迹，让旁金无法不想到同样的事情。

阿弥陀佛啊，想到会是这个事情，旁金连着在心里把"阿弥陀佛"念了三下。

说不定哪天，旁金就会跟王万用干一仗。

然而这次旁金是错怪王万用了。第三次在这条河上停下来的时候，旁金跟着王万用去了尼姑庵。远远地，旁金看到尼姑庵的大门敞得大大的，王万用拍掉身上的灰进了大门，就在正对大门的一个菩萨像前面跪了下来。

原来王万用像任何一个穷苦的人一样，到这儿来拜菩萨的。

这次出来弄鱼第五天，王万用在尼姑庵附近一个村子里卖鱼，听说了这个尼姑庵，说是这儿的菩萨特别灵，庵里的那位女尼，简直是神仙下凡，算得到人们的前身后世。对于升官发财、生老病死这样的事，女尼掐算起来也是轻车熟路。王万用在那个村子里听到这个消息后，万分激动，后面就每隔一个礼拜到把船停到这儿，过来跪拜一次，顺便跟女师父问点事情。"我这趟子出来弄鱼，赚得到今天秋冬一家人的粮饭钱哇？""我婆娘的痨病今年又犯了，我这趟子出来弄鱼，她在家里挺尸，半死不活了。她这次能活过来吗？""我还想生个男小囡，菩萨答应吗？"有时候，他也会像很多外面跑回来的男人一样，关心起时政来。"听说我们的部队也蛮厉害喽，日本人打得跑吗？"

现在，旁金和王万用又把船撑到尼姑庵下那条河了。这次旁金说他也想去。

"你去干啥？"王万用问。

"我有事情要问一问菩萨。"

"一个小囡，晓得啥叫菩萨？"

旁金不想告诉王万用他心里的想法。他跟那个女人胡搞的事情，让旁金对他产生了反感，这种反感在旁金需要对王万用说不的时候，就会跳到心头来。

就这样，旁金带着反感，跟随王万用来到了尼姑庵。这天庵子里人比平日多。七八个人就蹲在庵子的廊檐下面，听女尼给他们讲事情。女尼比旁金的姆妈年纪略长，四五十岁的样子，看上去清清瘦瘦，一张白洁的脸，眼睛很亮，用官话说话，一点土音都没有。旁金觉得这女尼跟他见过的任何妇女都不同。他挨着女尼蹲下来，听她说话。

"……上个月，美军决定攻打马绍尔群岛了，我相信，美军一定胜券在握。只要中美英三国联合起来对日作战，日军投降就是早晚的事情。我相信，这一天的到来，为时不远了。"

女尼说出来的，都不是平常人能说出来的话，可见绝非凡人。旁金如听天书。虽然旁金从学会说话的那一年起，就一直会零星听王家园的人谈及日本人，但他真正见到日本人，也只是一次。那是去年冬天，乡公所一个当官的带着两个日本兵骑着三轮摩托去保长家办什么事情，经过了王家园东边的大土路。较真说，旁金那次连那日本人的长相都没看清，其实并不算真正见过日本人。还有一两次，旁金在王家园一棵树下面听几个壮年男子历数民国二十七年日本人攻进通城后在这个地区杀了几次人、做了多少坏事，但他们说到的那些地方，旁金感觉离自己很遥远，就没太有心情听下去。旁金还好几次听说，离王家园有十几里地的一个镇上，驻有一支日本人的队伍，一两百人的样子。但那也只是听说而已。到底这些人是怎么回事，旁金还是一头雾水。总的来说，七岁的旁金对日本人知道得太少了。那么现在，这女尼说的什么"马绍尔群岛""美军""中美英联合"，旁金更加没有办法听明白了。

相比旁金这种小孩，大人们对日本人还是有兴趣的，只不过，他们的兴趣要在他们刚好能够得着的地方。马绍尔群岛他们是够不着的，但譬如离王家园十几里地的那个镇子上的日本人部队，他们的联想能力就够得着。他们就问女尼附近日本人的动静。

"前几天，日本人在我们旁边的那个镇上搞了一次'清乡'，杀掉了几十个人，有一户人家，四口人，全部都给日本人杀死了呀，里面还有一个女的是有身子的，肚子里的小囡一道给捅死了。""我也听说了啊。吓死人！""日本人会到我们这边来清乡吗？"

大家其实最关心的是最末的那个问题，便纷纷用期待的目光向女尼望去，仿佛这女尼真的就是神仙再世。女尼却突然不说话了。仿佛这里面藏有日本人的奸细，她说了不中听的话，会给她带来祸端似的。蹲在地上的王万用先识趣地改换了话题：

"师父，给我看个相吧。"

"施主这次想看什么？"

"财运嘛，师父你是上次给我看过的。你说今年我的财运蛮好的，这次出来弄鱼，准保赚得到今年秋冬两季的粮饭钱。"王万用想了想，突然小声地说，"今天嘛，给我算个吉凶吧。"

旁金好奇王万用为什么要算吉凶。女尼似乎跟旁金有同样的疑惑，她目光炯炯，对王万用的脸凝视了颇长时间，长长地叹了一口气，说：

"施主，你带着个孩子漂泊在外，凡事都要小心谨慎。我特别要提醒你的是，不该去的地方，不要去！"

王万用惊惶地躲开女尼的注视，结结巴巴地说，"谢谢师父！谢谢师父！我晓得了，晓得了。"

旁金在一旁偷窥着王万用的惊惶，觉得这女尼真是无所不知。她一定是看到了旁金跟那个女人胡搞的事情。这样一来，旁金就把女尼对王万用的警告，当成她在帮他的姆妈报仇了。旁金感激地望着女尼。女尼注意到了旁金，笑着问：

"这位小施主，你是想说什么吗？"

旁金其实想问，每次他把渔叉掷向鱼群前的那一刻、把蚯蚓用钓竿放到田地上看到田鸡欢快地跳过来的那一刻，他心里突然会打起鼓来，有什么办法可以不让心里打鼓。这种打鼓的感觉，是不太舒服的。就是在那一刻，胸口像被一个东西堵住了，很闷，吸气和呼气都很困难的难受感觉，旁金想解决这个问题。

但是旁金突然就不想问了。一来，这一问，会暴露他背着王万用叉鱼这件事；二来，旁金认为，这无所不知的女尼应该能看出他的心声，不需要他自行说出口来。于是，旁金就沉默地瞪大了眼睛，望着女尼。女尼与旁金眼神交汇了良久，把头转向王万用。

"施主，你儿子先天孱弱。他是不是心脏不太好？"

王万用点了一下头，又摇了一下头。"是打小身子就不太好。不过，心脏好不好，我就不晓得了，没有查过，到哪里去查都不晓得。"

女尼说："如果我没猜错的话，孩子妈怀他的时候，身体不太好吧？"

王万用连连点头。旁金的姆妈生了第五胎后，就得了痨病，隔年复发一次。生旁金的时候，她病刚好。这女尼果真的神啊，这世上就没有她不知道的事。旁金敬畏地看着女尼。这时女尼把目光转向旁金，旁金就听到了她柔美的建言：

"孩子，来，你试试像我这样——"

女尼正了正上半身，闭上眼睛，双手合十。旁金看到她深深地吸了一口气，又缓缓地把气吐了出来。旁金心领神会，跟着她做了一次，果然觉得身体舒畅多了。旁金在跟着女尼做完了一次这个动作后，感激地望着女尼。他无疑认为女尼是跟他心灵相通，她是在教他下次遇到心里面打鼓的情况，他该怎么做。

对！下次他就这样：深深吸一口气，再慢慢把气吐出来。再这样吸，再这样吐。多做几次，胸口就会停止打鼓。

三

在接下来的两天里，旁金跟着王万用撑着船从这条河到那条河，从那条河又去了别的一条河，在一条一条的河里，旁金一边帮着王万用穿卡、放卡，一边就一次又一次回想女尼教他的那个动作，吸气、呼气，再吸、再呼。在做着这动作的时候，旁金会一遍一遍地觉得，那女尼知道这个世界的一切秘密。

这么一想，旁金感觉苦闷的卡鱼生活有了盼头。这个盼头就是，每隔一个礼拜，旁金就可以跟着王万用去那尼姑庵一次，旁金可以在那儿问尼姑他所想知道的事情、想解决的问题。

现在离再次去那尼姑庵还有几天，旁金要先应付另一个问题，就是这次出来弄鱼，王万用不是固定会在三个地方停船吗？前面两个地方有了，那第三个地方呢？这第三个地方又是怎么回事？

旁金和王万用以及他们家的木船现在停靠在这第三个地方了。这是一条看起来特别孤冷的河。这河给人带来孤冷的感觉，是由四个原因造成的：一个是，从这河上看去，河岸上面不见一个房子。也就是说，它好像是远离人烟的。第二个原因：它似乎是一条半死的河。即：它有一个端头，是不与别的河连通的。这河里没有水流。每次旁金看到它的时候，这河面上只有粼粼的波纹。加上水很清澈，河面上就显得一片沉寂。第三个原因：河岸之上，是密密的玉米地。仲夏时分的玉米秆又高又壮，这些高壮、浓密的玉米秆把这条河遮挡得像是亘古不曾有人来过的样子。第四个原因：到这河上，王万

12

用通常把船停在一个拱桥下，这个桥显得孤零零的，上面还长有杂草，远远看，一副凄苦、衰败的样子。

固定停靠的三个地方，就这个地方，停靠得最频繁，往往是两天就停过来一次。然而，每次停在这儿的至少一个时辰的时间里，旁金一个人待在船上，是从来没有见过有人来这儿的，真是一个孤冷的地方啊。

王万用每次到了这儿之后，就迅速把夹舱里的鱼抓到一个水桶里，并在水桶里放些水，然后提着水桶上去卖鱼去了。是啊，王万用几乎每隔两天来这儿一次，是为了卖鱼。仿佛这上面，有一个最大的买家。可是，这上面荒无人烟的，看不出有大买家的感觉。王万用偏偏把这儿选作最为重要的卖鱼点，真是难以理喻。

旁金自然是心里面存着这样的疑惑的。他甚至想，是不是王万用在这上面的某个地方，又找了一个女人，而他显然不想让旁金知道，所以每次到这儿就说是去卖鱼。可是不对啊，明明王万用每次回来的时候水桶都是空的，还拎着一个鼓鼓的小布袋，布袋里装满可能是法币、江淮币或其他某种旁金不认识的纸币，有时候甚至会有银圆，显然是卖掉了鱼而且是卖了好价的啊。要么，这上面是一个大户人家的女人，每次都顺便把鱼买下了？

有一次，旁金在王万用拎着鱼桶上岸两分钟后，偷偷跟了上来。但是旁金刚走到桥头，就被王万用发现了。

"你上来做啥？赶紧到船里去！"王万用很不高兴地呵斥。

"我想跟你一起去卖鱼。"

"哪个要你一起去？你在船里穿卡，不然我卖完鱼回来，就没有穿好的卡朝河里下了。"

旁金只好强行将好奇压到心底，回头往船上走。王万用这样说了，旁金仍然要跟过去的话，那就是一个不懂事的孩子了，不是吗？每天往河里下的卡越多，弄上来的鱼就越多，这趟出来弄鱼挣的钱就越多，旁金少穿一次卡，就少赚一份钱。

但是旁金还是无法真正按捺住心里的好奇。这真的太令人迷惑了，上面到底是一个什么样的人家，或者说是个什么样的村子，可以每次让王万用把鱼全卖光，而且绝对卖出一个很好的价？于是，另外的一次，旁金又跟了上去。很不幸，这次又被王万用发现了。

王万用就站在那茂密的玉米地间的小路上，大声训斥旁金。旁金这次是铁了心要跟过去了。王万用实在没有办法，就拿日本人来吓唬旁金。从旁金两岁学会说话开始，他就要不停受到这样的吓唬。他几乎是被这样的话吓大的。"日本人来了！"王家园里的人总是这样吓旁金这样的小孩。

"我去卖鱼的那个村子，离那儿没有多远，有一个日本人的部队。"现在，王万用说。

"你是说你每次在这儿上去卖鱼，会碰到日本人？"旁金紧张地问。

"还真的碰到过。"

"他们没把你怎么样吗？"

"我是大人，跑得快，远处来了日本人，我就赶紧朝田里跑，躲到庄稼下面去。你一个小囡，跑得哪有大人那么快？你要是跟我一起上去，万一又碰到日本人，到时候你跑得慢，来不及躲起来，给日本人抓了，怎么办？"

"我跑得不比你慢多少。"

14

"总是要比我慢呀。"王万用急得要打旁金，"你跑得慢，被日本人抓走的不但是你，连我也会被日本人抓走。"

王万用最末的这个话非常有效。旁金可不想做一个连累父亲丢了性命的小孩，那样太蠢了。就这样，接下来每次王万用上去卖鱼，旁金就一个人乖乖地待在这河上。

现在旁金又要展示他的秘密绝技了。他把底舱夹板下的渔叉取出来，小心地站到了河上的浅水里。这河水太清澈了，连鱼都不敢在这儿出没。旁金在这样的河里叉鱼，是不会有什么战绩的。旁金就在浅水里站了一会儿，无趣地把渔叉收回到底舱，在船上呆坐。

突然旁金脖子上一阵疼痛。旁金下意识地伸手去护脖子，手掌却也疼痛起来。旁金吃惊地打开手掌，看到一个黄绿相间的洋辣子从手掌心里掉了下来。原来是这东西。旁金再抬头一看，正好在停船的这个位置上面的河岸，有一棵榆树。洋辣子是从榆树上掉下来的。

旁金恼火地看着落在船舱里的洋辣子。这东西此刻怒张着有毒的绒刺，静静地躺在那儿，与旁金对峙。旁金没来由想起那些天性快乐的鱼和田鸡，这洋辣子与它们迥然不同，一副伺机进攻的恶棍样子。

旁金愤怒地拿过来一只草鞋，拍死了它。

四

现在王万用把船停到那第一个固定停靠点了。和那天不同，今天有风。河水摇晃着，水里的金鱼藻和细而长的蕴草，随着水的摇

15

晃在水里多姿地摇曳着。旁金把目光从一棵摇曳的水蕴草上移开，直到把它停落在河岸上一丛玉米秆上。

几分钟前，王万用刚刚从那儿走过去。当然，他是去幽会那个女人了。

旁金从后舱里爬起来，像一个杂技高手一样踩过细窄的船边，走过中舱、夹舱，一直走到前舱的顶端，再从前舱同样沿着船边走到后舱。船下水的摇晃与旁金踩踏船体的动作，使得船剧烈地摇晃起来。旁金差点从船边上掉下来。后来他钻进后舱，躺在凉席上想，王万用会跟那个女人干什么呢？

这是他特别想不明白的地方。这个不明白令旁金对王万用如此乐此不疲地去找那个女人幽会这件事，更加地难以理解。他实在不明白王万用到底有什么必要这么做。

旁金就是这样什么也想不明白地躺在后舱里，最终这些无解带来的郁闷全部变成了对王万用的抵触。旁金想，他早晚要跟王万用干一仗的。

这时船身发出一阵震颤。旁金吓了一跳，一骨碌从凉席上爬了起来，下意识地钻出了防雨篷。旁金被眼前的情景惊呆了：

刚才船体的突然震动，是王万用的原因，是他从岸上跳到前舱的动作。此刻，他站在前舱顶端的踏板上，一只手远远地伸出去，而手的尽头，就在那个岸上，站着一个身段秀挺的女人，无疑就是那个女人了。

"我哪里敢跳呀！"那个女人嘴上这么说，语气里全是兴奋。

"你不敢跳，要我抱你上来哇？"

"你要抱我，我拦得了你呀？"

"你到船里来，我好好抱你。你不来，我就不抱你。"

"你这个人！"

"来嘛！抓我的手，脚轻轻一抬，不就跳上来了嘛？"

"好的呀，我试试看。"

女人的手就抓住了王万用的手。王万用顺势一拉，女人尖叫了一声的同时，不得不使劲往前一跃，就这样站在了船上。船体因为女人刚才那个笨拙的跳跃动作颠簸起来。眼看着女人就要被这船的力气甩下船，王万用一把抱住她，与她一起跌到了船舱里。这突如其来的劫后余生的感觉，令女人激动，她咯咯大笑，停不下来。王万用跟着女人一起笑了。一男一女就这样搂抱在船舱里，笑成了一团。旁金冷漠地蹲坐在后舱这儿，看着他们因快乐而颤动的肩背，有一刹那，旁金觉得这两个善于给自己找乐子的人跟水里那些只会乱开心的傻鱼没有什么两样。

王万用和女人同时想到了旁金，动作十分一致地猛地把头向后舱转了过来。就这样，他二人的目光跟旁金的怒视碰撞在了一起。女人有点不安，赶紧从王万用怀里挣脱出来。王万用却生了旁金的气。

"你在那儿干啥？"

"我一直就在船里。"旁金顶嘴。

这是旁金此生第一次跟王万用顶嘴。

"喔哟！"王万用像是才知道旁金是他儿子，没有不在船上的理由似的，潦草地看了旁金一眼，把手举起来，指着玉米地，说，"旁金，过了这块玉米地，前面一棵梨树，你不是欢喜吃梨子吗？你去那儿摘梨子吧，多摘一点，吃好几天。"

旁金简直要被王万用气死了。他不用上去就能知道，上面根本没有梨树。这兵荒马乱的年头，除了河岸边的玉米地，就没有几块长得好的庄稼地，庄稼都长不好，哪来的梨？王万用分明就是想把旁金支走，好让他跟这个女人安心在船上胡搞。旁金对王万用的愤怒到达了有史以来的最高点，他恶声恶气地回应道：

"你就不怕上面有日本人把我抓走吗？"

王万用一怔，但是他知道这是旁金的气话。他笑了起来，指了指船前方的一片水域：

"看得到哇？那儿有一片菱角，说不定已经有菱角长出来了。菱角好吃得不得了，快点去摘菱角。"

"我不欢喜吃菱角。"

旁金继续顶嘴。

王万用就没有办法了，和女人互相看了一眼。

女人就有点不高兴了："我回去了。"

说着女人就要站起来，她才动了一下，船就晃得厉害，一下子，她就要跌倒下来了。王万用就趁势抱住她，温柔地说："不要走嘛！"

女人就假装赌气地嘟起嘴，看了一眼旁金，意思是："他就是不走，怎么办？"

王万用也是没有办法了，就这样和女人浅浅地抱着，坐在前舱里。

旁金突然发现自己的手搁在了舱底的隔板上，那下面就藏着他的渔叉。他看着自己的手悄悄地把隔板掀上来一点，渔叉露出了铁刺的尖头。旁金垂下眼帘，盯着那尖头，脑子里想象着渔叉刺中这个女人的画面。这个画面在他脑中一闪而过，因为旁金被自己的想

18

象吓到了，胸口以前所未有的强度打起鼓来。旁金暗念了一句"阿弥陀佛"，突然想起了那女尼说的那个方法，于是闭了眼睛，深吸一口气，再慢慢呼出来，再来一次。就这样，胸口那个鼓消失了。旁金决定下船去叉鱼，他迅速抓出渔叉跳上了岸。

船上的王万用愕然地看着已经来到岸上的旁金手里的渔叉。

这渔叉是什么时候在船上的呢？旁金居然带了渔叉跟他出来弄鱼？王万用对此竟一无所知。他有点气愤。但时间来不及了，因为那个女人的男人原本在外地一个军阀的自卫队当兵，这个月那军阀迫于某些压力把自卫队解散了，他只好回家了，这就是王万用今天没有跟这个女人在她家里搞的原因。现在他们只有半个时辰的时间在这船上亲热一下。王万用冲着旁金沿着河滩走去的身影喊了一句"不要走远了，旁金！"就把女人拉进了后舱，把防雨篷上面一层的芦席拉低了，直到遮住了后舱。然后，远处河滩上的旁金往这边看的时候，就只能看到船的震晃了。

旁金的想象力无法告诉他，此刻后舱里的这对成年男女到底在干什么，但是从那里传出来的他们愉悦的声音，让旁金知道他们是快活的。旁金在河滩上坐下来，目光从摇晃的船体那儿收过来，落到了近处的水面上。那儿有三条鱼，另有一片漂浮的树叶，鱼们争夺着树叶，却又在眼看着咬住树叶的时候飞快地逃开。突然，一条鱼又奋力游过来，用脑袋往另一条鱼身上顶了一下，这另一条鱼就开始追赶顶它的这位，于是两条鱼在河里飞快地穿行起来，树叶旁的第三条鱼想起什么似的，向它们追了过去。

仿佛对这三条鱼来说，整个世界在突然之间只剩下那种纯粹而难以理喻的快乐了。旁金对此感到生气。他抬起头，看到那儿有两棵杨树。杨树和榆树上的洋辣子最多了。旁金兴奋起来，快步上岸折了一片玉米叶子，再向那杨树奔去。

几分钟后，旁金手里托着已经变成一团的那片玉米叶子，来到了船前。现在，叶子里面多了一只壮硕的洋辣子。旁金本想多弄几只，但怕那女人受不了。

好了，现在旁金要开始用他的方法收拾那个女人了。他站在船头，高喊：

"日本人来啦！"

船体最大幅度地摇晃了起来，紧接着，垂下的芦席被从里面推开，王万用和女人一边穿衣服一边从后舱里走出来。

"日本人在哪里？"

王万用看着面无表情的旁金问。

旁金趁着他们慌乱蹿出来的时间，已经把那洋辣子放进了女人的衣服里。现在，他懒得回答王万用，只想等着看到女人穿上衣服后跳来跳去、大喊大叫的样子，就像那些傻瓜鲫鱼一样。没需要旁金等太久，刚把衣服套到身上的女人按照旁金为她设置的剧本跳了起来，叫了起来。

"哎呀！哎呀！"

王万用赶紧帮女人查找衣服里的东西。他看到了那只已经被女人的身体挤出浆汁的半死洋辣子。王万用手上老茧多，他不怕洋辣子。他抓起它来，扔到河岸上。他又跳到那儿，抬脚一下一下地踩踏它。很快，洋辣子化成一摊浆汁，融进了湿软的土里。旁金就站在河滩上，冷眼看着王万用和女人跳来跳去，胡乱发出声音。

算起来，他们这次在外面漂泊了已经有四十一天了。按着王万用的计划，他们满六十天，就带着赚得差不多的钱，回到王家园。旁金有一个姐姐今年到出嫁年纪了，他们这趟出来之所以不是惯常的一个月，而是六十天，是因为王万用必须为旁金的大姐多挣一笔嫁妆钱。虽然是兵荒马乱的年代，该做的事情还是要做，就像虽然穷苦，但出来弄鱼该找女人寻欢作乐，还是要找。若想体面地嫁出女儿，就多少是要置办些嫁妆的，那些都是钱。这是王万用的心理世界。

四十一天到六十天，按王万用来找这个女人的频率，他们还要到这条河上停靠五至六次。不知道后面旁金还有没有可能像今天这样整治到这个女人。

五

"说！为啥带渔叉出来？"

王万用开始了对旁金长达两天的审问。之所以要那么长时间，是因为旁金拒绝开口。但是王万用这次一定要审出个所以然来。

"你是从啥时候开始学会叉鱼的？""哪个教你学的叉鱼？""你晓不晓得，我不在的时候，你一个小囡在河里叉鱼，脚一滑，就到深水里去了，你给水鬼吃掉了，我和你姆妈怎么办？我和你姆妈生了八个丫头才生到你这么一个男小囡。""你见过我叉鱼吗？没见过不是吗？我为啥不叉鱼？因为叉鱼在我这儿是不被允许的，我一再告诉你不要学叉鱼，你为啥要背地里偷偷摸摸学？"王万用的诸多问题，旁金一概不回答。对于一个跟野女人胡搞的父亲，他失去了得到儿子敬重的必然性，他的权威地位在旁金心里早就不存在了。

"为啥不能叉鱼？"旁金反问王万用。

这个问题困扰他好几年了，从他的手拿得动渔叉，这个问题就在困扰他了。

王万用忽地颓唐起来，仿佛这个问题让他受到了打击。他不再审问旁金了。过了一天，他们停在了那固定停靠的第二个地点。接下来王万用跪在尼姑庵里，说了一通怪话，旁金在旁边听。这之后，旁金依稀弄明白王万用，以及王家园的大多数的成年男人，为什么排斥叉鱼了。

他们觉得，他们的这辈子，经他们的手而死的鱼太多太多了。可是，他们出去放卡，把鱼一条一条地卡上来，再卖给河岸上的人，那真是没有办法。就这么一个能赚钱的本事啊，如果不这样，一家人都得饿死吧？这样的杀生，真的是没有办法才做的。

但是叉鱼就不一样，他们既然有卡鱼的技能，叉鱼就是不必要的杀生。所以王万用他们坚决不叉鱼。仿佛，不叉鱼是为了让心里的忏悔减少一点。

"你今天是来忏悔的。"那女尼最后端起神龛上的一杯水，用指尖蘸了点水，在王万用额头上点了一下。"只要知道忏悔，就没事了。所以，施主你莫要想太多了。"

什么叫忏悔呢？旁金对这个不太懂。但是他想起每次叉鱼、钓田鸡时胸口打鼓的感觉，就有点明白忏悔是种什么感觉了。

旁金跟着王万用离开尼姑庵，回到船上。王万用从岸上抓了一把干草来，用火柴点着了，嘴上说："河神，船上没有香，我回到家那天就补回来给你多烧几炷香。"一边说，一边就跪下来，向烧着的干草磕了一个头，"河神，原谅我小囡不懂规矩啊！"他自己磕完了，就拉旁金过来也磕了一个，旁金不情不愿地磕了，他心里面不能原谅王万用。

一想到王万用三四天要私会一次那个女人，旁金心里就愤懑不已。

六

旁金要跟踪王万用了。他一定要弄清楚，在那个两天一去的停靠点，王万用上岸后，到底去了哪儿。离这段漂泊的弄鱼时光结束，就只剩下十几天了，如果旁金再不想办法弄清楚王万用的这个秘密，他怕是没有机会知道了。

旁金正处于什么都想知道的年纪。这个世界那么多的秘密，它们吊着旁金的胃口，旁金常常感觉到来自它们的强烈吸引。

现在旁金躲躲闪闪地跟着王万用离开了河岸上面的那片玉米地。大概先前那么多次，旁金没有跟过来，这让王万用对旁金彻底失去了警惕，所以这次王万用完全没有往后看，根本不知道旁金跟在后面。

走过玉米地，是一大片荒地。荒地上多数地方杂草丛生，只有零星几个地方，种了花生、洋芋之类的东西。过了这片荒地，前面是一片桑树林。如果站在荒地这儿往桑树林那个方向看，是看不到林子后面的房子的。旁金等王万用走过荒地进入林子好几分钟后，才从这边的玉米地里蹿出来，狂奔过这片荒地，进入了林子。进入林子后，旁金没有如他担心的那样看到王万用在那儿等着他，这说明他在荒地上狂奔的那五六分钟时间里，王万用没有发现他的到来。

23

林子里真静啊。一颗桑葚掉下来，那声音那么清晰。旁金捡起那粒桑葚，又爬到树上摘了几颗桑葚吃掉，接着奔跑在林子里，寻找王万用。旁金跑到这儿，跑到那儿，都不见王万用。他有点急了，就在这个时候，他突然来到了这树林的一端。林子背后有房子。

那应该是个村子，可现在似乎不是正常的村子了，因为有好多穿土黄色军装的日本兵在房子前后活动。旁金之所以能认出他们是日本兵，是因为他们和旁金在王家园远远看到的摩托上的日本兵一样。除了日本兵，就只有王万用一个人了。旁金躲在这边的林子里看到，王万用正把水桶里的鱼一条一条地抓到一个日本兵手上的袋子里。

原来这儿是日本兵的驻地，王万用是来给日本人卖鱼的。

旁金终于弄清楚了王万用每隔两天固定到这儿来卖鱼的原因，也弄清楚了王万用为什么那么害怕旁金知道他把鱼卖给日本兵。那么，王万用那天跟那女尼问吉凶的原因，也很明白了。跟日本兵打交道，能不怕吗？但是这些个秘密的揭开，给旁金带来的不是释然，而是心慌。

"卖鱼给日本兵，这总归是不好的。"旁金听到心里在这样说。他自然不知道不好在哪里。

旁金在树林里狂奔起来。他奔过树林，奔过空旷的荒地，奔过玉米地，奔过河岸，跑到了船上，钻进了后舱的防雨篷里。他就这样躲在防雨篷里，等王万用卖完鱼回来。那一天，旁金发现自己特别惊恐。

至于为什么惊恐，他并不能说得明白。

后来，王万用回来了。他并不高兴。现在，旁金大体能明白为什么王万用每次在这个地方卖完鱼回来不高兴了，一定是他自己也并不喜欢把鱼卖给日本兵。只是日本兵更喜欢买鱼吃，把鱼卖给他们，就很容易。而这河岸上面的人家，都穷苦得连饭也吃不饱，一个人家最多十天半月买一次鱼吃，王万用如果只是指望卖给这河岸上的人家，那样地去卖鱼，太没指望了。

王万用把布兜里的钱掏出来，那些不同的纸币，他把它们摊到后舱的凉席上，一张一张地数。数完后，王万用才露出一点笑颜，今天赚到的钱比计划中的要多一点。

七

弄鱼真是一项奇特的技能啊，每一个环节都奇特，却又充满了美感。

穿卡过程中，穿卡人的两只手灵巧地配合，将一段段穿好的卡线准确地投送到新卡盘时，卡线在卡盘上落下时，形成一个自然优美的弧线，后期落到卡盘上的卡线，落在卡线上。这就像用线在卡盘上画一幅素描画，精细，线条清晰。

把卡下到河里去，是最考量卡鱼人技巧的两件事情之一。另一件事自然是收卡线。往河里放卡，和把卡从河里收回到卡盘上，并且在卡线上有鱼咬着的时候，要有一种游刃有余与鱼周旋的本事，这样才能确保最终用网兜把鱼捉上来。

还要在撑船的过程中，完成这些动作。通常情况下，放卡和收卡，需要两个成年人合作完成，一个撑船，另一个下卡和收卡。撑船的力度和幅度，要依顺下卡和收卡人的动作，力度和幅度稍不合适，就可能把卡下偏，或者使收卡人手里的鱼跑掉。最适合的合作人，是夫妻二人。往往夫妻二人出来弄鱼的，最后赚回去的钱最多。但是旁金和王万用这一家，他们此次出来，下卡和收卡都只能是王万用一个人。旁金太小了，竹篙都提不动呢，别提撑船了。下卡和放卡，旁金更难掌控。

王万用却赚到了不输于别人家的钱。有几次，他们在河上与同时期出来弄鱼的王家园的人，互相聊了聊卖鱼的收入，最后发现，王万用卖出来的钱还要比这家多一点点。可见，王万用是一个多么技术高超的弄鱼人。

弄鱼的每一个环节都看起来那么优美，自然免不了被人围观。经常性地，河岸上就有过路的人停下来，看着河面上操作的王万用和旁金，发出惊叹。

有时候，旁金坐在中舱穿卡，一个姑娘大声喊她身边的人看：

"快点来看快点来看！这个小囡好有本事啊。我这么大的人，干他这种事，都干不了。"

的确，穿卡这样的活计，没有一段时间的练习，是无法掌握的。旁金从五岁开始就学习穿卡了呢。更别提放卡和收卡这样更高难度的活计了。

旁金听到岸上姑娘由衷的赞叹，就忍不住心里乐开了花。他的手就兴奋起来，穿卡的动作立即有了一种刻意的美感，而一段一段撒到卡盘上的卡线，也有了一种行云流水的感觉。这个时候旁金想起河里轻易就能快活起来的鱼们，他觉得他的手，和飞舞在他面前又落下的卡线，就是那些快活的鱼。

快活是万物的本能吗？当然，小小的旁金是没有能力说出这

26

话的。

　　但是这一天旁金穿卡的手突然就不利索了。它们生硬地在空中挥舞，多次使得卡线落到了卡盘外。这次是在他们固定停靠的第二个地方不远的一条河上。这个地方，离他们固定停靠的第三个地方，就是那个上面有日本兵的地方，有二三十里地的样子。当时，他们向一户人家卖出几条鱼，收钱的时候，就听到那户人家的女人说，日本人要来清乡了。

　　日本人攻入通城已经六年了，但到这个位置来清乡，那还是第一次。为什么日本人突然关注到了这个位置呢？那户人家的女人是这样说的："不晓得是啥人向日本人举报，说我们这几个村子里，有新四军。""向日本人举报的那个人，不得好死！"那户人家的男人说。"汉奸！要是让我认出这个汉奸，我掐死他！"女人愤愤地骂。

　　男主人突然就盯住了王万用："你们这些弄鱼的，成天在河里头窜来窜去的，从这条河到哪条河，你们应该到过日本人待着的那个村子吧？"

　　王万用忽然有点紧张，赶紧摇头："没有！没有到过！"

　　旁金望着说谎的王万用，对他颇失望。

　　"有人说，最有可能举报的，是你们这些在河里头窜来窜去的弄鱼人。只有你们才有可能到过日本人待着的那个村子。我们嘛，自从日本人来了之后，都是不怎么出村子的。"

　　王万用抓紧时间把船撑走了。

　　"啥叫清乡？"旁金担心地问王万用。

　　王万用把竹篙放矮了，用竹梢指了指夹舱："你看到那里头的鱼了吗？日本人就像我们抓鱼一样，把人困在村子里，不让出，也不让进，然后挨家挨户搜查他们要找的人。"

"哦，那找到了呢？"

"杀掉！"

"找不到呢？"

"听说，要是找不到，他们就会气得不得了，看到村子里哪个让他们来气，就一把抓过来杀掉。除了杀人，还会放火烧房子，还会做……做那个不要脸的事。"

"啥叫不要脸的事？"

王万用想说的是强奸，但是旁金怎么听得懂呢。于是王万用只做了一个奇怪的表情，不再说话了，就只是一脸忧愁地撑他的船。

"日本人要清乡了，我们不回家去吗？"

王万用想了想，说："钱还没赚够，这样回去，家里的粮饭吃不到过年，要把你和你姐姐们饿死的呀。"

"你在这里不怕的吗？日本人会杀掉我们。"

王万用想了想，说："我不怕的！我有啥好怕的？"

他大概想说，他比这周边村子里的任何村民，都更多地接触过日本人，他比较有经验与日本人周旋，所以他不是那么怕的。但是旁金误解了王万用，他想起那女人说到"汉奸"这两个字时愤愤的表情。

"你是他们说的汉奸吗？"旁金问。

王万用讶异地望着旁金，突然就变了脸。他举起竹篙，向旁金抽过来。眼看着要抽到旁金身上的时候，他及时将竹篙收了回去。

"哪个教你这么说的？"王万用的声音异常激愤，"哪个让你说这种混账话的？你个小囡，越来越不像话了。我怎么养了你这种小囡？你再这样说，我把你扔到河里去，河里的水鬼也饿，他们巴不得我把你扔下去。"

旁金吓得再不敢说话了。有一点可以确定，旁金听到日本人要在这一带清乡的事时，没有岸上的人那么恐惧。究其原因，是因为他亲眼看到过王万用跟日本兵在一起的。要清乡，除了这一队的日本兵，不会是别的吧。听说最近的日本兵就是他们。既然王万用认识他们中的人，到时候，他们应该不会把王万用和旁金怎么样。但是如果王万用真是汉奸的话，就算到最后日本兵不会把他们怎么样，旁金也没脸回家去见姆妈了。

旁金要再跟踪王万用一次。他要去好好看看，王万用除了卖鱼给日本兵，到底还有没有做了别的什么。

有一点确实很奇怪，王万用每次卖鱼都很顺利，并且拿回来的钱一分都没少过。日本兵有那么好说话吗？卖给他鱼，就一定给钱？而且每次都给？每一次都给得那么充足？

八

旁金跟着王万用，直到进入了那片桑树林。这是在旁金第一次听到"汉奸"这两个字的第三天。旁金来到上一次远远观望王万用给日本兵卖鱼的林子边，实际上，这也是最好观望那边情况的一个地方。为了看得更清楚，旁金爬到了一棵桑树上，扒开枝杈往那边看。

王万用此刻正站在一个房子前。这个房子是这支日军队伍用来做饭的。王万用在等一个姓忍成的日本兵，忍成的军衔是下士，别的日本兵都叫他忍成伍长，王万用也这样跟着叫他忍成伍长。他好像是负责这支部队每天伙食采购的，因为他买王万用的鱼，给多少钱，甚至给不给钱，都是他自己说了算，没见他跟比他军衔高的日本兵请示。像王万用这种穷苦惯了的人，忍成伍长对伙食说了算的这点门道，他是有能力看出来的。

王万用第一次来这儿卖鱼，是由于不小心，撞过来的。上岸后，穿过林子，看到这儿有房子，以为是个正常的村子，就过来了。没想到这个村子现在是日本兵的驻扎地。但是王万用已经没有退路了，日本兵已经看到他了。王万用就等着日本兵像传说中的那样过来抢走他手里的东西。事实也正是如此，一个日本兵看到提着鱼桶的王万用，就"咿咿呀呀"说着王万用听不懂的日语，很凶地抢走了王万用手里的鱼桶，然后冲他用力地挥手。王万用理解他的意思可能是"你可以走了，滚"，但是王万用有点不甘心，就试着问这兵要钱。这兵当然是听不懂的，还有点愤怒，他冲进房子拿出一把菜刀来，朝着王万用挥舞。王万用读懂了他的动作，大概是"赶紧滚！再不滚我就劈死你"。王万用吓得向桑树林奔去。就在这个时候，忍成伍长出现了。

总之，那一天，忍成伍长力排众议，给了王万用鱼钱。他之所以能够力排众议，是因为他有一个意思很能服众。忍成伍长告诉大家他的意思：我们不给他鱼钱，下次他就不过来送鱼了，而大家都喜欢吃鱼。这支日本兵队伍中有很多兵来自北海道，这些来自北海道的兵似乎比普遍喜欢吃鱼的日本人更喜欢吃鱼，一想到以后可以一两天吃一次鱼，这些兵一下子很激动。就这样，忍成伍长说服了众人。会说简单中国话的忍成伍长还答应给王万用比市场价略高的鱼钱，只要王万用同意隔两天过来送一次鱼。王万用当然求之不得。

但是有一个长得贱贱的上等兵觉得就这样放过王万用好像损失了什么，于是他提议让王万用表演个节目。王万用这样一个在这些日本兵眼里什么都不是的中国农民，能表演什么节目呢？当然只能是不上路子的节目。他们让王万用在地上爬，学狗叫、鸡叫、鸭叫、猫叫、田鸡叫，学林子里惊飞上天空的鸟叫，学妇女难产时的哀号，学小孩子的啼哭。他们还让王万用像蛇一样扭曲地在地上游动，像窑子里的女人那样手叉在腰上妖娆地走来走去，像一头笨象那样，鼻孔里插两棵葱摇头晃脑地走路，像被闪电击中后那样倒地抽搐。反正他们有的是想象力，而王万用只需执行。他们还拿来一个瓢，让王万用张大了嘴，给他往肚子里灌水，然后强迫王万用撒尿，如果不能马上撒出来，撒得不够多，就要割掉他的命根子，当然这是吓唬王万用的，这一次他们的路子是戏耍王万用，他们被这种纯粹由戏耍带来的乐趣迷住了，陷在这种戏耍的兴奋里出不来。总而言之，王万用最后被他们戏耍够了，拿着鱼钱走了。接下来，这样的事情，过两天重复一次。

现在，王万用终于等来了忍成伍长了。和往常一样，王万用在交接完鱼之后，开始向几个日本兵表演夸张的动作。这一天的王万用对这种表演已经轻车熟路了。所以，他的表演堪称精彩，引得两个日本兵鼓掌叫好。王万用在某一瞬间居然也被自己的表演带动得兴奋了起来，当然，马上他就感到了羞耻，这种兴奋让他羞耻。就是这样，王万用在那个房子前面的空地上，卖力地表演着，表演着，今天，他演一只公孔雀，向一个母孔雀求欢。扮演母孔雀的就是王万用带来的水桶。王万用撅着屁股，摇动着它，两手打开自己的上衣，让它们像孔雀的尾巴一样张开成一个弧形，他抖着衣服，围着桶跳着，舞着，跳着，舞着。王万用没有想到，他的表演被林子里桑树上的旁金看得清清楚楚。

旁金震惊地看着王万用在二十来米远处手舞足蹈、搔首弄姿。他没见过孔雀，不知道王万用表演的是孔雀。他只是觉得王万用此刻像一只犯了傻的田鸡，还有那些鱼。对的，那些鱼，在旁金丢过去一片饵的时候，就是这样欢快地扑来扑去的。

旁金的目光忽然看到了桑树下的渔叉。他也不知道为什么要带渔叉过来，也许仅仅是出于对日本兵的警惕。现在，旁金想起，每当渔叉就要刺向鱼群的时候，对此一无所知的鱼，总是那么欢腾着的。旁金心里一凛，他们要杀王万用。杀他前，先让他乐一乐。

他们要杀王万用。他们最后要杀掉王万用。旁金心里面重复着这个声音。他们一定会杀掉王万用的。

旁金得赶紧去救王万用，赶紧啊。旁金闭上眼睛，深吸了一口气，再慢慢呼出去，这样过后他一点都不紧张地爬下桑树，捡了渔叉，高叫着向着王万用和日本兵们冲了过去。

在离他们不到十米的时候，旁金作势要掷出手里的渔叉。

旁金是一个使用渔叉的高手。只要他顺利把渔叉掷出去，最靠近他的那个日本兵，一定脸上开花。但是王万用第一个发现了旁金。王万用急切地大喊起来：

"旁金，把渔叉放下来，放下来呀！哎呀！快点放下来呀！"

旁金没有放下渔叉，继续快步跑过来。渔叉已经被举到了旁金的头顶。

王万用有点知道旁金的心思了，他赶紧制止："他们是跟我闹着玩儿的。"

旁金怔住了。渔叉掉到了地上。旁金就这样站在那儿，一动都不敢动，不知道该怎么办了。

日本兵们看到一个突然出现的小孩，都有点惊喜。一个日本兵快步走过来，一把将旁金拎起来，放到肩上旋转。全世界的坏人都是这么吓小孩的。旁金吓得叫都不敢叫，头被转得晕眩。

晕眩中的旁金看到另一个日本兵把他抢了过去，接下来的一阵子，这个日本兵和第三个日本兵开始把旁金当成一个篮球或者一个什么东西，掷过去，接过来，掷过来，接过去。被他们不断掷向空中的旁金胃中翻腾，很快他就吐了起来。最后接住旁金的那个日本兵看到这个孩子吐了，就把他放到地上，像抚慰一只小奶猫或小奶狗一样，抚摸着旁金头上的小辫子，用一种挤出来的嗓音安抚旁金说：

"小朋友，你怎么啦?"

他当然说的是日本话，而且是日本北海道某县的土话，旁金根本就听不懂，他只是觉得这个日本兵的笑非常古怪。旁金想起那些在水面上翻腾的鱼，感觉这个日本兵想杀他，杀他之前先向他笑一笑。旁金惊恐地从地上爬起来，奔向王万用。王万用赶紧抱紧了旁金。旁金把头埋进王万用怀里。这样，旁金头上的小辫，就成为日本兵关注的焦点了。

他们叽里呱啦地讨论起旁金的小辫，有点辩论的意思，大概他们都不明白为什么这个小孩头上要留辫子，但是他们又特别想弄明白。最后，有一个兵不想辩论了，他有点不耐烦，走过来抓住了旁金的小辫。他就这样抓住辫子把旁金用力一拉。旁金疼得立马要脱离王万用的怀抱。王万用赶紧向这兵求情。

"长官！他是我的小囡。不要玩他了，玩我好了。我比小囡好玩的呀。"

这个兵大概因刚才的辩论输了口才，此刻陷在一种气恼中，哪有心思玩人。他搋着旁金的小辫，直到把旁金拎到了半空中。旁金疼得大叫起来。

"爹啊！"

王万用猛地跪到了地上，哭着说："放了我小囡，放了我小囡吧，长官，求你放了我小囡呀。"

那个兵就当听不见，继续拎着旁金转。旁金感觉再这么转下去，那小辫就要连根拔起了。

王万用突然看到忍成伍长回来了，赶紧跪着扑向忍成伍长。

"忍成长官，你让他放了我小囡吧。他是我小囡呀。我养了八个丫头，以为我绝后了，老天爷开眼，给了我这小囡，我这才没有绝后啊。他是我的宝啊。"

忍成伍长本质上跟这些兵并没有任何区别。不一样的是，他只是会觉得大家每天能吃鱼特别好，如果得罪了这个中国农民，他不再送鱼，他们就有损失。于是忍成伍长立即对那兵好言相劝，那兵就把旁金放下来了。

这个时候，玩兴才从那个兵心里升腾起来。他看着地上的旁金，微笑着蹲了下来，要求旁金像王万用经常做过的那样，给他来一个表演。他说的不是中国话，旁边有会几句中国话的兵给旁金做了翻译。旁金刚听明白，就听到王万用在严词拒绝。

"长官，不能这样呀，不能这样的呀。"

34

那个兵哪里会理会王万用的拒绝。

王万用就换一种委婉的方法拒绝："长官，他小，太小啦，不会那个，我会，我做给你看！你看，长官，你看我，我会，看我做给你看呀。"

王万用在地上表演着，像先前旁金在桑树上远远看到的那样，像他此次漫长的弄鱼时光他隔两天在这儿不断表演的那样。他比先前任何一次都要卖力。但是，那个兵眼下的兴趣全在旁金身上，王万用的表演再生动，也打动不了他。他盯着旁金，说：

"快来！不然我剪掉你的小辫。"

那可是长命辫啊，旁金姆妈是这么说的。长命辫怎么能随便剪掉？旁金可是忍着同龄小孩的羞辱把它从出生留到了七岁。然而，王万用想都没想就说："剪！长官！可以剪！"

"真的可以剪？哈哈！"

王万用说："可以剪！可以剪！"

旁金被王万用的坚决迷惑了。

那个兵就进了房子，一分钟后拿着一把菜刀出来了。旁金还没明白过来呢，他拎起旁金的辫子，像割一棵萝卜白菜那样，瞬间发力，一割，那辫子就离开旁金的头顶，孤零零地被他抓在手上了。

旁金"啊"地大叫了一声，捂着头蹲到了地上，大哭，仿佛命被剪掉了一半，疼死他了。王万用却劫后余生般地一把将旁金拉到怀里。

"没事了，没事了。辫子剪了，他们就放你回去了。"

王万用忽然发现情况并没有如他期望的那样发生任何好转。那个兵把手里的辫子扔到地上，用脚踩了一下，然而拎着菜刀目光直直地看着旁金的头。

他开始说话了。还是先前一样的要求，他要旁金表演给他看。王万用又哀求，但依然没有用。怎么办呢？王万用没有办法了。他就流着眼泪，上牙齿用力地咬住下牙齿，就这么用力地咬，仿佛如果不够用力，心里的怒火再也控制不住，会从齿缝里迸溅出来。突然，王万用听到了旁金的声音。

"我做给你看！"

旁金深吸气、呼气，迅速做好了准备，而后，他脑海里闪着先前看到的王万用匍匐在地的画面，趴到地上学起狗叫来。叫了两声，就哭了起来。一边哭，一边叫。

王万用闭上了眼睛，不想看下去。接下来的时间变得特别漫长，王万用听到耳中传来日本兵动物般欢腾的笑声、叫声，还有旁金屈辱的哭泣声。后来，这些声音停了，王万用睁开流泪的双眼，看到一切停止了，一个日本兵居然从房子里拿出一个烤土豆，居然是他很仔细地剥了皮，让旁金吃，太可怕了，他居然这样做，他想干什么呀？旁金不得已紧张地接过土豆，一边哭泣，一边吃了起来。兵们看着旁金的样子，又嬉笑了起来。有个兵甚至过来亲了亲旁金的小脸。王万用突然走到忍成伍长面前，装作最恭敬的样子，说：

"忍成伍长，让我小囡回去吧。"

忍成伍长痛快地答应了王万用，那些兵大概也已经玩得尽了兴，也同样痛快地答应了忍成伍长。于是，旁金就在王万用的眼色下，飞快地奔向了桑树林。在奔跑之前，他听王万用说：

"一直跑，不要停！"

"你不和我一起回去吗？"

"你先回去！赶紧回去！"

旁金就这样按照王万用的意思一直跑，不停地跑，跑过林子，跑过那片荒地，跑向玉米地。到玉米地的时候，旁金听到了一声枪响。他的身体一下子就僵住了。玉米叶随风摇摆，有一片叶子在旁金贫瘠的小脑袋上抚动。旁金站在那儿，不敢呼吸，不敢有任何动作，慢慢地，他感到一阵凉意。突然，又传来一声枪响。这一声之后，连着一迭声的枪响。"……远处来了日本人，我就赶紧朝田里跑，躲到庄稼下面去。"旁金想起王万用曾经说过的话，他赶紧趴下来，跪爬着在玉米地里寻找躲藏的地方。

就在那个房子前，王万用身上带着好几个枪眼，躺在地上。世界此刻变得特别的静，但王万用已经与这个现实的世界无关了。王万用的身旁，躺着那个眼睛部位深深地插着渔叉的日本兵。就在刚才，王万用琢磨着旁金已经跑到了玉米地了，就捡起渔叉，往那个羞辱旁金的日本兵头上奋力来了那么一下。

旁金本来想回去看看那枪响是怎么回事的，但是突然在荒地上出现的日本兵，以及他们搜找着什么的样子，让他知道王万用肯定出事了，他们此刻搜找的，无疑就是旁金。

旁金就从玉米地里爬起身，开始继续奔跑。跑过了玉米地，来到了船上，拿起竹篙，他开始撑船。太可气了，他居然从来没有学过撑船。他太小了，船那么大，加起来有两吨重，竹篙都有好几斤呢，他提起它来都会吃力呢，他怎么可能被王万用安排学撑船呢？现在怎么办呢？旁金不会撑船，就没有办法带着船离开这条河，这条已经危机四伏的河。船对王家园任何一户人家来讲，是最大的财产啊，如果旁金不把船撑出这条河，就有可能失去这条船。但是不可能的，他不可能撑走这条船，与它一起远离这条危险的河，除非他想和船一起被日本兵逮住。要么不要船，要么就不要自己的命，没有第三个选择。

但已经容不得旁金选择了。

日本兵已经追过了玉米地，来到了河岸上。旁金把竹篙扔到了河里，自己也往河里跳去，在日本兵还没有真正出现在视野中的时候，他深吸一口气，钻进了船底下面的水里。

接下来的一切是旁金根据船的摇晃，而产生的一段想象：几个日本兵跑过河岸，来到船上，他们迅速因为缺乏控制船的能力，在摇晃中站立不稳，要掉到河里去。船上没有旁金。再说了，就一个小孩而已，找不到就算了，回去吧。日本兵最终用打火机点着了一团草，扔到了后舱里，凉席和床褥瞬间被烧着了。日本兵在岸上看了一小会儿，离开了。

九

旁金拿着一把卡线，失魂落魄地游走在一条大河的河岸上。卡线是旁金最后从失火的船上抢救出来的。卡线也是弄鱼人家的财产啊，一家子的人都要靠着它来养活。但是现在旁金手里的卡线是废物了，它们被烧得稍微一用力就能断掉。旁金在河岸上站住了，哭泣地望着波浪起伏的河面。他已经走了整整一天了，从这条河，走到那条河，他不知道该去哪里。

他不认识回王家园的路，来的时候，他只顾在船里睡觉，不知道王万用到底撑过了哪些河、多少条河，才到了这样一个地方。这地方离王家园，有两三百里地呢，旁金根本不知道该往哪个方向走可以走到王家园。他在路上遇到的人也说不清，他们敢于指出方向的，只能是一二十里地远的那些个地方。谁知道哪里有日本兵啊，旁金可是不能随便去两三百里外的地方。

旁金就这样在河岸上走啊走，他觉得自己就这样成为无父无母的孤儿了，身边的河啊树啊庄稼啊在他眼里，都变成了他的亲人，他向它们索求关心和温暖，于是有时候他就躺到一片玉米地或花生地里发呆，有时候他就跑到河里去，寄希望于有鱼从他身体上滑过去。动物和庄稼们都很配合旁金，但是旁金最终还是觉得它们不是真正的亲人。在这个世界上，他要多孤独有多孤独。怎么突然就变成了孤身一人呢？旁金还处于恍惚中。

在一九四三年夏末的某一天，驻扎在旁金和王万用弄鱼所经过的某个村子里的那支日本队伍，开始向周边十公里的所有村子，发动了一次清乡行动。这一次，他们在两个村子里有杀人、焚烧和强奸行为。旁金也是在游荡的路上，听到路人以惊恐的语气谈论起日本兵这次行动的。甚至于有一天，旁金正趴在一个草丛里找虫子吃，他亲眼看到了十几个日本兵坐在几辆摩托上，去往一个地方。旁金一边害怕着，一边恨着，一边想着王万用和他们家烧掉的船，大哭了一次。

旁金找不到回家的路了，怎么办呢？他又在田地里、一个又一个的村子内外游荡了几天后，心里面想到，在这个地方，唯一能与他有点关联的，就是那个尼姑庵和那个女人的家了。回不了家，但如果能去尼姑庵，或者那个女人的家里，那也比在这些全然陌生的地方晃着好。更何况，日本兵随时会出现的呀，如果没有一个让他放心的房子供他在危险的时候躲着，他会丢了小命的。那些日本兵中，可是有一些人是认识他的。

旁金就决定去找尼姑庵和那个女人的家。相比于找到王家园，找到这两个地方要容易得多。毕竟，当时他们的船固定停靠的三个地点，相距都只有一二十里地的样子。旁金顺着河找。河流是旁金唯一的记忆。就这样，旁金花了好几天，终于找到了一个他要找的地方，就是那个尼姑庵。可是，尼姑庵已经不是尼姑庵了，现在，它是一幢被烧得不成样子的破房子，那名女尼不见了，几个泥菩萨伤痕累累地躺倒在断壁残垣间。

据说，那些日本兵搜找到这个地方的时候，一无所获，哪个村子里都没有他们要找的人，最后他们准备找个地方落个脚休息一下，正好前面出现了一个尼姑庵，带队的中尉高兴了，就直奔尼姑庵来了。这个中尉是信教的，部队到了哪个地方，他第一件事是找教堂和寺庙。看到尼姑庵，他想过来拜一下。他确实是拜了的，但随后与女尼的交谈，令他变了个人。

这中尉发现女尼有非凡的谈吐。在这穷乡僻壤，这个对当前日军在中国乃至全世界的战况都略知一二的女尼，在这个中尉看来太不正常了。她难道不是他们要找的人吗？中尉一声令下，把女尼抓走了。又一把火，烧掉了庵子。

女尼被他们抓走后，他们把她怎么样了，确切的情况无人知道。但是人们可以根据日本兵一直以来的所作所为进行猜想。所有来自猜想的情节里，都有日本兵对女尼的百般侮辱。事实也正是如此，没有什么是这些日本兵做不出来的。

"可恶啊，可恨！"

在一个村子里，旁金听到几个村民在谈论前阵子日本兵清乡时抓走女尼的事。这个女尼很可能是这周边的人最敬仰的一个人。日本兵抓走了他们最敬仰的人，去百般侮辱，这让大家简直不能接受。

旁金站在那个村子里，想象女尼可能受到的羞辱，他的想象力必然不可能达到女尼被羞辱的最严重的那一种情况，他就只能把女尼想象成当时被日本兵戏弄的自己，他们也会这样戏弄她吧？仅仅是这样，旁金就无法接受。

旁金想起那些洋辣子，它们带着满身毒刺蠕动的画面。想着想着，日本兵取代了那些洋辣子。连女尼都要侮辱的日本兵，比那些洋辣子毒一百倍。就这样想着想着，旁金感觉到心里那个经常会出现的鼓又出现了，让他整个身体变得沉重。他闭上眼睛，深呼吸，再深呼吸，然而这次没用，那个鼓再也不走了。

现在旁金已经失去一个可能的栖身之地，他只能去找那个女人了。但是旁金的身体很沉重，特别是脑袋。这个状况一直持续，直到他突然发现自己脑子转不动了。就是这样，大概是连续受了刺激，加上饥饿和恐惧，旁金发现好多事情想不清楚了，就不用说去找那个女人了。

旁金就只有胡乱走着，碰运气。他还真走到了先前他和王万用的第一个停船点。但是旁金站在河边，只是依稀觉得这地方熟悉，并不知道这就是他正在找的地方。旁金的脑子现在出了点问题。不过，就是这个似曾相识的感觉，让旁金觉得自己该在这儿多待一会儿。反正他也无处可去，在哪儿都是待着。就这样旁金在河岸上寻了个草窝，躺了下来。这时已经是深秋了，旁金还穿着夏天的衣服，冷得哆嗦。旁金就这样在这个河岸的草窝里待了三天，眼看着就要冻死了，那个女人出现了。她是来河边洗衣服的。

女人的男人听说了女人跟王万用胡搞的事，回来后没几天，就把女人打了一顿，然后他又去外地，找那些可以当兵的地方去了。端着洗衣盆过来洗衣服的女人一眼就认出了草窝里的旁金。她放下洗衣盆，跑过来抓旁金。

"你怎么一个人在这儿？你爹呢？你家的船呢？"

旁金怔怔地看着这个女人，他的脑子确实出问题了，他居然不能认出这个女人。

"你爹呢？快点说呀！"

旁金"哇"的一声哭了起来："我爹给日本兵打死了！"这个事情旁金还是记得的，他的脑子再不对劲，最关键的几个事情，他还是能记得的。

"他死了？"

"他们向他开枪！开了好几枪！"

"开了好几枪？"

"是呀，我爹就这样被他们杀掉了。"

就是那一天的夜里，旁金穿过那片玉米地，越过那片荒地，去找王万用。他并不十分确定王万用的生死，他甚至对此抱有幻想。他要想办法去桑树林后面的村子，那个房子前面，去找找看。然后，旁金就只是走到那片荒地与桑树林之间，就看到了冰冷的王万用。他们连掩埋都没有，就这样把王万用丢在了那儿。

女人一把将旁金搂在怀里，哭着说："不怕！不怕！我在！我在！"

旁金说："我要回家。"

女人说："你家在哪里？"

旁金皱起眉头费劲地想了想，只是想到他是王家园的，至于他是哪个县的，哪个乡的，他根本想不起来了。"王家园！"

"姓王的那么多，叫王家园的村子哪里都有，你到底是哪个王家园？"

旁金忘掉了。过了许久，女人知道是怎么回事了，她一下子对旁金充满了同情和爱怜。

"找不到家了，就跟我吧。"

这个女人是没有生育能力的，白捡了一个儿子，这也算是她穷苦岁月中得到一个惊喜吧。

十

旁金站在那个女人家西侧几十步远的那条河边，看着寂静的河水发呆。这个情景从一九四三年的秋天持续到一九七七的夏天，在中间的这些年里，收养旁金的女人死了，旁金娶了这村里一个比他更傻的姑娘做了老婆，他们生了一男一女两个孩子。幸运的是，两个孩子都不傻，都像旁金很小的时候那么有灵气。穷苦人家的孩子好养，即便父母都是傻的，他们居然也靠着邻居偶尔的接济，靠着父母四处讨饭，活了下来。

在这些年里，先是日本人走了，后来又是各种各样的事情，一直不能消停。旁金一年又一年站在河边，潜意识中是想等到一条从王家园来的船，这样他就能跟他们回到王家园，但是一九四三年夏天王万用和旁金的消失很快让王家园的人再不敢出来弄鱼，就这样，旁金白白在河边站了这么多年。

旁金现在生活的这个村子，及周边的村子，是靠养蚕为生的。养蚕需要种桑树。村子周边，是大片大片的桑树林。旁金学不会养蚕，他什么都学不会。但是，有一件事情，这四乡八邻没有一个人会，旁金却是会的，那就是，旁金会穿卡。当然，他并没有一整套的卡具，他只是会做穿卡的一系列动作，而且做得非常流畅、优美。大约在旁金三十五岁的那一年，他像是受到某种灵光的指引，突然知道怎么做出那一整套卡具了。

他沿着河岸一直走，从这条河走到那一条，最终在一条河岸上看到了苗壮的芦苇，他打了一捆芦苇回去，剥掉外壳，晒干了，把芦秆剪成了一小片一小片的环形物。他又去一个家里有毛竹林的人家，要了一根毛竹，然后用刀把毛竹削成一根根的卡。他又问一户人家讨到一件旧毛衣，他让他的傻老婆把毛衣拆成线，把线绕成团。三样东西都准备好了，还缺一样。是的，旁金要用他讨来的珍贵的麸面做鱼饵了。这很容易，他两个孩子早熟，帮他做出来了。

接下来的一天又一天，旁金开始坐在家门口，坐在一张矮凳上，另一张矮凳上放着一个洗面盆，他就重复地做穿卡的动作。毛线和卡线是有区别的，旁金的卡也削得不像样，但是旁金的动作是专业的，所以任何一个来到旁金家门口的人，看到旁金的动作，都会啧啧惊叹。

"旁金哪里都傻，就是手不傻。你看看他，做这个事情，灵光得不得了。"一个人说。"他这是做的啥事情？"另一个人问。过了几天，有个年纪大一点的人说："应该是穿卡吧，我们通城地区靠西南一点的一个地方，用这种方法弄鱼。我小的辰光，年年夏天看到这些人撑个船，从好远的地方过来，到我们这个地方来弄鱼。"

什么时候王家园的人再到这儿来弄鱼呢？只要他们过来弄鱼，就必然要上来卖鱼。只要他们上来卖鱼，就很有可能经过旁金的家门口。看到旁金熟练的穿卡动作，他们一定就把旁金认出来了。只有王家园和他旁边的几个村子会这种活计。他们看到旁金会这个动作，自然就知道旁金是王家园的人了。这样旁金不就能够回家了吗？不就能够见到他或许还在世的姆妈和姐姐们了吗？

旁金脑子是不清楚的，但是这并不能说明他潜意识中没有这样的思绪。

在旁金四十二岁那年，远在一两百里地外的王家园里，开始有人捡起卡鱼这桩旧活计了。他们按照老辈人的指导，特别爱去旁金家周边那些个河流，就像当年王万用喜欢的那样。那儿靠近东海，鱼多啊。

接下来的几年，越来越多的王家园人捡起卡鱼的旧活计了。

有人说，如旁金所愿，他终于在自家门口因为娴熟的穿卡动作，吸引到了一个来自王家园的卖鱼人的注意。更巧的是，这个人是旁金最小的姐姐。就这样，她认出了旁金。

这个说法，是不是真的，不知道。说这话的这个人，显然属于那种喜欢在穷苦的生活里寻找亮光的人，就像当年的王万用那样，再穷再苦，也要去找点乐子。也许找乐子不是目的，也并非只是受了本能的驱使，而仅仅只是想驱逐穷苦带来的愁烦。有意思的是，很多人是倾向于认同这个人的说法的。说到底，很多人都要么苦在身上，要么苦在心里，大家都要找点光亮，这样就可以不那么苦。大概是这样的吧。

却也有个别人不喜欢应景，他们说，其实旁金在一九四三年夏天就已经死了。

（原载《十月》2018 年第 1 期）

明亮的余生

一

在退休审批表上签了名，退休生活就这么正式启动了。这场开幕式，隋明亮在心里排练了多年。签字的时候，隋明亮心里还有点小激动呢，等走出人事处办公室，激动和心里藏了很久的期盼合拢到了一起，瞬时变成了一条大河，在他的身体里劲道很足地冲击了两下，轻而易举地就把里面固化了多年的一个什么东西冲掉了，他一下子有种被打通的感觉。就在这个时候，一首歌蹦蹦跳跳地从嗓子里跑了出来，推开了他那张往日沉默寡言的嘴。几位与他一起在电梯门口站着的人脸上是吃惊的表情。

隋明亮这才意识到自己在唱歌，赶紧停下来，用眼神向大家表示了一下不好意思，进了电梯间。出电梯间的时候手机响了，屏幕上显示的是一个本地陌生号码，标示为"广告推销"。往常，对于诸如此类的骚扰电话，隋明亮也是会接听的。他多谨慎啊，像他这种谨慎到极点的人，凡事都力求万无一失。万一是某个同事刚换了一个新手机号而与此同时这个号码又被人恶搞了，也是有可能显示成骚扰电话的。所谓的极度谨慎其实就是小心到钻牛角尖。

今天隋明亮无须再去钻这种牛角尖了，退休了，工作与你无关，同事与你无关，单位与你无关，整个江湖都与你无关了，就算把单位里的所有同事都拉入电话黑名单，也不用担心江湖会给你扎小辫子。换句话说，一名已经脱离单位人际网络的退休人员，不必太过顾虑自己的任性是否会带来恶果。隋明亮果断拒接了这个骚扰电话，走出公司大楼，索性就把手机关掉了。熬了那么多年，终于盼来了退休，任性一次又能怎样？

隋明亮一路溜达，沿着街道往家的方向走。从公司到家里，是东二环到西二环的距离。这个城市比不上北上广的规模，但其庞大的体量在全国也还是能排得上前十名。这一段路程，不算远，也谈不上近。这是一个恰当的距离，既可以让这位新晋退休人员享受到徒步的乐趣，又不会让他累到难以思绪泛滥。有这样的一份恰当在，隋明亮走得甭提多悠闲和自在了。他甚至停下来几次，用鉴赏的心态打量过往行人、街道两边的树，心里慢慢堆积起来的是一种过去三四十年来从未出现过的感觉：这个世界，忽然变得特别宁静。这宁静是一种力量，使他能够慢慢地对心里的杂念进行筛选和透析，直到身体中那条河里的每一滴水都变得从容和稳健。原来这就是退休生活啊，完全是一条典雅、静美的康庄大道。

走了三个来小时，天都快黑了，隋明亮才回到家。打开门，正碰上于耀芳要出门。隋明亮一早离开家，后面关了手机，一下子把自己置于失联状态，于耀芳打他手机不通，对他不放心，就打算出去找找他。见隋明亮脸上抹了光地回来了，于耀芳一颗悬着的心才放下。"你吓死我了！没事把手机关了干什么嘛？"

"退休以前特别烦电话，总想把手机关了清静一下。"隋明亮换了鞋，走进来，用一种分享秘密的语气说，"那些个时候哪里敢关机？现在好啦，想关就关。"

"你这种心态可不大对。六十岁的人，不该是这种心态。"这么多年过去了，跟隋明亮抬杠早就变成了于耀芳的习惯，她说，"人到老年，凡事应该讲个自然。你关机，说明什么呢？你还活得刻意。"

隋明亮想到跟于耀芳顶嘴没什么好结果，便说："你说得对。退休了，就是要图个自然、随缘地活着，我确实是有点刻意了。"但是隋明亮马上又推翻了自己的说法，"道理是这个道理，但我觉得吧，今天还是应该刻意一次。"

"你想干什么？"

"天也晚了，你又没做饭。"隋明亮嘿嘿一笑，"我们出去吃个西餐，庆祝一下我不用工作了，怎么样？"

女儿在离省城三百多公里的余安县工作，儿子今天下午约了几个朋友去郊区的三庆乡聚会顺便写生，以于耀芳对儿子的了解，他要么不出门，一出门必然大半夜才会回来。这么一想，于耀芳觉得隋明亮的提议很好。

"要做晚饭还不是我做？出去吃，我也落个清闲。"

说出门就出门。重新把鞋换上的过程中，隋明亮到底还是打开了手机。才打开，就有几条信息跳了出来。除了于耀芳打过电话，一个叫隋明敏的人分别在十五时三十二分和十五时五十分，两次拨打过隋明亮的电话。还有隋明敏的一条短信："大哥！速回电话，有

49

急事。"

隋明敏是隋明亮的小妹，一个半年前刚刚初婚的三十九岁女人。她受过很好的教育，结婚前当过三年大学老师，之后进入没有尽头的失业期。值得一提的是，她不属于被动失业。以她的智商和受教育程度，找个工作很容易。不过，过往的实践证明，主动失业的生活，似乎从未让她乐在其中。排行老大的隋明亮下面，除了这个思维古怪的妹妹之外，还有两个弟弟。

隋明亮坐在门里，敞着鞋带，要给妹妹回电话。于耀芳一把将手机夺过来塞到兜里，拉开门把隋明亮往外推。她很烦隋明亮这个妹妹。在于耀芳看来，隋明敏脑回路过多，喜欢没事找事，她总把自己的生活过得跟演戏似的，还常常逼着亲人配合她演戏。她最钟爱的演戏搭档非大哥隋明亮莫属。

不出意外，今天隋明敏找隋明亮，定然是已经在肚子里打好了剧本的腹稿，就等着隋明亮跟她来一场对手戏了。于耀芳要把这场戏掐死在萌芽状态。

让于耀芳无可奈何的是，她刚把隋明亮的手机没收，隋明敏那边就把电话打过来了。于耀芳把手机还给隋明亮。

"大哥，我想创业。"隋明敏没头没脑地说。没等隋明亮开腔，隋明敏下一句话冲出来了："知道我为什么想创业吗？我想离婚。"

隋明敏有时候说出来的话，没法儿叫人相信她曾经是大学老师。但如果就此认为隋明敏缺乏逻辑的话，那就大错特错了。恰恰相反，隋明敏冷静起来的时候，说话比律师还有条理。她突然说出这么毫无逻辑的话，只能表明她情绪不正常了。她是个很容易变得神经质的女人，动不动就神经搭错。

隋明亮对妹妹是很了解的。像她这么个从前视工作如同灾难的女人，现在突然想找工作，必定是受了什么刺激。至于这个刺激是什么，就有待于隋明敏自己细加解释一番了。

接下来，在隋明敏声情并茂的倾诉下，隋明亮逐渐弄明白了她突然想创业的心理动因。简单说来，半年来的婚姻生活让这个曾经对婚姻有着完美设想以致拖到三十九岁才结婚的女人大彻大悟了。结婚之前，她挑来挑去，就是因为想找到一个可以令她不用工作，专心相夫教子，并且还能够让她爱，甚至有点崇拜的男人。结婚半年后的现在，她深刻地认识到，女人跟男人一样，要有自己的事业。她觉得现实的婚姻生活，至少眼下这段婚姻生活，与她对婚姻的想象有着很大出入。于是，她不但意识到了创业对于她人生的重要性，而且坚决要摆脱这段婚姻了。

倾诉告一段落，隋明敏进入了今天这通来电的真正主题：在创业这件事上，她需要大哥支持。支持嘛，别来虚的，就要货真价实，隋明亮得予以她经济支援。简单一句话，借钱给她。至于钱的数目嘛，隋明敏想了想，"八万起，上不封顶。"

隋明敏刚把借钱的话说出来，隋明亮就下意识地在心里盘算怎么给她筹这笔钱。对弟弟妹妹们，他通常有一颗倾囊相助的心，尤其这个妹妹，他从小就跟家里其他人一样，惯着她，对她有求必应，这都成为隋明亮的下意识了。但有心归有心，有没有力，那是另一回事。隋明亮这辈子都没做过不差钱的人，他跟于耀芳通常手里的现金不超过一两万。不过呢，如果把放在银行里的六万块钱定期提前取出来，再把本金十五万的基金和股票赎出一部分，支援妹妹的那笔钱还是凑得出来的。问题在于，定期是三年，眼下已到两年六个月，这个时候取出来多不划算啊。股票和基金什么时候赎，那是门学问，现在不是赎出来的好时机。话虽这么说，为了能帮到妹妹，隋明亮还是一口就答应了。电话打完，隋明亮发现于耀芳已经在厨房里煮粥了。

隋明亮这个电话打了将近一个小时，出去吃西餐的计划在这一个小时里自行取消，这没关系，要紧的是，于耀芳旁听了隋明亮与妹妹的交谈，气就不打一处来。隋明亮走进厨房，商量的话还没来得及说出口，于耀芳就举起铲子对他做了个制止的动作。"你不已经答应她了吗？现在回过头来跟我商量，有意义吗？"

于耀芳这么一说，隋明亮也觉得自己一口答应了妹妹，确实有点冒失了。一下子不知道该跟于耀芳说什么，他就迟疑地站在于耀芳身后。而于耀芳忽然就诸多往事涌上心头，对隋明亮充满了吐槽和抨击的欲念了。

"你说你这个人，六十岁了，为什么说个话一点腹稿都不懂得打，跟个小青年似的，幼稚！"于耀芳愤声道，"这钱不能借，为什么？第一，我们就这么点钱，是为儿子留着的。你说我们儿子，这么个病身子，我们不为他手头留着点儿，哪天他又病发了，我们怎么办？到时候，不交钱，医院就能给看病？"

隋明亮后悔了。他转过身去，在心里自我检讨。儿子的病又不是一天两天，家里这点钱是为儿子留着的，这他又不是不清楚，他怎么一口就答应妹妹了呢？

"第二呢，"于耀芳说，"你借钱给隋明敏，她能还你吗？过去这么些年，又不是没发生过这样的事，不仅仅发生过，而且是发生过很多次不是吗？你借给你弟弟妹妹的那些钱，虽然是小钱，但他们有还过你一次吗？没有。"

"这钱不借了。"

"那你想好怎么把说出去的话收回来了吗？"

"我就跟她这么说：'明敏啊，我刚跟你通完电话，于耀芳回来了。我就跟于耀芳问家里面的那些个钱，这才知道上个月于耀芳把那些钱取的取、兑现的兑现，然后都入了她一姐妹的儿子开的公司的股份了。'怎么样？"

"隋明敏那脑子，曲里拐弯的，你这么跟她一说，她马上就能明白，是我从中阻挠，是我不想借给她，你是在让我难堪。"于耀芳讥诮地看了隋明亮一眼，"不过，我不怕得罪你那三个不懂事的弟弟妹妹，隋明敏记恨我，我也不在乎。你就那样说吧，钱不借出去就行。"

就此商定了，但无论于耀芳接下来如何催促，隋明亮还是迟迟鼓不起勇气给妹妹打电话。于耀芳脑子里再次塞满了往日隋明亮身上的诸多弊端，这些弊端堵在她胸口，让她透不过气，她生气地说："你说你这个人，活到六十岁了，该拒绝别人的时候，还是学不会拒绝。你没看微信上那些文章吗？不会拒绝那叫心智不成熟。"

隋明亮这才给隋明敏打电话。

正如他和耀芳预料的那样，没等他把话说完，敏感的隋明敏就已清楚隋明亮只是在找借口了。这个任性的准中年女人生气地挂断了电话。一个小时后，隋明亮正坐在客厅里心虚地喝茶呢，手机又响了，显示是隋明敏打来的。然而，这次在电话那头说话的，是隋明亮七十九岁的老母亲。毫无疑问，是隋明敏跑到老母亲那里，告了隋明亮一状。四个子女里，老母亲最喜欢隋明敏，所以什么事

53

儿都向着她。现在，她是向大儿子兴师问罪来了。接下来的半个小时，是在老母亲气喘吁吁的数落声中过去的。隋明亮这回拿定主意，不管老母亲怎么说，他就是不心软，不改口钱入了于耀芳姐妹的儿子公司股份的事。到最后，隋明亮听到电话里头隋明敏的一声咆哮："妈！他不借就算了，别再跟他说了。"

那边的隋明敏掐断了电话。

隋明亮的这一天，是在郁闷中结束的。因退休到来的好心情，给隋明敏搅得一团糟。他迟迟不愿去床上睡觉，正好可以坐在客厅里等儿子隋健树回来。快十一点的时候，健树回来了。在外面待了一整天，反倒把心情待坏了，看到隋明亮坐在客厅里，健树只象征性地跟他打了个招呼，就垂着头进了自己的卧室。这时已经上床的于耀芳听到动静披着衣服出来了。隋明亮站起来，和于耀芳一起来到健树卧室门外。于耀芳小心地推开健树卧室的门，看到健树背对着门坐在书桌边。于耀芳和隋明亮对视了一眼。隋明亮小声对于耀芳说："孩子没事，我们别打扰他了。"于耀芳点点头，掩上门，和隋明亮蹑手蹑脚回他们的卧室了。

健树五岁时查出先天性心脏病。因为这个原因，于耀芳在健树九岁那年获准生了二胎，就是他们的女儿米米。健树的病发现得晚，治疗效果一直不好，在他十六岁那年，病危过一次，最终安了个心脏起搏器而暂获平安。鉴于健树的身体，隋明亮和于耀芳一直没让他去工作。健树喜欢画画，隋明亮和于耀芳觉得这可以让内向的他心灵上多个寄托，就很支持他这个兴趣。二十八岁的时候，健树结了婚，但在女方的要求下，第二年就离婚了，原因就在于健树的身体。女方说，她之前高估了自己，误以为可以忽略健树跟正常男人

54

不太一样的身体，觉得有爱情在，就可以过一辈子，但与健树生活了一年多后，她更新了认识，觉得自己对生活的要求比原先想象的要高。隋明亮和于耀芳理解女方，加上健树也不想拖累她，就痛痛快快地同意了离婚。这之后，隋明亮和于耀芳、健树，包括米米，这家里的四个人，心里都认定，健树一辈子不会再结婚了。

跟隋明亮并排地靠躺在床上，于耀芳说了会儿健树的事，又借此埋怨了隋明亮一会儿，而后老两口带着点沉重的心情关灯睡觉了。夜里，隋明亮醒过几次。最后一次醒来的时候，他有点失望，因为他意识到，虽然他退休了，但悠闲和自在的生活，对他来说，依然是种奢望。换句话说，这么多年，在等待退休的漫长时光里，隋明亮潜意识里以为退休与不退休的生活之间，一定存在质的差别。这一天的退休生活初体验，让他隐约感觉到，他以前或许高估了"退休"这两个字的能量。

二

隋明亮在书房里整理从单位办公室搜罗回来的个人物品，发现有几本获奖证书落在办公室里了，就下了楼，从车棚里推出自行车，准备去单位一趟。才出小区门口，一辆出租车在他旁边停下。从车里走出一个姑娘，隋明亮一看竟然是米米，就从自行车上下来，"米米，今天又不是周末，你怎么回来了？"

米米脸上的表情有点复杂，她避开隋明亮困惑的注视，跑到后备厢那儿，取下一只大拉杆箱和两个大行李包。隋明亮瞪着箱和包，更困惑了，"米米，你回来就回来，怎么把箱子和包全带回来了？"

"爸，你是要出门吧？先回去吧，我有事情跟你和妈说。"

米米交了打车费，拉着箱子，费劲地提起包，往小区里面走去。

隋明亮赶忙推着车快走了两步，抢过米米手上那两个包，搁到自行车后座上，与米米并行着进小区。上了楼，隋明亮拿钥匙要开门，米米拽了拽他的衣襟，小声说："爸，帮我个忙吧。"

"行！"隋明亮想都没想就回答说，"要我帮什么忙？"

"一会儿进去后，妈问我什么，我答得不对她胃口，请你帮我说说话。"想了想，米米又补充了一句，"我会跟你解释的。"

"我懂！"

隋明亮与米米相视一笑。他和米米之间有种心照不宣的默契，有时候，他们彼此有什么秘密，不用向对方说，对方都能知道。他们的父女关系是很过硬的。

打开家门，于耀芳看到门外米米的包和箱子，吃惊地望着米米。

"我不打算再去余安上班了。"进门后，米米主动交代她今天回来为什么这一副样子，"我跟你们商量，你们必定会跟以前一样，除了反对，还是反对。这次，我就不再跟你们商量了。请原谅我的先斩后奏。"

于耀芳和隋明亮瞬间就知道了米米是怎么回事。她要辞职。

米米想辞职，不是一天两天的事了，之前，她好几次征求过父母的意见。隋明亮和于耀芳当然不同意。米米在隋明亮所在省城分公司下的余安办事处上班。因为她去年毕业的时候，是想留在省城分公司机关的，所以，这个工作不算如她的意。但不管怎么说，在这样的大型国企里，即便是驻扎在下面县乡的工作队，跟普通的企业相比，依然算是不错的单位。米米对这份工作再不满意，隋明亮

56

和于耀芳都有理由劝她安心工作。几经劝说，米米逐渐消停了，特别是最近一两个月来，没再提辞职的事。隋明亮和于耀芳还以为米米终于想通了，接受现实了呢，谁料想，米米今天给他们这么大的一个意外。

一如跟米米进屋前约定过的那样，接下来，在于耀芳机关枪扫射般责问米米的过程中，隋明亮不失时机地帮米米的腔。隋明亮不帮腔还好，这一帮腔，马上激活了于耀芳的记忆。往事中的一幕幕，都在告诉于耀芳，这个家本来可以过得比现在好、比现在受人羡慕，现在是个什么样子！这一切都是隋明亮的自命清高造成的。于耀芳指着隋明亮破口大骂：

"我们女儿会走到今天这一步，追根溯源，都是怪你。你要是不那么好面子，那时候跟单位里的领导打两句招呼，米米至于给发落到余安去吗？她要是去年一毕业就一步到位地留在分公司机关，这一年来，她会一而再再而三地跟我们喊辞职吗？你就是这样，一辈子都学不会张口求人。"

于耀芳这么说隋明亮，让米米有点内疚，她连忙向于耀芳道歉，但米米轻飘飘的几句道歉显然不能令于耀芳解气。"你要真觉得对不起我们，就赶紧回余安去上班，别再跟我提什么辞不辞职的事。"

这个要求米米是不能同意的，她这次是拿定主意要辞职，没有任何余地。

于耀芳又把愤怒转到了隋明亮那里，数落了半天。中间于耀芳突然从米米口中得知米米只是自己决定要离开余安，并没有向余安办事处那边提交辞职申请，于耀芳就小小地松了一口气，她对隋明亮说："这样好了，你不是正好要去单位吗？你去找人事处郑处长，当年，他跟你曾经在一个管道队待过两年，怎么着也算老朋友了，趁着你刚退休，人家还没有忘记有你这个人的存在，你抓住这最后的机会，去跟他求个情，把米米调到机关来。米米，是不是如果你能调到省城来，不用待在那个偏僻的余安，你就不辞职了？"

米米不吭声。

隋明亮揣摩地看了米米一会儿，出门去了。

来到单位，在先前自己的办公室门口，隋明亮碰到了办公室的新主人——接替他副主任岗位的赵刚松，他正要出门。看到隋明亮，赵刚松用一种敬而远之的客套说："老隋，我正想找你呢。怎么样？下午有空喝个茶吗？"见隋明亮一怔，赵刚松马上补充说，"是齐主任的意思，他想请你出去喝个茶，我作陪。"

隋明亮刚才怔住，是因为他对"喝茶"这个词很敏感。在单位里，喝茶往往承载着神秘的使命，绝不是简单喝个茶、聊个天那么简单。齐主任，姓齐名芳，是个人如其名的具有更年期女人气质的男人。以隋明亮对齐芳的了解，一定是科室里出了什么新话题，他想找隋明亮说道说道。说道，自然不是目的，只是一种手段。目的是什么呢？鉴于齐芳以前一贯的做派，隋明亮揣测他是想整人。如果说退休真有什么好处的话，截至目前，隋明亮能想得到的一个好处就是：他可以不必卷入单位里的人事纠纷中去了。现在的他可没有义务去配合齐芳整人。

"齐主任找我有什么事吗？"担心赵刚松会装糊涂，隋明亮直截了当地问，"又有什么事让他烦心了？"

赵刚松压低嗓门，凑近隋明亮："说是市里一个领导，托了公司副总，把一个姑娘塞到我们科室来了，今早刚来报的到。齐主任不高兴，想找出点儿道理，把这个姑娘退回到下面的工作站去。他已经跟我还有科室里其他人商量过一道了，想跟你再商量一道。"

隋明亮忽然想起来了，赵刚松所说的这个姑娘叫小梅，她要调来的事，他多少知道点情况。小梅跟隋明亮一样，有点文艺才能，他们经常在单位里的文艺演出上碰面。最近的一次演出，是"五一"节，小梅跟隋明亮说起过，她有可能要调到隋明亮所在科室。当时，隋明亮没当一回事，调到公司机关，没那么容易。没想到这事儿现在还真成了。

隋明亮脑海中浮现出小梅的一举一动，以他对这个姑娘的了解，她跟某个当官的有不明不白的关系，极可能是别人的嫁祸。哪个当官的有那么傻？那么傻能当上官吗？要真有那种关系，当然要尽量掩盖，怎么可能明目张胆地托人调动？绝对是嫁祸。这个嫁祸小梅的人，无疑就是齐芳。齐芳之所以动用这种歪招，就是想营造小梅的坏名声，以便在眼下小梅的借调期里，顺理成章地将她踢出去。现在，齐芳找隋明亮喝茶，其实就属于他为这姑娘进行不良造势行动中的一个环节。至于齐芳为什么如此惊恐小梅的到来，那只有鬼知道了，具有更年期女性气质的男人，逻辑这种东西在他们那儿是失效的。

心里这么盘算了片刻，隋明亮弄清了这里面的一切机巧。他一边往办公室里走，一边婉拒赵刚松："我今天家里有要事，喝茶就免了吧。替我谢谢齐主任。"

"那改天？"赵刚松说，"齐主任已叫我来跟你说了，你不去不好吧？"

"改天啊？"隋明亮必须当即否定掉喝茶这件事，他连忙摆手，"改天也不要了吧，赵副主任，我们没有相处过，你不知道。跟我相处过的人都知道的，我肠胃不好，不适合喝茶。"

"那到时候你就喝矿泉水，我们喝茶。"赵刚松把逼上梁山的劲都使出来了。

都退休了，不想喝这个茶就不喝，没什么好担心的。隋明亮就硬顶了："不喝了，还是不喝了。抱歉！抱歉！"

"那行那行！"这个叫赵刚松的人，比隋明亮小了将近二十岁呢，忽然说翻脸就翻脸了，都不需要一点点思考过程，"你到我办公室来有什么事吗？"

隋明亮愣住了，不相信对方会以这样的语气跟他说话。"我有东西落在里面了，过来取，打扰你了啊！"

赵刚松快步走进去，拉开一个抽屉，从里面抓出一把证书，丢到桌上，讪笑着对隋明亮说："是这个吧？我还以为你留在这儿是因为你不想要了，正想扔。"

隋明亮拿起证书，往包里装，快速地往门外走。"谢谢你没扔。再见啊！"

他才走出门，赵刚松就从里面推上了门。

隋明亮愕然站在门外。就是因为他拒绝了赵刚松，引来他如此不恭的态度，这种情况如果他没退休是绝不可能发生的。

但赵刚松刚才那种恶劣的态度，并没有给隋明亮带来心理挫折。这是他退休前预料过的一种情况：单位里的人，尤其那些势利小人，对一个退休了的人，心理定位上多少会发生一点微妙的变化。

隋明亮的情绪没有受到影响，他按原计划进了电梯，去八楼人事处。不过，在电梯上升的短短十几秒钟内，隋明亮打起退堂鼓来了。小梅的事，让他想到米米。小梅是不是靠了某个当官的调上来的，在隋明亮看来，是个未知数。但只要有了齐芳这类人物，单位里的人最后都会认为小梅是卖肉上位的。这种声誉，将不以小梅个人意志为转移。那米米呢，她的情况跟小梅很相似，长相不错，有一定的才气，如果他隋明亮找了郑处长求情，把米米调上来，没有不漏风的墙，米米以后还能有个什么好声誉？一个姑娘，什么最重要？当然是声誉。更何况，他隋明亮去找郑处长说情，人家郑处长就能把米米调上来吗？谁不想调到省城机关里来？该有多少人求郑处长啊。他隋明亮面子就会比别人大吗？做梦吧！看看赵刚松的德行吧，实际情况会恰恰相反。不要到头来，米米人没调来，口水已经溅到她身上了，她这辈子都别想擦掉。

八楼到了，电梯门开，隋明亮没出去，按了一楼和下行键，直接下去了。

回到家中，于耀芳马上着急地问隋明亮找郑处长后的效果。隋明亮实话实说，把赵刚松如何对他态度恶劣，他又如何通过这件事推而广之地想到如果找郑处长说情把米米调到机关后可能对米米人生的不利，一五一十地跟于耀芳说了。听隋明亮说完，于耀芳失望至极。那些个折磨她的往事，这一次倾巢出动，大声在她心里发出命令：骂隋明亮，骂死他，骂死这个一点用都没有的老东西。但是因为这个命令声太大，反倒让于耀芳冷静了。只有先冷静，才能更加逻辑清晰地骂隋明亮。于耀芳声音变得低沉："过去这些年，因为你死要面子活受罪这个问题，我跟你吵了不知道多少回了。今天，

61

我不想跟你吵。为同一个问题，多吵一次没有意义。"于耀芳说，"这样吧，我就平心静气地针对你刚才那些个想法，跟你讨论一下，怎么样？"

隋明亮因为终究还是没有帮上米米的忙，心里有愧疚，便赶紧说："你别客气，你尽管说。"

"别的我不去说，我就跟你说一说赵刚松对你态度恶劣这个事。"于耀芳说，"你认为赵刚松是因为你退休了，在单位里没个位置了，于是他说话就不考虑你的感受了。我跟你的看法不一样。我觉得你的结论过于简单了，就跟你这个人的心性一样，虽然已经六十岁了，但还是那么简单。我们就拿老宋举例吧，老宋比你还早退休两年，可单位里在职的人、这个院子里的男女老少，哪个不对他毕恭毕敬？为什么赵刚松这样的小人会对你态度恶劣，但单位里那么多小人，却从来没人敢对老宋那种态度？为什么？老宋坏啊。当年，他曾经到过你负责的那个工作队，一去就整人，可整人不应该招人恨吗？是有人恨，但只是在心里恨，表面上谁不对他毕恭毕敬？大家怕啊，怕惹了老宋没好果子吃，就时时处处敬着他了。你呢，一辈子就知道退缩、逃避。你这样的人，别人觉得，得罪了也就得罪了，不会有恶果，当然想得罪就得罪了。说到底，你在大家眼里是个没有战斗力的人，他们就不在乎你。人家觉得你有用，就当你是个人，敬着你；觉得你对他有害，也当你是个人，心里面提防着你，表面上加倍地敬着你；要是觉得你不但没用，而且无害，就心里不把你当成个人，脸面上连装作当你是个人都不愿意。"

于耀芳忽然发觉隋明亮被他说得脸色铁青，一下子心软了："明亮，去跟郑处长求个情吧，把米米调到机关来。我们身边那些个熟人呢，以后看着我们有个女儿在机关里，对我们多少能敬着一点。我的意思是，就算不为米米考虑，为你自己，也该去找郑处长。"

隋明亮表情森冷地站了起来："行！我明天去找他吧。"

"这不就对了嘛！"于耀芳心里一块石头落了地。

他们对话的时候，米米一直坐在隔壁房间听着。这时米米走出来："妈，有句话，我说出来，你别介意。即便爸委屈自己，帮我去找人，把我调到机关，我也不见得就一定会在机关待下去。说不定，我还是会辞职。"

"为什么呀？"于耀芳惊得眼珠子要掉下来。

"妈，从小到大，我按你的安排，学你想让我学的专业，进了你想让我进的这个单位。其实这些，都不是我要的。我一直是在按你的需要过我的人生。这一年来，我总在给自己打气，要去过我自己想过的人生，最后，我终于下定了决心。这就是我突然辞职的真正原因。说心里话，余安偏远，那是再次要不过的原因，最根本的原因，是我不想在体制里的单位上班了，所以，妈、爸，你们即便真能把我调进机关，也没有用。我这次回来，是有备而来的。我已经联系好我英国的一个同学，我准备出国去学习两年，专业呢，还挺有意思的，是奢侈品管理。你们都知道的，我从小就喜欢跟时尚有关的事情，这个专业，我很感兴趣。想去的那所大学的这个专业，也不是每年都向亚洲地区招生，这对我来说是个好机会，我不想错过，请你们支持我。"

不但于耀芳，隋明亮也被米米的决定吓到了："这么大的事，你真的决定了？"

"出国学习？学费哪里来？那种学费，可不是小数目。"于耀

63

芳问。

米米淡淡一笑："妈，这个事，我不会让你，也不会让我爸操心的。你们两个人在这方面能力有限，我是成年人，不会为了要过自己的生活给你们制造压力。我有一年的时间去挣第一年的学费，后面我可以边在英国打工边学习。"

生怕他们还要再说什么似的，米米跑到隔壁屋里去了。

隋明亮和于耀芳坐在客厅里面面相觑。过了许久，于耀芳才回过神来，对隋明亮说："她就这么决定了?"

"那她还能是随便说的？你看她的神情，那些话是准备了又准备的。"

"我们要同意她吗?"

"看她那样子，我们同不同意，也改变不了什么。"

"你就让米米为了挣学费去受苦吧。"于耀芳气道，"她要真挣够了学费，你就眼睁睁看着她去国外刷盘子勤工俭学吧。反正你一辈子都要落得清闲，不用去为我，为儿子、女儿做点什么。就不信女儿吃苦你心里好受。"

于耀芳出去了。隋明亮一个人坐在沙发上喝茶，他有一个特别不好的预感：退休了，反而什么事都来了。

入夜，于耀芳从外面回来，进了米米的屋子，试图说服米米回心转意，但米米铁了心了。

于耀芳还是不死心，当晚，开家庭会议，用投票的方式来决定米米辞职这件事。让她大跌眼镜的是，投票的结果，米米竟然是以多于反对票一票的支持率胜出了。那多出来的一票，是健树投的，隋明亮投了弃权票。尽管事前于耀芳私下里给健树和隋明亮打过招呼，要他们投反对票。就这样，当晚只有于耀芳一个人孤独地举起了反对的大旗。

事后，于耀芳很快想到健树为什么投赞同票，他羡慕米米这样身强体健的青年有机会往远里跑，越远越好，米米能留学，间接实现着他的梦想。可隋明亮投弃权票，于耀芳想不通。晚上睡觉前她责问隋明亮。隋明亮没有给出像样的回答，他只说，他心里很矛盾，就只有用这种矛盾的投票法，来表达他的意见。

第二天，米米寄出辞职申请书，出门找新工作去了。她满脸放光，一副为未来的留学生涯备战的踊跃姿态。

三

米米几天后就找到了新工作，是给一家新开业的首饰店做店长助理。这个工作跟米米未来要学的专业很搭，薪水也还过得去，不出意外的话，干一年，基本上能挣到留学第一年的学费。米米干得很起劲，主动加班，经常晚上十一二点才回家。看到米米这么快就按照自己的设想进入了正轨，隋明亮和于耀芳心里一块石头终于落了地。到这个时候，他们才认可了米米的辞职。

这一天，隋明亮和于耀芳拾起了早上去护城河边散步的习惯。在河边散步的时候，有那么一阵子，隋明亮又找到了点退休手续办完那天下午那种从容的感觉。然而这种感觉只维持了一会儿。散完步回家经过红帽子巷中段那座废弃小学时，隋明亮整个人都不好了。

天阴阴的，废弃小学三四亩地大小的区域上，冒出一堆抗议的人。这些人，都是红帽子巷里的居民。他们中的一些人，跟隋明亮还是住在同一个公司宿舍院子里的，比如老宋。隋明亮和于耀芳走近了这堆人，看到老宋在他们中非常显眼地一手提着一个油漆桶，一手举着刷子，往残破的围墙上刷字。隋明亮凑近一看，这几个字是这样的：这里是密集的居民区，抗议在此建变电站。

建变电站？怎么隋明亮和于耀芳一直在这儿住着，从没听说这个废弃学校是用来建变电站的啊？以前不是一直说，这块地是用来建一个小型公园的吗？怎么突然就说要建变电站了呢？真的假的？

隋明亮和于耀芳把心里的疑问说出来，人群里马上有居民告诉他们两个，这事千真万确，昨天夜里，负责变电站项目的人都已经戴着安全帽前来偷偷勘察了，被路过这里的居民发现了端倪。就是担心让居民提前知道了大家会闹，所以建变电站的消息一直封锁。现在，这个项目终于要正式启动了。

看到隋明亮夫妇，老宋的情绪高昂起来。"老隋，还有老于，你们来得正好。我跟你们说呀，这个变电站要是建在这里，像你们家这种情况，最倒霉！"老宋转脸扫视人群，"你们知道吗？他家有个孩子，叫健树，健树先天性心脏病，小时候没看好，落下了诸多病根，身体里面安了个心脏起搏器。这变电站要建在这里，会干扰健树身体里那个起搏器。健树就靠着这起搏器维持健康呢，这下好了，起搏器变成一个磁力接收器，这不是要他的命吗？"

隋明亮和于耀芳听得毛骨悚然。变电站会形成一定的磁场，这种磁场多少会给人体带来辐射，这个常识他们是懂的，但这种辐射，到底对健树这种身体里安了心脏起搏器的人会带来多大不良影响，隋明亮要回去到网上找点资料研究一下，才敢下结论。虽然这么说，但凭着想象，隋明亮还是立即觉得，在这里建变电站，的确如老宋

66

说的那样，对健树的身体是有危害的。隋明亮一下子就惊恐了，"怎么能在这里建变电站呢，怎么不选个民房不那么密集的地点建呢？"

"那还能有什么原因？我们这条巷子里的人好欺负呗！"老宋大声地说。

隋明亮正待说些什么，忽然看到健树站在不远处。看到父亲看见自己，健树扭头往他们的院子走去。隋明亮和于耀芳心里同时一凛，立即想到，健树很忌讳别人说他的病。一想至此，隋明亮和于耀芳拨开人群，快步向健树追了过去。

健树走得飞快，差点撞到院子里开出的一辆车。这个院子破旧、狭小，院里有车的人家就把车停在院子中央小小的一块空地上，平时，院子里都被车塞得满满的，当然都不是什么好车。长期住在这个院子里的，也没什么能人，能人们早就把单位分的房子租出去，买了商品房甚至豪宅住到外面去了。只有像隋明亮这样一辈子没存下什么积蓄的人，还坚持把这院子里的宿舍用来自住。总的来说，隋明亮一家住在这里，是一件沮丧的事。早几年，于耀芳经常拿这个来抨击、埋怨隋明亮。那些时候，于耀芳的口头禅是："你说你也是恢复高考后的第一届大学生，你们那届出了多少能人啊！上大学的时候你比谁都优秀啊，不但专业一流，而且多才多艺，可恰好是你混到今天还窝在这个破院子里。"

这个早上，健树仿佛是要把对这个院子积压的怨气一股脑儿地发泄出来似的，走的过程中，还往一辆停放的车身上踢了一脚。好在没人看见，要真让车主看见了，免不了要一顿口舌。住在这种地方的人，都是在生活中备受煎熬的人，哪个会是省油的灯？

进了家门，隋明亮和于耀芳刚想去安抚健树，健树却飞快地背起画板，把笔和颜料装进挎包，一声不吭地出门写生去了。

隋明亮和于耀芳忧心忡忡地坐了下来。沉默了好一阵子，于耀芳忽然发出一声怪异的冷笑："不用我说，你自己也看出来了吧？儿子心里对你有怨恨。"

隋明亮突然火冒三丈。这个火来得迅猛而剧烈，就仿佛它在他心里滞留了几十年，今天终于要一泻千里了。隋明亮大声说："健树心里能对我有这么多怨恨，都是你的功劳吧？以你的本事，不去搞宣传工作，真的屈才了。我很好奇，你是怎么步步为营地在儿子面前把我塑造成一个不顾家庭，不为妻儿谋福利，只顾自己悠闲自在，自私、胆小、怕惹事的可怜男人的？"

"这个没有技术含量。"于耀芳面无表情地说，"只要利用好天时、地利就行了。哼！很简单啊，你看啊，除了你退休前这五年，另外三十一年，你就一直听凭那些个好争权夺利的人把你流放在那些个犄角旮旯儿的工作队，在这个工作队干几年，在那个工作队干几年，你自己还自欺欺人地觉得落得个与世无争。那行啊，咱们儿子、女儿从小到大很少能见到你，就只有我跟两个孩子在省城朝夕相处，他们不信我的话信谁的？当然是我说什么就是什么了。"

"原来是这么回事。你本事可真大。"

"对啊，我有本事。那你的本事呢？你的本事就全用来图清静了！"

"好啦，这些陈年烂芝麻的事就不讲啦。"隋明亮的火来得快，去得也快。

于耀芳悲愤起来："隋明亮，你个老不知事的东西，你还真信了?! 我跟你有仇吗？需要想尽一切办法地在儿子面前丑化你？要真是这样，我会无怨无悔地跟着你跟了一辈子？"

隋明亮意识到刚才失言了，抱歉地站了起来："我下去到超市买菜。"

于耀芳拽了他一把："老隋啊，我其实是不介意你的。那些个埋怨的话，我也就是嘴上说说而已。你的个性，我是清楚的，也是理解的。你心高气傲，不愿在人际关系复杂的环境下工作。你也比较清心寡欲，觉得人只要有个工作，日子能过得去就行了，不需要多么荣华和富贵。这么多年来，我也慢慢跟上你的思路了。但是今天，你也看见了，我们院子外面，就离我们的房子两百米不到，要建一个大的变电站。等变电站真的运营起来了，就像老宋说的一样，对儿子的身体得造成多大的辐射啊。"

隋明亮笑了，把于耀芳的手抓起来，抚摸了一下："你不用自己吓自己。老宋的说法你也信？要信，你也要去问医生。我就不信，一个变电站，能对一个安了心脏起搏器的人造成那么大的危害。城市变电站，建在居民区里，也是没办法的办法吧。这城里得有多少户人家旁边就挨着变电站，身体里安了起搏器的、支架的、钢片的，都有，照你那么说，那些人都活不了了？这样，我明天去医院找个胸外科专家详细问问，我打赌，专家的解释一定能打消你的顾虑。"

"你没有必要去问。"于耀芳铿锵有力地说，"我干了一辈子护士，对医学多少懂一些，至少比你懂得多。我跟你讲吧，理论上的讲法，有时候就是个理论，人的生命是脆弱的，有太多不可解释的事。我们房子旁边，那么近的地方，立了个那么大的磁力源，怎么都不是好事。再说了，这个院子，简直太乱了，你是没多想，但我多想了，健树明知自己身体不好，为什么还老往外跑，一出去就大半夜？因为他不喜欢住在这里。"

隋明亮心里一抽，他本能地认为，于耀芳说的是对的。"那你是什么意思？我们从这里搬走？买个新房子？"

"要能搬走，换个新地方住，那当然好啊。可惜你一再错过了买房的机会，现在的房价已经是十年前的四五倍了，你买不起。"

"要真想买，没有买不起的。我们把旧房子卖了，收回来的钱，加上我们手里的积蓄，好的楼盘买不上，一般一点的，能买上。"

于耀芳突然目光凛凛："隋明亮，你这辈子别的什么都没学会，只学会了一条，那就是逃跑。你是一个彻头彻尾的逃跑主义者。为了图清静，就逃到那些个偏远的工作队，哪儿偏你往哪儿跑，一跑就是三十一年。你到现在都没弄明白一个道理，真正的清静是争取过来的，是通过战斗得到的。你有战斗力，去了再复杂的环境，也能清静；你没有战斗力，去再单纯的环境，也不能得到真正的清静。工作队是够单纯的环境了吧？才几个人，可你真正清静过吗？还不是有人事斗争？"

于耀芳的话勾起了隋明亮对工作队的回忆，但是这个回忆其实还是蛮美好的，他想起工作队住的地方的旁边永远有大片的原野、清澈且宁静的河流、幽寂的山岗，这正是他喜欢工作队的原因。

于耀芳的声音还在继续："现在，就因为这个巷子旁边要建变电站，你立马就想到了跑路。你怎么不想想，我们这套破房子，能换回来的新房，就算再差的新楼盘，那也只能是现在一半的面积。我住惯了这一百平的房子，让我去住五六十平，我住不了。哼！我这次再不会纵容你的逃跑主义了。你得学会战斗。"

隋明亮耳朵听着于耀芳的斥责，心依然留在那些原野、河流和

70

山岗里，他在此刻是分裂的。

四

隋明亮背了把木吉他，揣了一个小马扎，沿着红帽子巷走到了护城河边，那儿有一个休闲平台，每天都有一些退休老同志聚集在那儿切磋文艺才能。退休前隋明亮每次与于耀芳走到这儿，于耀芳都会用一种鄙薄的语气讥讽这些人，顺带给隋明亮提个醒。于耀芳说："隋明亮，你退休了，可不要也到这儿来扰民。你看看这周围，多少居民楼啊，他们在这儿吹拉弹唱，吵得附近的居民怎么生活？真是没有公德心。"

退休前隋明亮从来没有想过自己有一天会到这儿来跟一群文艺爱好者扎堆，但是现在他来了，背着于耀芳来的，仿佛"退休"这两个字有一种魔力，会把他吸附到这种地方来，只有到了这儿，无所事事的感觉才能得到驱逐。是啊，不过是退休一个来月，隋明亮就经常被一种无所事事的感觉包围着。

没有一个人认识隋明亮，隋明亮也不认识聚集在这儿的任何一个人。作为一个新晋广场音乐爱好者，隋明亮今天是这儿的新人，他的到来引起了片刻的关注，但很快因为他没有主动跟他们中的任何一个人搭话，他们便忽略了他的存在。隋明亮在一个不显眼的地方放下小马扎坐下，听这些人吹拉弹唱。过了一个钟头，隋明亮才等到一个机会弹他的吉他。他一边弹、一边唱罗大佑的《滚滚红尘》。实话说，他弹得、唱得都很像那么回事，但是相对于眼前这个暮气沉沉的老年市民组合，他的表演太新潮了。有的人开始交头接耳。隋明亮意识到他的"新潮"冒犯了他们的暮气。突然有个人大声喊了起来:"这位朋友,我们不喜欢你的歌,换老杨唱!"

隋明亮看到大家向一个长胡子、白头发、扎小辫的老者看去,那就是老杨了。老杨清了清嗓子,摁下录音机把伴奏放出来,然后字不正腔不圆地唱起了一段京剧。隋明亮识趣地把吉他背起来,揣起小马扎往回走。回去的路上隋明亮想,只要有人扎堆的地方,就有人事。就说这护城河边的小小娱乐场,看似散漫,实则也有自己的规矩,一个新人想要迅速融入,就得迎合它的规矩。比方说,你得假装你的文艺喜好跟他们一样陈旧。如果你以他们眼里的"新潮"出场,那就是对规则的冒犯,后面得花很长时间弥补,才能得到他们的原谅和接纳。

不过,如果想迅速让他们接纳,那也还有一个办法,就是今天隋明亮在有人大声说"不喜欢"时,迅速以强硬的立场与他们展开辩论,争得脸红脖子粗,甚至不惜用最恶劣的言辞当场吐槽他们的陈腐,用自己所知的音乐理论来指出他们的发声问题、吐字问题,给这儿建立一个新的规则。但是正如于耀芳所言,隋明亮一辈子都在逃避斗争,他不会,也不适合这么干。

但是隋明亮以后免不了还是会到这儿来,漫长的退休生活需要用娱乐节目来填空,他没有可能不来。他以后该如何融入这个圈子,让自己从中得到快乐呢?这么小的一件事情,居然也变成了一个问题,他甚至为此小小地苦恼了片刻,这让隋明亮多少对自己有点吃惊。

隋明亮在路边一棵树下站住,他抬头去看路边的这些树,发现它们像他不平静的心一样躁动。隋明亮想起,退休第一天,他走在路上，看到什么都觉得是宁静的，那种感觉真好，这才过去几天，那种感觉就找不到了。

手机响了，是米米打来的电话。米米说："爸爸，我在微信上给你发了篇文章，你看了吗？"

隋明亮放下电话马上看微信，一看吃惊非小。红帽子巷居民与待建变电站不屈对抗的事情，被做成一篇文章，正在微信上病毒式传播。这篇文章是老宋写的，老宋的文笔真是不错，煽动力更是满分。隋明亮吃惊的不是别的，而是老宋的这篇文章不断提到了健树身体里的心脏起搏器。很显然，健树身体里的那个心脏起搏器，在老宋掀起的这场舆论攻坚战中，被当成了最有力的武器。

"患有先天性心脏病的隋健树对这个变电站非常恐惧，他和他的家人对这种无视周边居民身体健康的做法非常愤怒。

"隋健树在这条巷子里生活了三十多年，那个心脏起搏器跟了他十五年。从前的十五年里，隋健树与他心脏里的起搏器一起走过红帽子巷，永远有一种安全感。但是从变电站项目的启动告示贴出那天起，那种安全感在隋健树心里不存在了。"

老宋的文章里如此说到健树。

隋明亮马上又拨通了米米的电话。米米非常愤慨："他老宋怎么能这么干呢？都住在一个院子里这么多年了，他不是不知道我哥最忌讳别人拿他的身体说事，现在被他弄得满城皆知，他没考虑过这是在伤害我哥吗？还有他至少要先问问我们答应不答应把我哥的事让他拿出来说啊。"

米米说的，正是隋明亮想的，但是现在说老宋不该把健树的事在网络里扩散，那已经没用了。现在要考虑的是，健树这颗玻璃心，能否承受这突如其来的变故。一直以来，隋明亮、于耀芳，包括米米，都在尽力确保健树的心不受伤害。

"米米，你说健树看到这篇文章了吗？如果没看到，我们赶紧想办法，让他看不到。"

"晚了，我哥一定已经看到了。我刚才看到老宋的文章，第一时间就拨了我哥的电话，拨了两次他都没有接，不是看到了还能是什么？这会儿他生气得连电话都不想接呢。爸，你知道我哥今天去哪儿了吗？"

健树今早出门，没有说去哪儿。一般情况下，他不说去哪儿就是去三庆乡了。他喜欢那儿，那儿花草树木多。隋明亮想了想，说："我马上到家了，然后就去三庆乡找你哥。你也请个假，现在就出发，我们都去三庆乡找一找。"

隋明亮急走回院子，看到五六个本院居民聚在传达室里。传达室的老大爷低头站在一边，听老宋数落他没好好看管院子。

"你看不好院子里的车，那还要你这个门卫干什么？"老宋瞪着那老大爷说，"车好好地停在那儿，就给划了那么长长的一道痕，这是谁干的缺德事啊？"

隋明亮悄悄来到老宋的身边。就算现在老宋把文章删除，也没用了，肯定有人转发这篇文章了，而且转发的人很多，不然这篇文章怎么能变成微信热文？那既然叫老宋删除文章并没有什么用，还能跟他说什么呢？批评他一顿吗？隋明亮就是这么在心里琢磨着对付老宋的办法，错过了对老宋先发制人的机会。老宋一扭头，看到了隋明亮，大呼小叫起来。

"明亮老弟，可逮着你了，我正想跟你说呢，你儿子健树现在成网络红人了。你儿子有今天，得感谢我，要不是我一篇文章，他能红吗？你看我那篇文章了没？后面的留言里，好多人同情健树呢，还有人说，要给健树捐款，要真有人捐款，你们全家都得感谢我。有几个记者加我微信，说要采访健树，你把健树的手机号现在就告诉我。"

隋明亮看着滔滔不绝的老宋，想起多年前老宋曾去他的工作队代过半年职，那段时间，整个工作队因为老宋的强势和霸道变得人人自危，但就是这样，老宋代职回机关后还是升了职。现在隋明亮发觉那一次他对老宋其实是有意见的，这种意见持续到现在。今天面对老宋的自以为是，那意见突然就上升到对他人格的质疑了。隋明亮拍了拍老宋的肩膀，说："老宋，能不能借步说个话？"

老宋叫唤起来："我现在哪有时间借步给你，我车子给人划了，我得马上把凶手找出来，好好收拾他一顿。我得问问他，跟我有多大的仇，要给我的车划那么大的口子！"

隋明亮大步迈出传达室，站在门口喊："宋宏年，你给我出来！"

平时轻声细语的隋明亮这次把老宋惊到了，他远远地看着传达室外面的隋明亮。"隋明亮，你这是吃了枪药了？捣什么乱呢？没看到我正忙着吗？"

既然老宋不愿意出来，隋明亮就说给大家听，让大家评评理。隋明亮说："宋宏年，你怎么可以不问问我们愿不愿意，就在文章里对我们家健树的生理问题大谈特谈呢？你不知道你这么做会给健树带来不良后果吗？"

老宋这才明白隋明亮何以对他大喊大叫，他走出传达室，对隋明亮怪里怪气地笑了。"明亮啊，我写篇文章，都要向你汇报啊？要论职务，退休前，我比你高啊，怎么着也不该我向你汇报啊。再说了，我文章里就是陈述了你们家健树的一个生理事实，我没有夸大，也没有吐槽，对健树的生理问题没有一句不尊重的话，怎么就不能写了呢？我写这篇文章，是为了帮我们整个小区、整条巷子里的人去要公理的，这种议论文章，要摆事实讲道理的，你们家健树的情况最典型，我不摆他的事实摆谁的?"

隋明亮突然有点词穷，这真是要怪他过往的生活。作为一个不想沾事的人，即便如今六十岁了，他还不曾给自己机会去辩论过什么，所以他在辩论方面的能力真是弱到小儿科。隋明亮这一迟疑不打紧，传达室里的人都开始围攻他了。

"隋明亮，你可真是自私。老宋写那篇文章，也不是为了他自己一个人，他是为了大家，才出这个头的。这个大家也包括你们一家人。他实话实说地亮出了健树的病，你就不满成这样了，不可理喻。"

"隋明亮，你确实有点不可理喻啊。"

"隋明亮，往常你是个挺和善的人啊，今天怎么变得这么凶巴巴的了？莫不是……"有个人指着隋明亮，恍然大悟地说，"听说变电站方面因为老宋的文章现在有点被动，为了改变被动局面，他们暗中收买了红帽子巷的个别居民，适当时候替他们说话，这样老宋的文章就有不同声音了。隋明亮，莫不是你就是那个被变电站收买的人?"

隋明亮惊呆了。老宋马上觉得那人说得在理，指着隋明亮破口大骂："隋明亮，你卑鄙无耻！你当奸细，与整条巷子的人为敌，还要脸不?"

隋明亮一下子有点失去理智，传达室的桌上放着一把螺丝刀，他奔过去捡起来，对着老宋就要戳。老宋惊喊："快打110！隋明亮要杀人灭口！"

隋明亮也就是吓老宋一下的，他扔掉了螺丝刀。老宋见隋明亮手里没有武器，扑过来就要打隋明亮。还没碰到隋明亮的身子呢，于耀芳跑了过，一拳头打到老宋脑门上。

"宋宏年，你的车是我划的。"于耀芳说。

"为什么要划我的车？"老宋突然张嘴"噢"了一下，紧接着发出一声冷笑，"于耀芳，你比你们家隋明亮还搞笑啊。隋明亮只是自私、狭隘，你呢，不但自私和狭隘，还是个女流氓。你这个女的，心里得有多流氓啊，才会在邻居的车子上划道道。"

于耀芳报以同样的冷笑："我再流氓，也没有你流氓啊，当初，你是怎么伙同医院的那个副院长把我从职工医院弄下岗，给你老婆腾出岗位的？奇怪，那个人前年给抓进去了，怎么你这种人就没进去呢？你想不想进去？"

这话就说得太敏感了，宋宏年大怒："于耀芳，你说话可给我注意点，污蔑可是犯法的！"

于耀芳说："我污蔑你？你敢说你是干净的吗？你要是干净，你给儿子在南三环买的豪宅，是哪里来的钱？你退休前，一个月的工资才多少？你老婆一个护士，一辈子能挣得到那套豪宅的一个阳台吗？你跟我横，我也敢跟你横。你要是敢再跟我要横，我倾家荡产都要找出你那些肮脏的证据。"

老宋居然被于耀芳恐吓住了，横的人遇上了更横的，横不起来了。"行了行了，你划我的车，这事不追究了。我跟你扯这事，说出去，让外面的舆论觉得我们院里人搞内讧，到时候他们拿这个做文章，掩盖我们声讨变电站的声音，得不偿失。我也跟你俩道个歉，我应该考虑到健树的心理状态，不该把他的事说出去。"

于耀芳说："老宋，你为大家伸张正义，我支持你。但你确实不该不考虑我们的感受，就这么把健树的情况扩散出去。现在事情已经这样了，你得想办法补救。"

"怎么补救？"

"你再写篇文章，就说健树心脏里安了起搏器，是你没弄清楚情况，他的心脏是好的。"

这个是老宋万万不能干的，就算是他愿意干，现在整个红帽子巷的居民也不干啊，说写错了健树的情况，那不是变相告诉舆论，那篇文章没有说服力吗？就连隋明亮，都觉得于耀芳的建议有点光顾着考虑自己了。

隋明亮说："老婆，事情已经这样了，健树的工作，我们自己回去做。老宋你以后写文章小心点就是了。"

于耀芳惊怒地看着隋明亮。她可不想在院子里跟隋明亮吵，一扭身往自家方向走去了。隋明亮赶紧追了上去。到了他们家所在的单元，于耀芳忍不住了，劈头盖脸地骂起隋明亮来："这要是放到革命战争年代，你这种人经不起一次毒打，就成叛徒了吧？不对啊，这老宋也没有毒打你啊，连吓唬你一句都没有，怎么你就跟他变成了一伙，跟我唱对台戏呢？"

"这不是已经脱离革命战争年代很多年了吗？你还是用一种战天斗地的姿态活着，没有必要啊。何况你也不是从革命战争年代过来的，你的好战基因是哪儿来的？"隋明亮打趣地说。

于耀芳一边往上爬楼，一边气喘吁吁地叱道："隋明亮，我以前只知道你怕事，现在我才知道，你懦弱，懦弱到人人可欺的地步。当初，那老宋用阴招把我整下岗，你我心里都是清楚的，可你居然回家来做我的工作，说'芳芳啊，你那么瘦，我也不放心你这三天两头上夜班的，提前退休也挺好，就退了吧'。什么提前退休？那就是给下岗换一个好听的说法。"

隋明亮很正式地纠正道："于耀芳，我承认，我是怕事，我一辈子都在想尽一切办法地远离是非，看到是非的苗头，我立马躲得远远的。这我都承认。但怕事不是懦弱，懦弱和怕事是两回事。人说话办事要讲究理智和章法，你觉得让老宋再写一篇文章去做那种更正，真有用吗？老宋又不是莫言，能有那么个扭转乾坤的文笔？"

"你就给你的懦弱找理由吧。"于耀芳在楼梯上站住，冷冷地打量隋明亮。

隋明亮被于耀芳目光里的冰冷伤到了，他伤感地经过于耀芳身边先往上走。于耀芳看着他瘦弱的背影心中一阵不忍，追了上去，抢着拿出钥匙开家门。"行了行了！"于耀芳说，"我都说过多少回了，你怕事也好，懦弱也好，我都认了，你就别扮委屈了。"

进了家门，隋明亮和于耀芳几乎异口同声地提醒对方说："我们得赶紧去找健树。"

两个人正要换了衣服出门，米米的电话打过来了："爸爸、妈妈，不好了，出事了，我哥给抓进派出所了。"

健树一个人坐在三庆乡的湖边钓鱼，两个执法人员跑过来，要没收鱼竿。健树看了看湖对面，那儿也有两个人钓鱼，他们比健树来得还早。健树就向两个执法人员提出质疑："我刚才看到你们从对面走过来的，为什么不赶那两个人呢？到了我这儿，你就要赶。怎么可以用两种标准执法？"

两个执法人员不跟健树解释，抓起健树的鱼竿就要走。健树本来心情就非常糟糕，这两个不公正的执法人员不是往他的枪口上撞吗？健树就抢夺鱼竿。两个执法人员就和健树开始扭打，最终是健树体力不支，被这两个人抓进了派出所。米米去三庆乡找健树的途中接到了派出所民警的电话。现在米米马上要到派出所了。

隋明亮和于耀芳接完电话就往派出所赶。米米在派出所外面踱步。看到他们从出租车上下来，米米迎了上来。于耀芳急问："你哥没事吧？他人在哪儿呢？"

"我哥身体没事，就是情绪很坏。他在里面，刚接受完问讯。"

"身体没事就好，我得进去看看他。"

于耀芳和隋明亮就要往里冲，米米拉着他们来到派出所楼前的停车场。

"爸、妈，我哥这回惹大事了，不但违抗执法命令，而且对执法人员动了手。"

"健树那么个病身子，就算动得了手，那也跟挠痒痒似的。再说了，他这么文静的孩子，是不会先动手的，他一定只是还手对不对？"

"妈，我哥不是小孩，他只要对执法人员动了手，管他是先还是后，就是他自己找事。现在说这个没有意义了，还是想想该怎么办吧。爸、妈，刚才里面一个值班的民警人好，悄悄跟我说，我哥按条条框框卡的话，可以办拘留的。"

"拘留？"于耀芳惊呆了。

"那个好心的民警又偷偷跟我说，那些个条条框框都是有余地的，就看怎么去讲这个事。讲得好，也可以不拘留，今天就给放出来。"

"这是什么意思？"

米米没接话，用一种复杂的目光看隋明亮，想说什么，迟疑着不能说出口。

"怎么了？"隋明亮问米米。

"爸，那个好心的民警问我，他们单位里的领导，有没有我们认识的，可以帮我们打声招呼。我们当然不认识他们单位的领导，但我懂他的意思，就跟他讲爸你是什么单位的、我是什么单位的，结果呢，也是巧了，那个好心的民警通过我讲的信息，发现我们还真能跟他们单位一个领导扯上点关系。"

"这怎么说？"隋明亮问。

"爸，你们科室的齐主任，他姐夫就是这个派出所的副所长。"

米米说完这句话，不再说下去，只是静静地看着隋明亮。那目光，能看到隋明亮心里的角角落落。隋明亮像被扒光了一样，十分不好意思。他低下头来，审慎地忖度。米米也不好意思再看隋明亮了，她把头别往一边去，忧伤起来。于耀芳不知道米米心里面在感慨什么，就是觉得奇怪。她戳戳米米。米米醒觉过来，赶紧换了个表情。于耀芳把米米拉到一边，说："米米，你和你爸这是怎么了？"

米米没说话，只是抬眼远远向隋明亮那儿看去。于耀芳也跟着米米看向隋明亮。阔大的停车场上，隋明亮正陷入沉思。

"妈，我跟你提个要求行吗？"

"什么要求？你先说。"

"你先答应我。"

"行，我答应你。"

"你知道吗？我爸此时此刻正在做激烈的思想斗争，他在想，是去找齐芳，还是不理会那个好心警察的提示，听任我哥最终给拘留。我爸清楚，我们都清楚，拘留几天，我哥也不会出什么事的，找齐芳也不是必须。"

"你这孩子，怎么能这么说话呢？怎么就不是必须呢？你哥这么个病身子，到时候关在派出所里几天，能不出事？"

"妈，不是你一个人关心我哥好吗？我们跟你一样关心。"米米想了想，说，"妈，我要你答应的是，不管我爸最后做的是什么样的决定，你都不要为难他。"

于耀芳黯然道："是啊，让他去找齐芳，请齐芳帮我们求情，听起来不是多么复杂的事情，但对你爸来说，是复杂的。"

于耀芳和米米就这么静静地站着，等着隋明亮。过了许久，隋明亮走了过来，用很淡然的语气对她们说：

"都是老同事，齐芳会帮这个忙的，我去找他。"

五

隋明亮去往单位的途中，经过了护城河边的那个小型民间演艺平台。一个与隋明亮年龄相仿的女人穿着盛装，正用咏叹调唱着一首悲伤的歌曲。盛大而隆重的服装，与她身后泛着绿光的肮脏的护城河水、高矮胖瘦都有的那些个树，还有她周围那十几个三三两两散坐着的老人，形成一种奇妙的构图，乍一看不协调，多看几眼，倒也能看出一种别样的美感。隋明亮远远听到女歌手悲怆的歌声：

"余生啊，我们多情的余生啊，就像那孤傲的山岭，像那疲惫的河流，像天上流淌的云啊，慢慢地流淌，伤感地流淌，多思地流淌，流淌啊……"

这奇妙的咏叹女郎是上帝专门派来抚慰隋明亮的吧？都让隋明亮快要觉得是一种幻觉了。隋明亮对她满怀感恩。他穿越马路，那儿有一个小卖铺，他决定去买一箱矿泉水，送给今天在这儿活动的老人们，用这种方式来释放心里的感恩。

抱着矿泉水走向这群老人的时候，隋明亮心里一阵忐忑，仿佛一个小孩子有一天决定闯入他在一旁观望了许久的一个篮球队、一个兴趣班、一场野炊——一个大家都踊跃参加的圈子。隋明亮非常想知道，当他以一种积极的姿态来融入这民间演唱组合时，他们会抱以什么样的态度？事实证明，他们是欣赏和接纳隋明亮的。隋明亮一个一个地往他们手上递矿泉水，他们都礼貌地说着"谢谢"，高兴地发出要他经常来这儿一起娱乐的邀请。隋明亮离开护城河边，向着他和齐芳约定的茶楼走去，他感觉到，刚才他在护城河边的所作所为，就像一场电影之前的加映片，像一个大型联欢会之前的彩排，像一场大运动之前的热身，当然，他是非常需要这种热身的。现在，经过了热身的隋明亮一脸笃定地站到了茶楼包间的门口。

包间里，齐芳和赵刚松早就到了，还有另外一名同科室的同事。三个人正在踊跃地吐槽，见隋明亮进来，他们仍刹不住车。

"我听到知情人士说，那个市领导专门在西边给她买了一套房子，这套房子，领导的老婆、孩子是不知情的，领导的老婆经常出差，一出差，那位领导就一连数天住进那套房子里去。"

"我听说，她和那个领导是在咱分公司跟工商局一次联欢会上认识的。那次联欢，她提前打听，听说那个领导喜欢听《越来越好》，就专门把这首歌好好练了练，那天那个领导坐在下面被她的歌声吸引了。要不然，凭她那点姿色，还是搞不定那个领导的。他们这个档次的人，什么漂亮货色没见过，还轮得到她？"

一切如隋明亮预料，他们在吐槽小梅。小梅长得漂亮，这是公认的，可是他们现在连她的漂亮都要否定了，那么，他们所说的关于小梅的一切，都当不得真。但是他们是不管真假的，把他们讨厌的小梅往死里说，才是唯一的目的。

"小梅调进咱科室了吗？"

中间，隋明亮觉得如果对他们的话题不参与也不好，就这么问了一句。这一问，问到了齐芳的痛处。"别提了，人家后台大，借调基本上就跳过了，直接就正式调入。"

赵刚松安慰齐芳："像她这种姑娘，不会满足于待在我们这个清水衙门的科室，她肯定是当个跳板，先在机关坐住，说不定下半年就跳到别的科室去了。"

齐芳不理会赵刚松的好意，继续寻找吐槽小梅的话题点，跟着一起来的那个人肚里也有料，马上抛出一个新料去满足齐芳的耳朵。隋明亮听了听，这个料更加不可信。如果把他们爆的一堆料全部加在一起，往小梅身上一裹，这小梅就是个十恶不赦的人。可是，小梅不可能是这样的，如果她真这么恶毒和有心计，他们这三个人今天在这里连吐槽她的勇气都不敢有，真正的恶人是令人闻风丧胆的。

隋明亮坐在他们中间，他需要提醒自己，千万不要被他们热烈的情绪感染，不要被人性中的恶抓住，起哄地也来说一嘴小梅。他做到了，但他为此痛苦。他想起退休前的那五年里，他对这样的吐槽有着非凡的预见性，发现苗头就逃得远远的，于是单位里任何小圈子的背后动作、它们所带来的恶果，都沾不到他身上。有一次，单位一个领导被匿名检举了，领导们压住了检举信，暗中排查检举者，机关里几乎所有人都被谈了话，就隋明亮没有，为什么？人人都知道隋明亮与世无争，绝不可能干那样的事。现在倒好，退了休，居然还要主动坐在这儿沾这种东西。但是为了健树，他是豁得出去这一次的。

隋明亮就静静地听，静静地喝茶。这杯茶多么像每个人的人生啊，需要先把提供口感的茶叶沉淀到杯底，才能喝到气味芬芳的水。难怪中国人那么爱喝茶，看来从生下来就懂得人生如茶的道理了。隋明亮正在胡思乱想，手机响了。

早不来，晚不来，小梅这个时候来电话。他跟小梅其实不算深交，也不可能深交的，他们的关系也就是文艺爱好者间的惺惺相惜而已，典型的君子之交淡如水，所以小梅跟他平时是不打电话的。怎么刚巧他今天约了齐芳，她就把电话打过来了？搞得好像她知道他要去听别人吐槽她。

"隋老师！"小梅一直是叫隋明亮"隋老师"的，这更印证了他们那种以才华为纽带的相惜关系。"我是小梅，是这样的，我给你报个喜，我的调动正式办成了。哪天你有空，我请你喝个茶，也算是庆祝我调动成功吧。"

又是喝茶！隋明亮心里一惊，一边举着电话一边紧紧盯着他的左、右、前方三个人，他们显然也在专注地听他讲电话。隋明亮赶紧对小梅说：“好好好！好好好！”

小梅听出了隋明亮不便接电话：“隋老师，你先忙，改天我定了时间和地点，发微信告诉你。”

隋明亮放下电话，看到齐芳用不咸不淡的目光瞥着他。齐芳讪笑了一下，说：“老隋，你接电话那么紧张干什么呀？”

坏了，难道他听出来打电话的是小梅？今天可是来找齐芳办事的，这倒好，反倒让齐芳对他生出了疑心，这可怎么办？隋明亮嗓子很干，他飞快地转动脑子，发觉这个时候还来得及补救，怎么补救呢？站队啊，齐芳要的不就是站队吗？齐芳要了那么久，他隋明亮死活就不站队，现在他突然站队了，不就什么都好说了吗？于是隋明亮大声说：“我觉得小梅这种姑娘挺蠢的，大家都在说她那些个破事，她还一副一无所知的样子，到处喊人庆祝调动成功。这么蠢的人，真是不适合到机关来。机关是个什么地方啊，是那些个没脑子的人也能来的地方吗？齐主任，我觉得你反感小梅是对的，事实证明，她没有资格调到我们科室来。”

非常好！隋明亮现在已经上交了一份口舌给齐芳了，他刚才的那段话里，尽管没有编造任何小梅的槽点，但布满了对小梅的蔑视、嘲讽和看低，这段话稍微加以放大和拉伸，就是隋明亮吐槽小梅的证据。齐芳以后完全可以跟任何人说：“你们看，就连隋明亮这么与世无争的人，都看不下去小梅调到我们科室来了。”齐芳就只要隋明亮表达一下他的态度就可以了，话狠不狠、过不过分，一点都不重要。齐芳抿起嘴来，微笑地看了看隋明亮。他端起茶壶来，亲自给隋明亮续水。隋明亮赶紧用手阻挡。齐芳推开了隋明亮的手，把水倒进了隋明亮的杯子。隋明亮不安地看着水从壶嘴里流到他的杯子里去，仿佛看到了"成交"两个字。

倒完了水，齐芳把自己的杯子举起来，对隋明亮说："老隋，咱俩喝一杯吧。感谢你这个退休的老同志，还来帮着我操心科室里的人事。"

隋明亮怀着极大的悲哀喝了一口茶。齐芳也一样，喝了一口，把杯子放到面前。"老隋，听说你上次跟刚松说，你不爱喝茶，要喝只喝矿泉水。我跟你讲，你都已经退休了，再不要只喝矿泉水，要学着喝喝茶。矿泉水太纯净了，喝起来一点味道都没有。茶不一样，有味道。"

是啊！隋明亮六十岁之前，居然真的一直做着成为纯净水的梦，还可以说做成了，这真是奇迹，他怎么就成功了呢？可是，这个成功是虚妄的吧？他今天不是来喝茶了吗？到底还是做了一杯茶。他今天的所作所为是必须的吗？接下来呢？他该何去何从？

此时游走在隋明亮心里的这些个思绪，说明了一个事实：经过了这么多年，于耀芳嘴里死不悔改的隋明亮，已经决定对自己做一次深入的调整了，只是怎么调整，他还没想好。

隋明亮就这样满腹心事地回到了家，于耀芳马上问："齐芳答应帮忙了吗？"

"明天带套换洗衣服，去接儿子。"

"真的答应了？"

"齐芳当着我的面给他姐夫打的电话。"

于耀芳大喜，用力在隋明亮脸上亲了一口。隋明亮对正在看他们笑话的米米说："米米，幸亏你没有调去机关。你要调去，真是

87

够呛!"

米米和于耀芳都不解地看着隋明亮。隋明亮什么也不说,要进卧室睡觉。于耀芳拦住了他:"等一下,有件事告诉你。"

"什么事?"

"隋明敏在下午你出去的时候来过了。"

"她来干什么? 借钱?"

"这次不提借钱的事了。她打退堂鼓了,不想创业了。"

"那她来干什么?"

"她说她想去孤儿院领养一个孩子。"

"领养孩子?"隋明亮先是一惊,继而高兴,"她这个样子,这把年纪,也不大有可能自己生了,现在想到领养一个孩子,也算是她有头脑。"

"但是隋明敏说,她自己一个人带不了孩子,她说你和我反正退休了,在家里也没事干,她要把领养的孩子放在我们家,让我们帮她带。"

于耀芳说完这句话,米米已经在旁边笑得喘不上气了。

隋明亮简直要服了这个思维怪异的妹妹了。她总是有本事让人对她大跌眼镜,领养一个孩子叫别人帮她带,不够奇葩的人还真想不出这样的怪招。

"你打算怎么回应她? 还是像以前一样,对她有求必应?"于耀芳问。

"那你是怎么回应她的?"

"我没有给她答复,我跟她说,我们家里的事,你大哥做主。哼! 我想把这个包袱踢给你。你这么大岁数的人了,连拒绝别人的能力都没有，真的是不行。"

隋明亮抓起手机就给隋明敏打电话，坚定地拒绝了她的奇葩要求。不论隋明敏在电话那头如何对他进行道德绑架，隋明亮都坚持拒绝。只要破除了心里面的某个坎，拒绝一个人就变成了世界上最容易的事。打完电话，他看到米米在旁边笑，而于耀芳怪模怪样地把一个拇指竖起来，"米米你看，你爸教训起人来的样子真酷，我都快成他的粉丝了。"

隋明亮放下电话，走过去对于耀芳说："于耀芳，你的嘴歪了。"

于耀芳一惊："我嘴歪了？真的吗？米米，快拉我到洗漱镜那儿去。"

米米看到隋明亮脸上促狭的表情，提醒于耀芳："妈，我爸逗你玩儿呢。"

"你个老东西！逗我干什么？"

隋明亮说："于耀芳，你用简单粗暴的思维活了快一辈子了，这就是后果，现在你连别人的一句玩笑话都听不出来。"

于耀芳不明白隋明亮想说什么，隋明亮已经进卧室了。米米说："我爸的意思是，人老了，有些坚持一辈子的东西该改一改。"

米米一直懂隋明亮，她不但懂，而且懂得怎么在最合适的时候让隋明亮知道她懂他，所以她是这个家里最聪明的人。这个夜晚，米米在隋明亮进入卧室后不久，跟着进来了，她告诉隋明亮一件她知道了很久的事：小梅的确是有后台的，齐芳他们嘴里所说的那个领导，其实是小梅的亲叔叔。分公司下面的小单位虽然遍布了三个省，但整个分公司里，出色的姑娘并不多，小梅和米米是这为数不多的姑娘中的两个。作为同龄而相识的人，米米有更多的理由来关注小梅，所以她对小梅的情况比隋明亮、齐芳他们知道得更多、更具体、更准确。

等米米走出卧室，隋明亮一个人坐在那儿呆呆地想，米米早就知道小梅这个情况了，为什么现在才告诉他呢？想了片刻他一惊，其实米米辞职的动作里包含着对他的失望——她不像小梅那样有关系，所以在这个人情复杂的体制内单位，是混不出什么大名堂的，不如趁着年轻，把自己抛入更广阔的世界，看看有没有别的出头机会。

可米米为什么终究还是告诉了他呢？而且是在他今天主动约请齐芳喝茶，与他们一起吐槽了小梅之后。这个问题没太费隋明亮的脑筋：米米想让父亲不要为了跟风吐槽了小梅一下而内疚。很显然，米米虽然对他失望过，但从来不曾恨过他。

夜里隋明亮醒过来的时候，发觉于耀芳没有睡着。隋明亮就假装睡着，感觉着她的心事。后来，于耀芳突然翻过身来，慢慢地从后面抱住了隋明亮。隋明亮因为一种说不清的情绪，发出了一声叹息。于耀芳听到了声音，打开床头灯，静静地看了隋明亮许久。

六

隋明亮组织了一次家庭观影。健树本不想去的，经于耀芳百般劝说才答应了。隋明亮把隋明敏也叫上了。隋明敏刚测出有轻微的抑郁症，这么看来，她之前两次惹他们厌烦的非分要求，或许是抑郁症的表现。隋明敏的抑郁症让隋明亮觉得组织一次这样的家庭聚会挺有必要的。他们看了一部爆米花片，中间隋明亮向左、右别过头去偷偷打量健树和隋明敏，两个人都很安静。看起来，至少健树那边已经一切恢复如常了，这说明习惯了安静生活的健树因那篇文章而带来的内心动荡，是有很多办法进行驱逐的。

电影结束后他们走出影城来到电梯口，有许多同样刚看完电影的人堵在那儿等着下电梯。隋明亮简单数了数电梯口站着的人，两部电梯要装两次才能把这些人装走，何况还有源源不断从影城出来的人，他们这边又是五个人，如果同时进电梯的话，最大的可能是等电梯走过两次后。也就是说，他们要在这个电梯口等十来分钟。隋明亮就提议说："我们走安全通道吧，反正就五层楼，而且是往下走，不累。"于耀芳他们就跟着隋明亮一起走安全通道，一对情侣也跟着他们过来了。下到一楼，隋明亮他们发现通往楼外的大门是用一条链条锁锁住的。于耀芳就开始埋怨隋明亮。隋明亮只好马上带着他们爬楼梯到二楼，再找电梯下去，在这个过程中，于耀芳一直在埋怨。

"你看人家随大流的，早就走到你前面去了，就你一个人想不走寻常路，带我们跑到这儿来了。现在别人都已经走远了，你想追也追不上了。你瞎搞害了自己不说，还要拖累我们。"

于耀芳说的是没错，先前在五楼电梯口等着的人十几分钟内确实全部下来了，比他们要快。但是于耀芳忽略了另一个事实，那就是，跟着他们走安全通道的那对情侣，没有在看到大门被锁时跟着他们走楼梯上二楼，而是坚持了一会儿，立即就有人从外面塞了一把钥匙进来。门外面一直就坐着个保安。要说时间成本，这一对情侣最终走出大楼所花费的时间，是比先前五楼电梯口一半以上的人要少。隋明亮他们下去后看到那个大门外坐着的保安，才发现这个

91

事实。

说明了什么呢？有时候，我们另辟蹊径是没有错的，错的是没有坚持到最后。没能坚持到最后的原因，是在关键时候没有从里面敲敲门，主动寻求一把突破障碍的钥匙。隋明亮有种豁然开朗的感觉，自从约请了齐芳后一直堆积在心里的那种年轻时才有的迷惘，此刻灰飞烟灭了。他感觉到，办完退休手续那天那种通透感又在身体里出现了。隋明亮看看街上那些树，枝叶浴风飘荡，他觉得它们特别有美感。

第二天上午，隋明亮和于耀芳从河边散完步回来，又遇到了在那块地上聚集的老宋他们。他们正在商议去区政府严正讲出他们的抗议。看到隋、于二人过来，就有人喊住他们，劝他们家派一个代表去区政府，因为这样更好打健树这张牌。于耀芳想争辩什么，隋明亮用眼神制止了她。于是他们二人就静静站在人群中，很快没有人注意到他们的存在了，也没有人再来游说他们了。隋明亮又跟于耀芳使了个眼色，二人悄悄走出了人群。

有时候，你很直接地选择与人群保持距离、格格不入，反而会引起人们的关注，融入人群里是最好的隐匿方式。

但是隋明亮和于耀芳只走开了几米就停了下来。隋明亮对于耀芳说："要不，你就做我们家的代表，跟他们去一趟吧。我今天要去应聘。"

阻止建变电站，这是整个红帽子巷所有人共同的事，他们家也不例外，不能因为老宋冒犯过他们，他们就找到理由不参与这个事情了。

于耀芳说："好，我去。"想了想，又问："你真的要去应聘吗？你说你才退休个把月，就要去重新工作了，这又何必呢。"

隋明亮笑笑说："我想看看自己以后除了固定收入，还能不能再有一份收入。到时候，就有钱给你们付月供了。"

"你想买新房？"

"前几天我跟你说卖房换房的事，你当时拒绝换房，我猜是因为你担心换个大一点的房子需要贷款，你只是不敢让我们过有月供的生活。健树的身体每个月都得花钱，你我的退休金加起来一个月才万把块钱，有月供我们的生活压力会很大。如果我再挣一份钱，月供的压力自然就缓解了。"

于耀芳感慨万千地望着隋明亮："可你这把年纪了，还要去跟那些小年轻竞争……我心疼。"

隋明亮是拿定主意要去打一份工了，这么多年远离尘俗倒有一点好处，他的身体状态比同龄人要年轻许多，再打十年工，应该也不成问题。过往这些年，他本有能力去改变家人的生活，只要他随波逐流。但是，顺流而下的过程中水面上漂过的生活垃圾，还有水垢，令他对此望而却步。他最终选择孤独地走在岸上，看他所看的风景。

一生中漫长的黄金时间里，做了那样的选择，其实他是不后悔的。但不后悔不代表他对家人没有愧疚。实际上，那种愧疚在最近的这些天来已经成了他最大的心理障碍，他需要找到一种方式把它解决掉。赶紧去打工，就是他找到的解决之道。

隋明亮来到事先预约好的应聘地点。坐在外面等待的应聘者有七八个，他们没有一个超过四十岁。隋明亮坐在那儿等着工作人员叫他的名字。他是最后一个被叫进去的。往里面走的过程中，隋明亮在心里为自己打气。

他相信自己是有能力的。当年在恢复高考后的第一届考生中，他还是市理科状元呢。这个就不说了，就说那个三十一年里，他坚定地把自己丢弃在世俗世界之外，那不是一种能力吗？有谁能够把这样的壮举坚持那么多年？

隋明亮推开门进去了，坐下来自我介绍：

"我叫隋明亮，今年六十岁，刚从一个全国排名前二十的国企办完退休手续。我是一名管道工程师，我从二十四岁到五十五岁一直在一线工作，我设计的项目获过的奖包括……"

负责招聘的是两个年轻人，他们的年龄还没有健树大，这是一个比较袖珍的企业，隋明亮看中它的朝气。这两个年轻人，显然被隋明亮的履历吓到了，两个人都不敢先吭声，好像先说话就会露了怯。隋明亮三十几岁的时候自学过心理学，他见到这个情况就知道他肯定过不了这一关。不是他的问题，是他的履历冒犯了这两个年轻人的生涩和单薄。这种冒犯只能造成他们对他的抗拒。他得跳过他们，直接去跟总经理谈。

隋明亮起身向他的下一站走去。

（原载《长城》2018 年第 3 期）

我的余虹

一

　　余虹是几年前给我们家带孩子的保姆。她真名叫什么我和我爱人已经不记得了。不是我们健忘，是我们一开始就喜欢叫她余虹，叫习惯了，就懒得去记她那个俗气的本名。至于为什么叫她余虹，而不是其他名字，是因为她喜欢郝蕾，而郝蕾演过的最有名气的角色，莫过于《颐和园》里的余虹。在中产圈层，喜欢一位小众并有才气的艺人，是有品位的证明，大家呢又都乐于证明自己有品位，所以要找到一个喜欢郝蕾的人并不难。一个喜欢郝蕾的保姆，却是让人意外的。这么说没有半点贬低保姆这个职业的意思。职业本身不分贵贱，有贵贱之分的是同一个职业里不同从业态度的人，身处某个职业却不好好钻研业务而老是琢磨些旁门左道的，那就是这个职业里的下等人。要这么说的话，"下等人"在如今这个世道里还挺多的。比如，我前天刚刚见过一个人，我不知道该叫他作家，还是别的什么，他名片上的头衔是很多的，某某公司的董事，某某协会

95

的副主席，某某大学的客座教授，某某商会的秘书长，当然他也自费出过书——好吧，姑且也算他是个作家。话说这位仁兄是去年开始突然想当作家的，这个念头是怎么来的我不曾考证过，我只知道，就在他这个念头出现的下一个月，我刚才说的那本自费书迅速出笼。他是不惮于拿着他的自费书到处送人的，加之像他这样的人精力旺盛，每天都能在各种各样的饭局里现身，所以他几乎每天都在送书。像他这样的人，又很精明，他敏锐地发现身上多一个作家头衔，别人在心里面评估他的社会身价时，会给个更高的价位，这个发现让他如获至宝，他在各种场合都发誓要真的去当一个作家了。然而他有那么多的人与事要去应付、周旋，成为一个真正的作家那可不是闹着玩的，要先埋头看几年的书，要近乎闭关地先练几年笔，到此才可以拿着自己的稿子去向杂志社、出版社投石问路，这也才只是个开始，后面的路还很长……他这样一个大忙人、社会活动家、职业商人，想成为一个真正的作家，那真是希望渺茫。怎么办呢？他有他的办法，这不，他找到了我，希望我能给他代笔，当一次隐身在他背后的影子作家，当然，也许不是一次，如果我们的第一次合作好的话，可以第二次、三次……可以长期合作。至于代笔的条件，也还不错。为了说服我替他代笔，他用向我透露秘密的语气悄悄跟我说，他知道某个很有名的作家现在已经不大能够写得出来了，他现在的有些作品，其实是有人代笔的。又说，如果我不想给他代笔，他给出来的条件大可以迅速找到别的代笔人士。他的意思，代笔至少不是一件极少发生的事，被代笔的，想代笔、愿代笔的，都并非个别人。我能说他在胡说八道吗？毕竟这种事除了当事人谁也难以知道真相。算了！我只能说，如今这个社会上，"下等人"真的很

96

多，真的是很多啊。这位仁兄在我评判人的标准就是属于"下等人"。依我所见所闻，在作家这个圈子里，像这位仁兄这种莫名其妙跑出来要当作家，很快把自己搞得比那些视文学如同上帝并多年如一日钻研写作的真正作家还要火的，并不是个别人。不再说作家圈里的事了，还是打住，说回到余虹吧。

得从好几年前开始说余虹。二〇〇八年七月，我们需要给刚出生的女儿找一位月嫂，家政公司推荐了余虹。余虹的资料其他地方都正常，有点反常的是备注栏，那儿标注了两个莫须有的信息：单亲妈妈，刚从琉城来。就在上上个月的五月十二号，四川这里发生了一场大地震，琉城是几个重灾区之一。那个七月全国人民依然笼罩在大地震带来的悲痛中，我和爱人吴宓看着备注中的"单亲妈妈"和"来自琉城"，心一下子揪紧了。特别是我，在这一个多月的时间里，以一个作家的身份频繁往来于成都与那几个重震灾区之间，听到、看到了太多的人间悲剧，来自重震灾区的人和悲剧这个词之间可以画一个等号，那已经是我心里的一个习惯性逻辑。那天，看到家政公司提供的余虹的资料，我就下意识地认为，余虹在这场大地震中痛失了一些亲人——包括她的丈夫。我和吴宓打算以极大的同情心迎接余虹的到来。

我们的心理戏是多余的——我们的习惯思维是怎么产生的，那真是一件值得研究的事——余虹只是刚刚离婚而已，她所有的亲人都在这场地震中幸免于难，她的前夫之前和之后都活得生龙活虎，始终热爱偷情。不过要不是地震，余虹的离婚官司可能还要再拖一拖。跟前夫结婚半年她就开始闹离婚，前夫不干，就总有人来调解，任余虹多想离也离不成。那年五月之后，政府部门的人被地震带来的一系列事务忙得团团转，突然就不能把时间和精力牺牲在离婚调解这种事情上了，就这么离掉了。这里必须补充一句，琉城是一个化名。为什么要用化名？严格讲，在余虹的这个故事里，用真实的地名也没有什么问题啊。这是吴宓的建议。吴宓对我做作家没有别的要求，就要求我写任何东西措辞尽量慎之又慎，如果我惹出什么麻烦来，那是一个家庭的麻烦。看！审查无处不在啊。不过，这样的审查我还是乐于接受的。接受，是对夫妻恩义的一种回馈。

余虹的学历是高中肆业，她是一九八五年生的，像她这种年纪，学历真是太低，要想在成都这样一个新一线城市迅速立足，倒是有一个办法，就是把自己的漂亮好好用一用。余虹的漂亮是一目了然的，她刚在火车北站下车，就被一个女的盯上了，说是要帮她介绍工作。但是余虹听她闲扯了几句之后就弄清楚对方要介绍她去当鸡，余虹把她骂了一顿，用尽了各种脏话，把街上看热闹的人都给惊呆了，他们都没想到外表漂亮、清冷的余虹骂起脏话来不比一个泼妇差。

对于漂亮，余虹是这么想的：这玩意儿嘛，该用的时候就去用，不该用的时候用了，倒显得你没有其他资本了。这是余虹当时的观点。以后的很多时候，她还是这个观点。一般人不见得有资格说这个话，但是余虹是有的。换句话说，只有资本太多的人，才会抗拒自己去利用漂亮这种资本。余虹除了漂亮，可以被她利用的资本多着呢。过去这些年，年少轻狂的她在别人眼里甚至是个恣意挥霍个人资本的人。

初来成都的余虹这次要看看仅仅靠她的勤劳和善良能不能迅速找到一个工作，于是她离开火车北站就去了一个家政公司。家政公司得知她孩子才两岁半，觉得她带孩子肯定行，就建议她做月嫂。余虹同意了，第二天就被公司安排培训。本来培训要一个礼拜，余虹脑子好使，一天过关。等于说，余虹来成都第三天，就去给人家当月嫂了。当然了，这儿的"人家"特指我们家。

来我们家第三天，我们和余虹聊到了"单亲妈妈"和"来自琉城"的由来，余虹告诉我们，这个特别说明，其实是家政公司依了她的要求加上的。余虹说，特意加上这个说明的目的，是想让雇主更清楚地了解她所有的信息。要对雇主负责的嘛，余虹用标准的普通话说。

余虹还真是一个想问题周到的人，周到到了快让我们觉得这是一种"把丑话说在前头"的狡黠。但等到跟余虹相处久了，我们相信那真不是狡黠，仅仅只是余虹这个人想任何事情都比常人想得多那么一点而已。理由就是这么简单而纯粹。

二

余虹从小就是这么一个"想得多"的人。小学时候她曾被班主任老师公开羞辱，理由是她跟同桌在课上交头接耳。余虹心里很清楚，真正原因是她漂亮又聪明伶俐，而跟她交头接耳的同桌长得丑还笨，重点是，同桌是班主任的女儿。班主任用这种方式为女儿报仇，可见爱女心切。

那个时候余虹才九岁，那么小就能看得透人性，天资真是好啊。但毕竟还是个小孩子，看得透不等于能承受，余虹挺伤心的。她一路从学校哭到家。学校在乡政府旁边，她家在本乡相对偏僻的一个

99

村子里，加起来快二十里地，她要走两个多钟头，这个时间足以让她用好天资来解决伤心这个问题，等她到了家，心情已经平复了下来。余虹不想让父母知道这件事情。她老实的父母比一般人不懂得处理自己的情绪问题，如果知道了，会拿着刀去学校捅人的。余虹千思万想后决定向父母瞒住这件事。

瞒是瞒住了，但是这以后余虹心里面落下了怨气。当然是埋怨父母。余虹想，应该有很多蛛丝马迹，提醒过她的爸爸妈妈去追问那件事情，可是他们两个居然错过了所有的信号。他们该有多马虎，该有多笨，才能让她把那事瞒住多年。余虹不能接受人那么迟钝，更何况那两个人是她的父母。余虹就是从那个时候开始嫌弃她父母的。

余虹的高中肄业可以说是为了摆脱父母，当然想要成功摆脱父母，光是肄业还不够，还要配上结婚这种社会行为。余虹高中是在琉城县城里上的，她那么漂亮，平时又寄宿在学校，要想不遭县城里那些不安分的小年轻追逐，那是不可能的。有一个男的，看起来是个有能力的人，在余虹上高三那年开始在校门口对余虹围追堵截，余虹对他其实也算是一见钟情，一冲动就退学跟他同居了。才十八岁就把自己一股脑儿地扔给了一个并不了解的男人，余虹那个时候也真是太不把自己的漂亮和青春当回事。同居一年余虹怀了女儿小雯，就结婚了。

男方其实是想跟余虹过一辈子的，所以他在得知余虹怀孕的时候不是想着怎么甩掉余虹，而是想办法找关系让没到法定结婚年龄的她领得到结婚证。也正因为男方是铁了心要跟余虹过一辈子，所以，他婚后在外面继续胡搞，每次都会精心策划，平时生活中也尽可能地不让余虹察觉到他的劣迹。

事情就坏在余虹太聪明了，她在捉奸方面简直是个天才，不需要任何确凿证据，仅靠一点直觉，就能现场捉奸。捉奸第一次，余虹跟丈夫谈判，只要他收手，日子就照过。这个男的满口答应，但照搞不误，只不过余虹的愤怒促使他下一次策划得更精心而已。余虹没有辜负她的捉奸天才，他再缜密，她也能找到漏洞。就最后一次交谈。这次的论点，是别把她当成傻子。他在搞外遇方面尽显聪明，如果她被他欺瞒成功，那就是她傻。她可不傻，有能力跟他斗智斗勇，可生活如果变成了一年三百六十五天的斗智斗勇，那是很悲哀的。

我和吴宓第一次知道余虹十八岁高中肄业、十九岁结婚，很是为余虹惋惜，余虹自己不以为然。弄得我们都不好意思为她惋惜了，就只好开她的玩笑。我们拿她三年零九个月的婚姻里智斗丈夫的事开刀。那天江苏卫视正在播《最强大脑》，我就对余虹说，余虹，像你这样的侦破天才应该报名参加《最强大脑》，说不定你比王昱珩还厉害。余虹说，大哥，你真的觉得我可以？

余虹这么回答，不代表她真的想去参加《最强大脑》，但能够说明，她是很清楚自己比一般人聪明的。她属于那种聪明并且对自己的聪明充分自知的人。

那天吴宓还当着余虹的面大发感慨。吴宓说，余虹啊，你是被你的出身拖累了，如果你不是出生在农村，而是像我们一样出生在城里面一个多少还像样的家庭，父母也有点文化和见地，以你的聪明和美，你现在说不定是个律师、医生、公司高管。吴宓的意思是，人在一出生的时候就被一只看不见的手给扒拉了一下，有的人当时

101

被扒拉到好命运这一边去了，有的人被扒拉到坏命运那儿去了。余虹就是没有被选中进入好命区，我和吴宓还行，给选到了不好不坏的那个区间。

吴宓说这个话的时候，并不知道余虹心里对自己的出身有多懊恼和不满。她嫌弃自己的出身，是我们后来慢慢感觉出来的。

三

余虹差点成为一个作家。我是说真正的作家，不是"下等人"那种。此事因我而起。

在余虹刚到我们家来的二〇〇八年，微信和微博这两种现在很火的社交软件还没出来，爱写点东西的人，很多都喜欢用博客来展示文才。有好长时间我不知道余虹也有博客、在博客里写东西。有一个人经常来看我的博客，开始我没留意，直到二〇〇九年的一天我发现这个人进了我的博客后会迅速把留下的"脚印"删掉，这反而引起了我的关注。我第一次点开这个人的博客，发现里面隔一个月发一篇文章，都挺长。我点开一篇看了看，写得挺有感觉的。我给这个人写了私信，谈了谈我的读后感。第二天余虹来到我的书房，吞吞吐吐地对我说，这个人是她，如果她的文章还有可取之处，请当面指教她。若在之前，我听她说"指教"，就当之无愧地受领了，但是那天她这么一说，我赶紧从椅子上站起来说，千万别这么说，我们互相探讨。我始终对写作有一种敬畏，遇到真正有写作天分的人，我会油然生出一种尊敬，好像要是我不尊敬这个人，文学会站在这个人的身后对我横眉冷对似的。

从那一天往前推，余虹来我们家快一年了。吴宓坐完月子后，余虹作为月嫂本可以结束她的工作了，但她却提出来，要继续在我们家干，当然是一个普通保姆的身份。余虹话语间还带了点自责，说怪她以前没给人带过小孩，没经验，不懂得控制自己的感情，带了麦逗这些时间后，她对麦逗有了很深的感情，不舍得离开我们家。我们自然是求之不得的。以前我们也没雇过保姆，在成都又都是外来人口，不太跟人打交道，几乎没什么朋友，我们的情感需求是浓烈的，所以我们跟余虹一样，对她也动了感情。最重要的是，余虹带孩子不一定专业，但用心、有真情，她在小孩子面前自有她的个人魅力，麦逗早就把她当成除了我和吴宓之外的另一个亲人了。

　　既然我们和余虹相处得那么好，我就忍不住想去帮余虹圆一个梦了。在一篇博客里，余虹说到过，她小的时候是做过作家梦的。有个省内的商界大佬年轻时是个狂热文学爱好者，为了圆自己的文学情节，联合一家知名网站办一期写作培训班，地点就在成都，为期七天，我有个朋友恰好负责这次培训班的外勤，我就托他推荐了余虹。当然，我也有我的私心。说得难听一点，我推荐余虹去参加一个写作班，多少带有一点促狭之意。我很想看看，像余虹这么一个漂亮而有写作天分的年轻女性，去了那样一个写作培训班，到底会发生什么。文坛这种地方，从来就是出故事的地方。像我们这种没有能力犯故事的人，听过太多的故事忍不住也想成为某个故事的参与者，哪怕我在其中扮演的只是一个群演。

　　去培训班报到前一天，余虹爱多想的毛病又犯了。多想出来的那部分，全是顾虑。余虹问我，当作家好吗？我说，好不好要看怎么比。跟保姆比，作家还是要稍微舒服一点，当然了，前提是你真的成了作家。余虹又问，我能当作家吗？虽然我小时候就爱看书，四大名著我小学三年级就读完了，但是我的作文被老师骂过的，说我阴暗。我说，骂你的是小学里那个班主任吧？余虹说，对，是她。我说，坏人的评价不能作数。余虹说，可是我学历低，高中都没念完。我举了两个当红作家的例子，我说他们还初中学历呢，学历并不是成为作家的必要条件。更何况，现在搞个学历也容易，就说我例举的那两个作家，他们成了名之后，就有高校要特招他们去读研究生呢。余虹说，初中学历怎么报考研究生？我说，在网上买个函授本科学历，两个月就可以办下来，然后不就可以去考研了？余虹吃惊地说，还有这样的啊？我说，对啊。余虹说，听你这一说，我不那么自卑了。我说，你相信我，我是有判断力的。余虹的性格终究是直接的，她又问起她最关心的问题——收入。当作家一年能挣几个钱？我当然只能跟她讲纯文学圈的情况，别的写作圈我不了解。我说现在国家对作家挺用心的，各级政府对作家都有不同名目的扶持，写得好不但政府有奖励，杂志还奖，而且现在稿费标准都在涨。你要是出名了，一个中篇小说发一下、转载几下，再要是得个奖，说不定有好几万呢。余虹大吃一惊。到底是几万？我随口说，著名作家发一发、转载几下，再往书里一收录，加起来少说也得三四万。余虹吓一大跳，我一年都挣不到四万。我说，当作家比当保姆前景好吧？余虹大声笑了起来。她这么一笑，让我发现她今天跟我聊了那么久、问了那么多问题，其实心里一点都没认真过。她对什么事情真正地认真过呢？那次，我看着余虹，心里面冒出这样一个疑问。余虹笑完了，说，不见得吧。大哥，你就是作家，我也没见你一年挣几个钱，都是姐姐在挣。这个问题问住我了，要如实回

104

答，我就得跟余虹说我对文学圈的真实看法，余虹毕竟还不是文学圈里的人，不该跟她说，何况我从来不跟挚友和家人之外的人说我对文学圈的看法。我活到这个份儿上，对包括文坛在内的这个社会比较无奈。我表达无奈的方法是假装对什么事情都没有看法。对人生有幻想的人才爱表达自我，对人生不抱幻想的都知道你表达不表达都一个样。于是，我耍了个滑头，我说，正因为我有吴宓养我，所以我不想挣这个钱。你不一样，你会想挣的。只要你想挣，就能挣得到。

　　余虹终究还是对这次培训有了认真的态度。她特意去优衣库买了一套带点民族风的衣服，化了淡妆，踩着一双白底编织鞋，夹了一本世界名著，紧张兮兮地坐到了作家培训班上。教室很大，坐了好几十个学员，他们都是从省里的各个市县来的。她旁边一个男学员开玩笑说，余虹你不应该那么漂亮，在这儿文学是主角，漂亮是喧宾夺主，所以你犯禁了。余虹心里面一股热流轰隆隆地奔涌了一下，她想，有文学的地方就是不一样，那么貌不惊人的一个男的，简单一句话里包含了奉承、不满和幽默。余虹想起她的前夫和父亲，前者一开口就是俗气的市井话，后者只知道种地，面对生人说一句整话都得脸红。余虹心头蓦地一冷，她按照自己的心理惯性埋怨起自己的父母来，自然地，也免不了埋怨自己的出身。余虹心里面一直觉得，像她这种出身低微的人，如果不是天才，是很容易被埋没的。反过来呢，出身好的人，只要不是蠢货，多半不会过得太差。出身特别好的话，蠢货都不用过差日子呢。余虹就这样思绪泛滥，目光里面就有很多的情绪了，那些眼睛里的情绪在现场的人看来就是光，这些光投射到前面十几米远站在讲台上的授课老师上。这个

105

授课老师姓劳，是从一个知名文学刊物来的，余虹目光中的光芒锁住了他的目光，他心里面想，这个女学员眼睛里面有内容，她就是这个培训班开办的目的，是他必须从几十名学员中挑拣出来的文学潜力股。

晚上吃饭，余虹因为漂亮与另外两个女学员被组委会的一个工作人员安排代表学员给几个老师敬酒。余虹刚给劳老师旁边的老师敬了酒，正要给劳老师敬，劳老师先站了起来，说，你是不是叫余虹？我刚刚看了你的习作，很有灵气啊。过来培训前，按要求余虹是交了两篇习作给组委会的。大概劳老师趁着上课结束与吃饭之间的片刻时间匆匆浏览了余虹的习作。余虹窘迫地站在劳老师身边，因为没有料到劳老师会这么重视她而有点不知所措。劳老师什么样的大场面没见过啊，马上用一系列的问题避免了冷场。你是干什么的？你家在成都吗？你很年轻啊，你有十八岁吗？最后那个提问当然是一种善意的玩笑。余虹对于在这种场面上如何措辞一无所知。她这种人，平时是最讨厌玩心计的，但是真要遇到了某种重大时刻，需要她玩点心计，她还是能玩得很像样的。余虹就藏起说话直接的习惯，充分调动了自己的聪明劲，最后她觉得，在这种情况下，表现出一副羞涩而沉默的样子，是一个好的选择。但是那样或许会让善于洞察人性的劳老师认为她装，多少把自己的性情表现出来一点吧，这样好一点。想清楚了，余虹就轻浅一笑，用敬畏的目光看着劳老师，说，劳老师，我先干为敬。她一饮而尽，动作朴素而有力度，她又有漂亮做支撑，所以整个人在那一刻令人瞩目。全体桌上的老师都为余虹鼓掌。余虹挨个儿走过去，在每个没敬过的老师那儿都先干为敬了一下。她完全没有料到，自己的酒量那么大。

余虹没费一点劲，第一天就在省文学界出名了。

四

但是余虹出的名在为期一周的培训班结束之后，立即变成了别人口中不干不净的八卦。我在 QQ 上无意间跟负责这次培训班外勤的那个朋友聊起了培训班。这个朋友给我发了一个怪异的表情后就转换了话题。要不是我穷追猛打，他一定是不会说的。到底还是说了。余虹是你什么人？就是上次我帮你推荐给培训班的那个女的。先前我请他推荐余虹的时候，没有透露余虹是我们家的保姆，我骗他说我们是通过博客认识的文友。现在我又把先前的说法拿出来，作为给这个朋友的回答。朋友又发了一个怪异的表情，接着说，这个女的不简单啊，那么几天工夫，就把一个培训班搅得翻江倒海。我的心一阵狂跳，果然如我所料，漂亮的余虹引起轩然大波了。我急切地问，怎么了？为什么这么说她？朋友说，现在是个传谣时代，对任何传言都应存疑，余虹是你朋友，你自己去问她。

说这个话的时候，其实余虹已经从培训班回来几天了。回来的这几天，余虹没有跟我和吴宓谈起培训班里发生的任何事，只是有一天她怪头怪脑地跟我来了那么一句话，她说，我不应该去参加那个培训班。我问她为什么要这么说。她说，太费劲了。我说，什么太费劲了？她说，跟那帮人在一起，费劲。过了老半天她又说，我当不了作家，费劲。我要愿意费这个劲，干什么不行？非得去干这个？我正要开导她呢，她仿佛看到了我的心思，冲我撇了撇嘴。大哥，你不用再说了，我不会去当作家的。

要不是我朋友那样说，我还真不会知道余虹在培训班里发生的事。她自己一定是不会说的，就像她九岁的时候被班主任老师羞辱了之后竭尽全力向父母隐瞒那样。经我再三追问，余虹脸色凝重地跟我谈了一次话。

大哥，是你帮我上这个班的，你知道如果别人知道我跟你是保姆与雇主的关系，他们会怎么想我和你的关系吗？

就保姆和雇主的关系啊。

不是这样的，他们会觉得我们不仅仅是保姆和雇主的关系。

这倒也对，我和吴宓现在不仅仅把你当成我们家的保姆了。我们除了保姆和雇主的关系，可能还有点像……兄妹。

大哥，你别装傻了，你知道我在说什么。

我当然知道余虹在说什么，保姆和男主人，而且是被视为家人的保姆和男主人，只要加上一点点的逻辑，就成了一篇艳情小说。人们想问题是喜欢偷懒的，就像当初余虹备注上的"单亲妈妈"和"来自琉城"让我们瞬间认为余虹刚死了丈夫那样。除了想问题爱偷懒，人们还要去满足他人制造八卦的本能。余虹是在说这么个意思。

据余虹说，培训第四天，她拿了一篇新的文章到劳老师的房间里去了一趟。这篇文章是她熬了两个通宵写出来的。她之所以那么着急地赶出一篇文章，完全是因为她看出劳老师对她的欣赏，她要趁着劳老师还在成都的时间赶紧再多写一篇给他看。那天她在劳老师的房间里坐了很久，听劳老师说话。除了文学，劳老师还说别的，想到哪儿说到哪儿，他很放松，也很愉快。劳老师天文地理无所不知，把余虹都听蒙了。无所不知的劳老师在余虹眼里像一尊佛，全身笼罩在一种光辉中，这种光辉当然来自余虹的想象，有一个词专门用来解释这种特定的光辉，那就是崇拜。余虹过往生活里从来没有出现过如此杰出的男性，所以她也没有得到过把一个男人想成佛的机会。劳老师坐在床上，余虹隔了一米远坐在椅子上，与椅子一起沐浴着劳老师的光辉，她感觉到椅子灼热着她的臀部和双腿。门一直是开着的，只不过中间有个学员也进来给劳老师递习作，走的时候顺手把门带上了。余虹人还没从劳老师房间里出来呢，一个八卦迅速诞生了。

余虹听到这个八卦，那已经是培训班结束那天了，是在结业散伙饭上。余虹有酒量，那天心情也好，她仿佛回到了小时候一个人在田野上可以随处撒野的时光，端着酒杯撒着欢儿地满场跑，跟人碰杯。劳老师已经提前走了，她就给没走的老师敬酒。中途她偷偷多喝了一杯，算是在心里面给劳老师敬酒。跟她组队出来敬酒的一个女学员看到了余虹这个多余的动作，居然一语中的地笑着对余虹说，余虹，你怎么自己对着空气喝了一杯酒，你这是在给一个不在场的什么人敬酒吗？这个人是谁呢？哎！应该是劳老师，对吧？余虹大笑，你说什么呀？哪有给不在场的人敬酒的道理，我是今天太高兴了，馋酒。那个女学员就哧哧笑着向余虹挤了一下眼睛。余虹忽然浑身一震，感觉自己的身体一下子进入了通灵地带。她端着空酒杯站在那儿冷静地想，我自己心里面的想法为什么这个女学员一看就透了呢？看她那种混沌初开的气质，没看出她跟聪明这玩意儿有什么关系啊，她凭什么认定那杯酒是敬劳老师的呢？还有她冲我挤什么眼睛啊，我跟她之间又没有小秘密。余虹琢磨到这儿，心里面叫了一声，坏了！

余虹偷偷把这个女学员拉到门外去，站在没有人的院子里说话。

余虹问，你告诉我，是不是班上传了我和劳老师的闲话？这个女学员是有点仗义的，把余虹拉到墙角，小声说，余虹你傻的吗？大家都说你和劳老师好上了。余虹惊呼，我和劳老师好上了？我怎么不知道这个事？女学员笑了，那你实话跟我说，你跟劳老师到底好上了没有？余虹的直性子就在这一刻显形了，粗话说得非常娴熟。好他娘个头！劳老师是我偶像，我就是他的一个小粉丝，我跟他能好上什么呀？况且人家有老婆有孩子，说我跟劳老师好上的人，是想说我三观不正吗？啥子意思呀？想打架？女学员夹着潜台词说，余虹啊，看来你是什么都不知道。余虹又一下子怔住了。难道还有什么事？女学员说，想想也正常，这些个事情呢，都是跟你有关的，组委会的人不会跟你讲，学员们也不可能跟你讲，所以弄到现在，就你一个人不知道。余虹急了，到底还有什么事？女学员说，劳老师为什么提前走？还不是因为你？余虹被她越说越蒙，因为我？女学员说，班里有个学员写了封匿名信，检举劳老师重女轻男，除了重女轻男，还重美女，轻不美的女学员。劳老师被请到培训班是拿了上课费的不是吗？拿了钱就要秉公对待每一名学员，可他偏爱个别美貌女学员，专门给她上小课，这是利用上课之便谋私利，其行可诛，必须揭发。

女学员说到这里要走，余虹眼疾手快，一把拽住了她。你别走，你说说清楚，到底是哪个学员写了这封检举信？我要去找他理论。女学员说，组委会不想事情闹大，替检举者保密，但是，大家早就猜出是谁了，不过抱歉啊，我不能告诉你他是谁，他要是知道是我告诉你的报复我怎么办？余虹知道自己跟这个女学员还没铁到那个份上，要人家冒着被报复的风险告诉她匿名者，是要求太多，人家告诉你这么多，已经够仗义了。于是余虹放开女学员的手，说，谢谢你了，你快进去吧，不然真要是被那个人看到你了，那就麻烦了。

在这件事上余虹能被瞒到"世人皆醒，独我不醒"的地步，那是个意外。要不是她太过仰视文学，潜意识里觉得文学圈不同于市井，忘记把自己的聪明带到这个培训班上来，她怎么可能遭此蒙蔽？现在余虹知道了，哪个圈都一样，所以无论进了哪个圈，不带脑子上场，是要遭报应的。余虹现在要把沉睡的脑子唤醒，提着它上场了。她像一柄寒光闪闪的剑，身体冷硬，步姿严谨，从院子外面进入餐厅，一手提起一瓶酒，一手端起酒杯，在一片嘈杂中开始走来走去，给每一个男女学员敬酒。她目光如同一支高温焊笔，扫过每一个学员的脸，不放过他们脸上任何一个细微的表情。当年，她前夫的秘密是怎么一次又一次地被攻破的？还不是靠着天生的灵感？现在，她又要靠它来逞一次痛快了。她想好了，弄清楚了这个写造谣信的人是谁，就假想手上的酒是一杯浓硫酸，泼到他脸上去，让他终生记住，做小人是可耻的。今晚是最后揪出这个人的机会，过了今晚，培训结束了，这一场戏就散了。

余虹的侦破潜能就在这个晚上再一次被她无限激发，没过多久，她的直觉就告诉她这个人是谁了。就是第一天在课上说她漂亮是犯禁的那个丑八怪。余虹敬到他那儿的时候，卖了个关子，说，请原谅，我要最后才给你敬，你现在是我一生中最重要的人。这个人一愣。余虹用手指朝下，勾了勾他，示意他把耳朵支过来。这个人警觉地跳到一边，叱问余虹，有什么话公开说，我虽然没有老婆，但我有女朋友的，不跟别的女人咬耳朵。余虹偏要把嘴支到他耳根子边上。是你吧？余虹一个字一个字小声说给他听。那个人的脸抽搐起来。余虹你在说什么？我听不懂。先前毕竟只是直觉，他先警觉后抽搐，这两个表现，让余虹坚定了他就是检举者的想法。但是余虹暂时还是不能完全确定的。余虹便用更小的声音，快速而果决地说，培训班领导找我谈话了，他们希望我不要计较你。那个人愕然。余虹说，江湖就那么大，有胆做，也要有胆让人知道啊。那个人脸色一下子变得青白起来。就是他了！余虹一巴掌拍到他脸上。

这一巴掌，是替劳老师打的。余虹说。下面还有一巴掌，是替文学打的。你这种小人，不配搞文学。

余虹又来了那么一下。那个人长得瘦，余虹打得那么轻，他居然跌到桌子下面去了，撞倒了两把椅子。喜欢造谣生事的人，不用别人推，都会跌倒的。祝愿他栽更大的跟头。

余虹讲到这里的时候，我已经在心里面给她下了个断语，她这样管不好自己的聪明而且脾气说来就来的人，还是别去接近文学圈的好。这个圈子是凡事都需要先把一种优雅的光环铸起来，不能这么真实而直接。余虹自然是早就这么想了，她满腹牢骚，但最后都转换成轻快的语气。这样也好，不做大梦了。作家哪有那么好当的？我才不要去当。文学嘛，心里面喜欢喜欢就好了，像大哥你这样非得去当作家，那是给自己找难题，给姐姐增加负担。我还是干保姆吧，简简单单一个工作，不需要一年三百六十五天都跟人斗智斗勇，也养得活人。养得活自己和孩子就够了。

听说余虹前夫时常会到成都来，工作关系，他到成都来出差的机会很多的。这个人要么是不打算轻饶了余虹，要么就是缺口德，他是要说余虹坏话的，跟谁说呢？就跟有可能把这个坏话扩散到余虹这儿的那一部分人，比如余虹表姐的老板的同学的妹妹，这个女

112

的正好是余虹前夫成都对口单位里的一个调研员，也不知道余虹前夫是怎么弄清这个关系链条的，大概很动了些心思、用了些方法吧。他说余虹在成都是有人的，这才是她跟他离婚的真正原因。

怪不得培训班里的谣言让余虹那么生气，原来那段时间被前夫谣言中伤的余虹对谣言这种东西已经深恶痛绝了。我倒是更愿意接受余虹在培训班上发飙是她前夫所为给她带来的连锁反应，如果不是这样，那样问题是比较大的。因为如果仅仅是性情所致，那就麻烦大了。在哪个圈子里走动，不需要管好自己的性情？性情这种东西，尤其对女人，管得好，就是风情，给自己谋福谋利，管得不好，那就是祸端。

五

余虹在我们家做了一年零十一个月保姆后，我们给麦逗换了个保姆。不是我们对余虹有什么意见，也不是余虹哪里做得不好，她做得很好，也做得很多，远远超过了一个保姆所该做的。可正因为她对麦逗做得太多了，她太投入和尽心了，让我们发觉了问题。

有一天，我和吴宓从外面回来，听到余虹在训斥麦逗。余虹说，你说你这样下去怎么得了？长大了怎么办？啊？你现在还小，觉得就是一个小毛病，可如果你小的时候不赶紧改过来，等你成年了就不好改了。我和吴宓面面相觑，不知道余虹所说的麦逗必须从小就改掉的这个毛病到底是什么，只是感到吃惊。余虹显然在关心麦逗的性格养成，这超越了一个保姆该做的，她在充当麦逗的人生导师。其实这都没有问题，一个小孩子身边的每一个人都可能成为其人生导师，但是，教育孩子不能用训斥，在我和吴宓的教育词典里，训斥这种东西是绝对不能在麦逗面前出现的，我们希望麦逗长大了是一个有修养的人。那天两岁的麦逗居然口齿清楚地大声反驳起来，我说了的嘛，我会改的。余虹不依不饶，你上次也跟我说你会改的，你改了吗？你总是这样，说话不算话。我告诉你，我这是为你负责，不然我才懒得跟你说这个呢。麦逗求饶了，别生气了，小妈！

小妈？我和吴宓吓了一跳，几近惊恐地扑进了儿童房。就见麦逗紧紧趴在余虹的膝盖上，哀求地望着余虹。吴宓仿佛是怕麦逗被余虹抢走似的，飞快地把麦逗抱了起来。余虹和麦逗都感到奇怪。麦逗说，妈妈，你抱我这么紧干什么呀？吴宓这才发觉自己的失态，赶紧对身边愕然看着她的余虹说，没什么，没什么。咳！余虹，你别多想，我只是有点想麦逗了。余虹冷冷地看着吴宓，这才一天没见，就想成这样了？

我和吴宓觉得余虹与麦逗既然到了情同母女的地步，那么，余虹将对麦逗的性格养成产生无法估量的影响，可是余虹绝不是一个好的性格指导老师。

我们第一次领教到了余虹有多聪明。这边我们也就只是在琢磨要不要去跟余虹商量结束合作协议呢，余虹已经主动找我们来了。余虹说，姐姐，还有大哥，我想回琉城几天，办点事，你们要是这几天里不敢让麦逗放单，可以雇个别人带她。吴宓想了想，说，那也行，你就放心回琉城吧，不用操心麦逗，我们自会想办法。余虹的眼睛黯淡了一下。事后多年想起余虹当时那个样子，我觉得她是失望的，在她心里，一定想听到我或吴宓说，你才回琉城几天，我们雇别的保姆干什么？没有这个必要。那天余虹俯下身来，亲了亲麦逗，然后去保姆间整理自己的东西去了。在她整理的那段将近十分钟的时间里，我们有足够的机会走进去挽留她，但是我和吴宓就只是一肚子犹豫地站在客厅里，我们想起余虹已经不止一次训斥麦逗了，麦逗现在偶尔会显得有点神经质，像极了某些时候的余虹。我们终究还是被希望余虹走的心理倾向打败了，所以我们的双脚一动都没有动。

余虹是记恨我们的。她那个性子，不记恨才怪呢。但是余虹这样的人，恨这种东西就是一粒头皮屑，用手指头轻轻在头发上撩一下，就掉下去了。

我们和余虹有两年多没有联系，我们没打过余虹的电话，余虹也没打过我们的，直到二〇一三年初。那是临近春节的一天，我们去华西医院给麦逗看牙，正好那天余虹也带她小孩去看病，两家人就在医院的大堂碰见了。麦逗这两年里长大了许多，但她还记得余虹。她大叫着"小妈"，跑了过去。余虹高兴地抱起麦逗，问长问短。后来吴宓对我说，你带麦逗和小雯回避一下，我和余虹说两句话。我带着两个孩子隔着十来米远，看着余虹和吴宓交谈，才两三句话的工夫，余虹就把吴宓的手抓了起来，还举起拳头在吴宓肩上轻轻怼了一下。我知道两个人说通了，于是我拉起两个孩子走到她们身边。余虹见我过去，撇着嘴对我说，你说你跟姐姐这一对知识分子，就因为我训斥了麦逗两句，马上就想把我从麦逗身边清除出去，知识分子都像你们这样草木皆兵吗？我又不是妖怪，能把麦逗教成怎样？我马上说，不不不，我们不代表知识分子，谁也不能代表知识分子，再说现在是一个知识爆炸时代，谁能配得上知识分子这个称号还真说不准。就说余虹你，那么聪明、多才多艺，那会儿要是想当作家，现在你还不是当上作家了？那样一来，别人还不是喊你知识分子？还别说，你还真有点像知识分子呢，你看你一张口就是成语，"草木皆兵"哦。

余虹笑得喘不动气，大哥，你这嘴可真够损的。我说，我损你了吗？余虹说，大哥，别装傻了，我看过一个作家写的一篇文章，她说，爱写成语是三流作家的通病。我连忙说，哪有哪有。余虹说，你就是在含沙射影。余虹说的那个作家我知道，也了解他的作品，他是不爱写成语，但是他为了避免写成语常常只能把语言搞得叽叽歪歪，这种作家的话怎么可以成为圣旨？成语这种东西嘛，该用还得用。但我不想跟余虹谈论我对那个作家的真实看法，就揶揄，你看，你又说"含沙射影"了，你要是当了作家也只能当三流作家哈。余虹改用四川话说，就是说嘛，老子就是这样才不当的嘛。

那天我们互相打趣，说得很开心，末了余虹想起了一件事。大哥，你知道吗？劳老师跟我联系过。我一下子没想起余虹说的"劳老师"是谁，但马上想起来了。我说，你跟劳老师有联系的吗？余虹说，劳老师真是个好编辑，他给我打电话，鼓励我好好改稿子，我照他的要求，改了好几遍，最后劳老师满意了，把我三个短小说编成一组，在他们杂志发出来了。我一惊，你发表小说了？还是劳老师的杂志？可是，我怎么没看到你发了小说呢？我订了那个杂志的，每期我都会看，没看到过你发小说。余虹说，我用了假名字。所谓的假名字当然就是笔名，余虹还不懂得文学圈里的措辞方式。我恍然大悟，替余虹高兴，那你现在真的是作家了。余虹说，得了吧，那就成作家了？又说，大哥，我跟你说过的，我不当作家。

那天余虹还说到，离开我们家后，她在好几个人家干过，两个月前转到了眼前的这个雇主家。我们也一样，余虹走后，换过两个保姆，最终发现都不如余虹好，有一阵子我们挺后悔的，但是我们拉不下脸来把余虹找回来。我们最后索性不雇保姆了，反正我多数时间在家写作，我自己带孩子，当奶爸。

那天我们两家给孩子看完病后，一起找了个餐馆吃了个饭。吃到一半，余虹抱歉地跟我和吴宓说，她得赶紧回去了，雇主太太在喊她了。临走前，余虹告诉我们，她现在干的这家，男主人是在影视圈做剪辑师的，夫妻两个都特别有意思，他们居然叫余虹去参加《非常歌声》节目。

六

《非常歌声》这个节目名称当然是我杜撰的，既然我在这篇小说里连余虹的老家都要用化名，这个社会反响很大的节目我给它杜撰一个名字，那更有必要了，因为如果我在这儿说了这个节目的真实名称，到网上一下子就能查出余虹是谁。这些年草根类选秀节目很多，《非常6+1》啊，《中国好声音》啊，余虹现在的雇主要余虹参加的这个节目，火爆程度仅次于这两个节目，播出平台是在重量级的省级卫视。

余虹会唱歌，这真让我和吴宓诧异，她在我们家工作的近两年时间里，从来没有开腔唱过什么。可余虹仅仅只是到了会唱的程度，我们这莫名惊诧就显得有点多余，人家现在可是去参加一个针对全球华人的当红歌唱类选秀节目，那得唱得多好啊，我们不惊诧一下，就实在对不起余虹的天才了。再有，一个具有绝顶歌唱才华的保姆，能够憋住永远不在雇主家里唱歌，这得多难啊，余虹是怎么做到的？我和吴宓都快要佩服余虹了。

据余虹自己说，她是跟她表姐在公园里唱歌给她现在的雇主发现的。大家都知道，眼下很多城市的公园里，都聚集着一些民间的歌唱爱好者。不过，余虹现在的雇主并非是在余虹唱歌的现场发现了余虹的歌唱才华，那个地方离雇主家远着呢，一个在城东，一个在城西。作为视频剪辑师的男雇主有一天在自己的微信朋友圈里看到一个视频，视频中余虹正在唱《山路十八弯》，那小歌儿唱的，啧！高得上去，低得下来，怎一个游刃有余了得，哪个音都饱满、清楚、精确。男雇主一看，这不是我们家的保姆吗？正好他有一个圈内的朋友负责《非常歌声》中寻找民间歌手这一块，他当即就把余虹推荐给这个圈内友人了。圈内友人不太放心，专门飞了趟成都，把余虹请到KTV，要余虹即兴点唱五首歌。余虹气沉丹田，全情投入，先唱了《山路十八弯》，又唱了萧敬腾的《王妃》和郝蕾的《葡萄》，还唱了一首戏曲和英文歌。余虹胜在什么类型的歌她都唱得服从风格需要，这就是聪明带给她的音乐本领啊，不需要经过专业的训练，只要天天唱，就可以唱到很棒。余虹从小就喜欢唱歌的。

在后来的采访中，余虹说自己根本不会英文，那首英文歌是她上高中的时候一个音节一个音节地跟着原唱学的。网友纷纷评论说，余虹真是实诚呀，因为她那首英文歌唱得如此娴熟，听的人会觉得她至少英语六级呢，她不说自己不会英语，谁会知道呢？也有人会说，如果你不把不会英文的实情说出来，下次让你唱首别的英文歌，到时候你并不会，那不还是露馅了吗？怎么可能露馅呢？让你唱你说我热爱中文，坚决不再唱英文歌了，那不就行了吗？

就是因为余虹的真实坦诚，她最终跟节目主办方闹掰了。

七

《非常歌声》这期节目第一轮播出的，是全体草根歌手的首秀。余虹唱得很好，但是关注度不及几个唱得一般但有特点的歌手高，像余虹这样的歌手还有好几个，节目组就把这几个人专门列出来，挖掘他们身上的故事，看看有没有什么炒作点。

跟余虹谈心的是一个学戏剧文学的小姑娘，刚刚毕业，在这家电视台做实习编导。这个实习编导刚跟余虹交谈了十来分钟，就自认为找到了余虹的故事。余虹是琉城的啊，而且就是二〇〇八年离开的琉城。实习编导说，余老师，我打算这么写你的故事，你听听看行不行。余虹看着实习编导坚定而幼稚的脸，好奇她会为自己写一个什么样的故事。实习编导见余虹用期待的目光看着自己，就麦克风附身了，她站了起来，把嘈杂的直播后台当成舞台，开始演讲：

在二〇〇八年那场举世瞩目的大地震中，一个热爱唱歌的年轻母亲一天之内痛失数位亲人，而她可怜的女儿，这个刚过完两岁生日的小女孩，因为地震所带来的阴影，每晚从噩梦中惊醒。年轻的母亲就每天给女儿唱歌，她那动人的声音如同来自天堂的圣音，日复一日地抚平着女儿内心的创伤。这位年轻的母亲，就是这一期《非常歌声》节目的十六号选手，她的名字叫余虹。余虹，她是一位绝世歌伶，也是一位美丽、坚强、伟大的母亲。

余虹耐住性子听实习编导用朗诵腔讲完了她的故事后，对实习编导连连摆手，不行不行，我自己听得都要笑出来了，我不信观众不笑。实习编导说，你这个故事很感人啊，你笑是因为这是你自己经历的事情，但是观众不会笑的，他们会被你的故事打动。余虹严肃起来，说，第一，这个不是我的故事，那次地震中，我家里人一个都没有死；第二，我女儿天生乐观，连梦都不做，更别说做噩梦了。实习编导说，你说这不是你的故事，但是人们一想到二○○八年的四川，尤其重灾区之一琉城，想到的就是这样的故事，他们要这个故事，不要别的故事，你要听从观众内心的召唤，所以这就是你该有的故事。余虹说，你真的打算给我这样一个故事？就不能多听听我的经历，给我一个既真实又有意思，又与众不同的故事吗？实习编导说，余老师，我知道你肯定有很多有意思的故事，但我能想象得出你会给我讲什么，你是保姆是吧？像你这么漂亮的保姆，无非就是遇到手脚不干净的男主人，趁着女主人不在的时候非礼你，无非就是有强迫症的女主人让你把碗洗第二遍第三遍第四遍，无非就是熊孩子自己砸了家里的工艺品却跑到父母面前说谎说是你摔坏的，不就这么些事儿吗？你肯定会说，不不不，还有其他的，对，是还有其他的，但脱不了我说的这三种，很多故事在戏剧上都可以归为一个种类的，你的，都可以归为这三类。总之，你一个保姆的任何故事都不可能有我给你做的这个故事有戏剧性，所以你不需要再给我讲了，就用这个故事好了。

余虹这才紧张起来，她把实习编导拉到一边。我认真跟你说一遍，绝对不能用这个故事。不说别的，就说我前夫，到时候，网上传遍了这个故事，他一定会看到的。他并没有死，你好像说他死了，他会觉得我咒他死，会找我麻烦的，他可不是个省油的灯。实习编导脸上亮起了人小鬼大的宽厚微笑，余老师，我的姐啊，我没说你

120

前夫死了啊。余虹说，那你不是说"一天之内痛失数位亲人"吗？原来这里面没有我前夫？实习编导说，姐，你要相信我是专业的，我只是说你"一天之内痛失数位亲人"，并没有说你痛失的是哪位亲人，听者爱怎么想，那是他们自己愿意。我知道你确实是一个直系、旁系亲属都没有受难，但是那些受难的群众中，就没有你认识的人吗？肯定有啊，都是喝琉城的水长大的，这些受难的人，你称他们为亲人有错吗？余虹简直被实习编导的雄辩能力折服了，而且，她相信实习编导一定是看着韩剧长大的。

实习编导是要定了这个故事了。一来她负责的歌手除了余虹还有另外两个，余虹的故事找到了，那两个歌手的故事还要她去找呢，她忙得很，既然余虹已经有一个在她认为很容易让观众记住的故事了，她哪里还愿意再在余虹的故事上多花心思呢。即便余虹百般阻止，实习编导还是把这个故事报了上去，只不过做了一点小小的改变，把余虹的女儿弄成瘫痪了。

总编室的正式编导们都没觉得实习编导编得有多好，但他们认为往余虹身上安上这么一个故事，是再合适不过的了，这个故事就这么敲定了。

得知节目组已经正式敲定这个故事后，余虹紧张得要命，她三步并作两步往总编室跑，几乎是把门撞开的。总编室里忙得不得了。余虹说，请问谁是总编老师，我想跟他说话。总编就从百忙之中抽离，叼着一根雪茄走到余虹身边。余虹如临大敌般，瞪着大眼睛看着总编。请给我换个故事吧，或者就别讲什么故事，行吗？这个故事真的太弱智了。总编受到侮辱般，凛厉地看着余虹。你说什么？弱智？余虹一字一顿地回应总编：

说到二○○八年的四川就想到地震，说到保姆和男主人就联想到奸情，说到女作者和男编辑就想到他们搞暧昧，人怎么可以这样不动脑子？多少来点新颖的想法不行吗？

总编瞪余虹，那你跟我讲讲，怎么讲叫新颖？怎么讲就不弱智？

余虹想了想，说，我自己爆个料吧。我是个单亲妈妈。我十八岁高中没毕业就跟前夫同居了，十九岁跟他结了婚。我一直很后悔我这么早结婚。我经常就在那儿想，为什么我在那么小的时候，那么随意地对待自己呢？为什么我就不懂得在很小的时候就好好经营一下自己的人生呢？实际上，我现在都还是不懂得。你看，我的人生充满槽点，我的心里充满了怨气和不满，你们就不能从这些里面抠出点什么故事来吗？如果你们抠不出来，给我时间，我自己来好好想一想，我一定能抠出一个发人深省的故事，让电视机前的那些比我现在年轻、有可能走我老路的姑娘，去好好想一想，怎么样可以不去走我的老路。

总编打断了余虹。余虹，我干这一行干了二十年了，如果我还需要一个保姆来教我什么是好故事，我这饭碗早就砸了。就说你给我讲的你的那些个过去，整个一笔糊涂账，能从这里面提取出来的故事，没有任何的普世意义。观众想看到、听到的是一句话就能记住的戏剧故事，一句话就能记住，简单地说，就是通俗易懂，通俗和易懂，那样才能实现它的普世价值。

余虹生气了，因为总编说到了保姆，明显他对这个职业有歧视的。余虹说，你能代表观众吗？观众是十几亿不同的人，谁能代表观众？我自己就是一名观众，我每次看到你们这些娱乐节目编一堆弱智的故事，我就想砸电视。

122

总编嫌弃地冲余虹摆手，出去出去！

余虹没能说服总编，没能说服节目组的任何一个人。她决定退赛。本来节目也才播了一期而已，选手的信息往网上投送得也不算多，这些选手还没到引起全民关注的热度，所以余虹想退赛，就让她退好了。她是谁？一个小保姆而已，对她这种身份的人来讲，如此耀眼的节目就是天，天离了一粒尘屑就会塌下来吗？不可能。

但是推荐余虹过来的那位圈内友人，还有余虹现在的雇主夫妇，他们三个人觉得退赛太可惜了。他们到网上看到了，余虹的粉丝量已经到一万多了，在选手中排名第五，照这个势头，两个月的节目做下来，余虹的粉丝量说不定能有几十万，到时候，余红就真的是名人了，那能改变余虹的命运，多少女的男的就是这样乌鸡变凤凰的啊。

圈内友人就做余虹的思想工作。余虹，我记得你说，你在筹买房的首付款，你想在成都买一个小窝，这样你和你女儿就不用搬来搬去租房子住了。你想想，你只要完整参加了这个节目，你就是名人了，到时候，别说在成都这样的新一线城市买一套房子，让你去北京、纽约买一套房子，你都有可能买得起。提升阶级的机会就在眼前，你怎么可以说不要就不要？余虹被圈内友人说得动心了。圈内友人再接再厉。余虹，想想你女儿吧。她今年得有七岁了吧？孩子长得快，你想看到她跟你长得一样高的时候，你们还在成都租着房子住吗？

为了能攒上买房的首付，余虹愿意妥协。最后双方都各让一步，地震这个卖点还是用，但是尽量不要编不存在的事情，也不要误导。这下余虹的女儿就不必瘫痪了，但每晚上做噩梦余虹给她唱歌还是

123

保留了，"一天之内痛失数位亲人"改成了余虹亲眼看到自己的好友被埋在了废墟中。

但是余虹最终还是退赛了，就在节目继续进行了两周之后。那个故事在网上发酵了两周之后，余虹从一个被大多数人真心同情的女歌手变成了一个拿地震做卖点拉观众感情分的讨厌鬼。余虹多少料到这样的局面，这下她对节目组的人更加生气了，她不能容忍这样一群自作聪明、自认为可以操控大众思维的所谓娱乐精英给她带来了污名还高高在上地摆出一副"就是这么回事"的老油条样。余虹想，我穷死了也不要跟你们这些人打交道。这个念头一开始其实让余虹惊恐的是，她觉得自己不应该这么没有理智。但是余虹最终还是被自己的感性驾驭了。

有一天，他们给余虹拿来一件衣服，要她穿。余虹看了看那件衣服，意识到现在他们听从了她先前的意见，要给她换故事，赋予她新的人设。余虹不是一个十八岁跟人同居、十九岁结婚、二十三岁离婚的女人吗？她的人生多成问题啊，那就把她往另类里打造吧，他们现在要给她一个朋克的人设。余虹气坏了，一个人过去的那些个槽点，就只能被这个节目组弄成朋克吗？就不能从这些槽点中提取出一些可爱的小见识，让观众眼前一亮？他们就非得这么不动脑子吗？动动脑子，想出点更有意思的招，这能有多费劲？

那天余虹坚决拒绝这件衣服。她的拒绝自然又被无视。余虹那天非常生气，跟谁也没打招呼，就收拾完自己的东西，逃出了节目组给选手安排的酒店。这次节目组没找人来劝说她，他们已经被余虹搞烦了。做这种节目最怕这种不按整个节目规程走的选手。

余虹得到了三四万的粉丝，有了些稍纵即逝的名气，也落下了一些骂名，回到了成都。做这个节目她得了一笔劳务费，仿佛花光了它们就能与这个节目一刀两断似的，她给女儿买了几样东西，给自己买了件新衣服，一个人找了个小馆子喝了顿酒，花掉了这笔钱中的每一个子儿。等回到租住的家中，余虹如梦初醒般后悔了起来。她只要再忍一忍，等这个节目做完了，她真的红了，就能赚大钱了啊，但居然没能忍下来。余虹唾弃自己太过性情、缺乏掌控情绪的能力。但事情已经这样了，节目组那边在余虹坐火车往成都赶的路上，已经急急忙忙向网民给出一个余虹退赛的体面声明了，好吧，既已如此，就认了吧，余虹高兴地在心里原谅了自己的任性。

八

余虹再要安安静静地当一个保姆，是有难度的，也似乎没有太大必要。很多人都认识了余虹，这给余虹带来了一些新的工作机会。成都一家知名酒吧专门找到了余虹，让她去那儿唱歌，唱一晚能给她当一年保姆的钱。余虹去了，唱了一周就不想唱了。有个肚子鼓得可以塞进去一个大号马桶的男的，他居然要余虹把屁股对着他，他好顺着她的内裤边子往下面塞钱，把余虹当什么了？苍井空吗？余虹直接想给他来上一脚，看看能不能把他肚子里的马桶踹出来，再看看马桶是空的，还是里面装满了脏东西。

那天晚上余虹特别烦躁，她找我和吴宓喝酒，一边喝一边倾诉。她对我们说，她突然想明白了一件事情，那就是一个人如果忍不得一时，同样的气就得受一世。要是她不那么较真，从了节目组，好好把那个节目做到底，接下来她作为一个歌手唱歌就是在那些高大上的舞台上，甚至是在体育馆开演唱会，她会跟观众隔得远远的，保持足够的距离，而不是现在这样在一个低矮、昏暗的酒吧里，谁想上来就可以摸到她，黑灯瞎火的，被谁摸了都未必知道。换句话说，一个人没有被成功选中，没有被幸运选中，很多时候还是有自身的原因在。我和吴宓还没来得及开导余虹，她突然说，我要回去做保姆。吴宓马上阻止她，余虹，做保姆挣得太少了，你挺需要钱的，你现在有本事在酒吧唱歌挣快钱，为什么要去做保姆呢？余虹就不说话了。吴宓说，余虹，更何况，你现在想去做保姆，也未必做得成。余虹一愣，她当然知道吴宓在说什么，此一时彼一时，她现在能像以前一样心态良好地去做一个保姆吗？估计是很难的吧。

事实正是如此，在酒吧继续唱了一段时间后，余虹又回去做了一次保姆。果然出问题了，问题就出在心态上。女雇主似乎都喜欢给保姆送衣服。现在的这个女雇主也是。先前如果余虹遇到女雇主把自己在淘宝上买的没穿过的衣服送给她、把小孩子穿过一轮的衣服送给她的女儿，她只会觉得雇主是出于好意，让她省了一笔购置衣服的费用，会打心眼儿里感激女雇主，现在出现了这种情况，她的第一个反应是，这个女雇主在歧视她。最恼火的是余虹还不是一个喜欢随便给雇主下结论的人，当她从这位女雇主身上发现了这种歧视她的征兆后，她就开始有意识地寻找下一次征兆，还真让她找到了。有一天，这位女雇主给余虹送了一堆药，当然都是她用医保卡买了后来没用上的，余虹看到其中一盒治胃病的中成药，生产日期是三年前，已经过期了，余虹就跟同小区另一个保姆抱怨她的女雇主妄图用过期的药来收买她的感恩。那个保姆就把余虹的话说给她的雇主听，这样就传到了余虹的女雇主耳中。女雇主非常伤心，

126

找余虹谈了一次，她对余虹说，那盒过期的药实在是她的疏漏，她把那些药装成一堆交给余虹之前，是仔细查过有没有哪盒药过期的，没想到还是有一盒没查出来。余虹嘴上向女雇主说着抱歉的话，心里面还是不相信，她仿佛比从前做保姆那段日子多了一个能力，就是能看透那些女雇主，也就是说，她已经丢失了做保姆所需的质朴。过了几天，余虹找了个理由辞了职。

余虹又去酒吧唱歌了。在接下来有一年多的时间里，余虹辗转在成都的各种酒吧与一个又一个雇主家之间，在酒吧唱得心烦了，就回去干保姆，保姆干出不满来了，就去酒吧再唱一阵。她从心底里抵触酒吧这种地方，也并不享受卖唱的工作，在这样的情况下，做保姆就成了她的退路。可是眼见着这个退路越来越不好把控了。酒吧里的人生百态把她的心填得越来越满，让她再也难以用一颗洁净、安定的心去做保姆。

有一个男人，是在此期间出现的。余虹的生活里并不缺男人，她这样一个漂亮又年轻的单身女人，怎么可以没有男人追求呢？当年她在我们家工作的时候，吴宓就给她介绍过一个男的，成都人，三十出头，丧偶，有体面的工作，最大的不足是特别特别胖。余虹没看上这个男的，不是因为胖，是觉得他的思想太瘦弱了。见过两次面，这个男的再怎么约，她都不肯去见了。第一次婚姻的打击，让余虹不怎么相信男人，一个不怎么相信男人的女人对男人是挑剔的，余虹看着跑到她生活里来追求她的那些个男的，总觉得他们个个不是欠缺这个，就是欠缺了那个，没有一个入得了她的眼。

但是如今出现的这个男的，跟哪个男的都不一样，他曾经是她的偶像啊，只不过现在不是了。余虹这几年里也见过些大场面，再要她视哪个男人为偶像，那有点困难，不过这样更好啊，剔除了偶像的光环，劳老师就可以被余虹用来喜欢了。

劳老师和一个男作家坐在酒吧最醒目的位置上。说他是被这个男作家绑架过来的，一点都不过分，劳老师本人是抗拒到夜店去的。至于这个男作家嘛，我是很了解的，不说也罢。该男作家和劳老师一起来成都，如果他放任劳老师一个人在酒店里睡觉，那就衬得他有多俗了，所以他得把劳老师一起拉下水。劳老师什么没见过，这种情况也能对付，所以劳老师就既来之则安之，静静地坐着听歌了。余虹化了浓妆，戴了假发，等劳老师认出这个歌手是余虹时，已经是她那晚唱的最后一首歌了。

你怎么还会唱歌啊？而且唱得那么好。后来劳老师和余虹摆脱了那位男作家的纠缠，换到马路边上吃夜宵。余虹想，劳老师肯定是不看电视的，他们那个圈子里像他这个年纪的人流行不看电视，那么，劳老师自然是不知道她还是一个曾经有过三四万粉丝的准选秀歌手呢，虽然短短一年多时间过去，已经没多少网友还记得她了，要不要告诉他这件事，吓他一吓呢？余虹这么想就这么说了，她把自己的选秀经历简单跟劳老师说了说，果然把劳老师吓得更加对她刮目相看。不可思议！余虹，你出乎我的意料。劳老师慈爱地看着余虹。

余虹变得像那种很小很小的姑娘，需要向爸爸表功一样，手撑在下巴颏上，得意地看着劳老师。我还会画画呢。高中的时候，我有个老师，是美院毕业的，在琥城怀才不遇，就成天物色可以当他徒弟的学生，他看中我了，我跟他学过两年画画。余虹忽地就黯然了，可惜，我没上到高三，就自己辍学了，我真是该死。很快她从黯然中抽离了出来，快活地对劳老师说，我真的会画的，我给你画个像吧。

跟服务员要来一张很小的记录纸，余虹在昏黄的路灯下用铅笔给劳老师画了一张速写，前后只用了三分钟。如今这文学圈里的人，学过没学过的，好多都在画画，画得真像那么回事的少，没有真正经过专业训练就说自己会画画的人劳老师见得多了，所以他心里面对余虹的期待很低。不想余虹还是令他刮目相看。画得虽然不甚专业，但跟她写作、唱歌一样，胜在有灵气。谢谢余虹。劳老师拿着余虹给他画的像感慨万千，余虹，你的才艺还真是不少。忽然劳老师望着夜色中满面春风的余虹，皱起了眉头。

余虹，你天生多才多艺，这是好事，也是坏事。才艺多了，人会乱，什么都干，干干这个，干干那个，到最后一个也没干像样。你要像火中取栗，找出哪个才艺最适合做你的人生目标，主攻，把别的撒手放掉。

余虹目光直了，心里面翻江倒海地看着劳老师。她多么希望穿越到小时候，变成一个小小的姑娘，而劳老师呢，就还是现在的劳老师，他就这么像现在这样给她指点江山。她小的时候，身边全部是思维单线条、眼界最多只到自家屋顶高度的村民，有能力给她这种天资卓越的人指点迷津的人，就从来没有出现过啊。于是她就只能凭着自己的性子胡乱生长，长到哪儿算哪儿，到现在，她已经没有能力克制胡乱生长的惯性了。

劳老师又说，天资好、才华多的人更应该学会经营自己的才华，有才华的人更应该学会如何经营自己的人生。如果没有这个意识，那些个才华反倒成了一把伤人伤己的剑了。余虹，我觉得你之前的

129

人生，就是在肆意挥霍自己的天资，这种挥霍造就了你现在的经历。说实话，如果你很小就学会不去随便挥霍你的天资，你比现在要好很多很多。劳老师的意思是，一个人最终能被成功或幸运选中，也在于这个人懂不懂得规划自己。从这个道理上讲，是我们自己的每一个选择、每一次自我的调整，聚集成一条使我们最终可以通往成功和幸运的大道。

余虹默默地看着劳老师，心里面想，劳老师多么懂她啊，他把她心里对自己的一点点认识，全说出来了，还把她对自己不能认识到的，也说出来了。有一瞬间，她甚至产生一个冲动，要到劳老师生活的那个城市去，这样她就可以随时找到劳老师，劳老师就可以一年四季地在她需要的时候给她指点迷津。

她也就是这么想想而已。

九

我对余虹多少产生过一些本不应该有的看法。这也怪微信这个新兴社交软件。二〇一五年春天我加了余虹的微信，这之后我的眼睛再也无法摆脱她无所不在的喜怒哀乐了。余虹热爱发朋友圈，一天数条，每一次朋友圈无论内容多么不同，但都有一个共同特质：尖酸、刻薄、偏执。聪明使余虹能够看得清很多事情，真性情鼓动她毫无保留地不断将她的发现公之于众。但是有时候我们只需要平静而已，一切来自他人的充满情绪的真实声音，只能让我们心跳加速、气血上涌，只能成为我们逃避和敌视的对象。我和吴宓同时屏蔽了余虹。

在微信时代，你屏蔽了一个人，这个人就仿佛从你的生活中消失了。等余虹再次出现在我们眼前，这已经是今年下半年的事情了。这次是在微博上。余虹变成新浪微博上的热门人物。

事情的起因，是余虹参与讨论一个关于保姆的话题。二〇一七年六月，杭州发生了一起保姆纵火案，这件事迅速在网上发酵，连续几十天成为网络热议。但余虹参与讨论的，并不是这个话题，而是别的。

杭州保姆纵火案不久，网上出现过三个与保姆有关的新话题。虽然这三个话题没有引起热议，关注的人不多，但却被余虹盯上了。这三个话题分别是：保姆拐跑雇主孩子、保姆打孩子、保姆因与男主人有私情杀死女主人母子。余虹相信，这三件事情本身，肯定不是编出来的，这一点毋庸置疑。但是普天之下，那么多保姆，每天发生在她们身上的肯定也有很多与雇主相亲相爱的事情，为什么就不报道呢？非得抓住一个两个三个坏保姆的例子大做文章，这不就是蹭杭州保姆案的热点吗？可你蹭是蹭了，有想过保姆这个群体的感受没？连续做几个坏保姆的报道，这等于在刻意中伤保姆这个职业，余虹虽然现在已经不做保姆了，但她深知做保姆的甘苦，她看不下去了。

余虹在两个话题中的一个后面发表自己的看法，抨击有些媒体的恶意引导，她的看法显然是不合时宜的，立即招来很多人的围攻。余虹多么真实啊，坚定地要把自己的观点说下去，无论别人怎么反驳和谩骂，她都要继续说。就这样，余虹的真实和性情最终使她被网友"人肉"了。

被"人肉"的余虹是一个集问题少女、早婚和早育、爱撒谎、

131

做小三、虐待亲生女儿于一身的混蛋女人。爱撒谎指的是她上《非常歌声》节目时编造不存在的地震悲剧；做小三的例子就多了，比如，在一次文学培训班上与某老师公开好上，再比如，当保姆时与男雇主暗中私通；至于是怎么虐待亲生女儿的，网上也写得有凭有据。

我和吴宓在微博上看到这个网友口中陌生的余虹后，深深觉得网友有些过分了。吴宓有点担心余虹，就给她打电话，余虹正苦恼无人倾诉，吴宓的电话救了她，她马上离开出租屋，骑着摩拜单车赶过来了。这几年里，余虹始终没有在成都买成房子。有一阵子，眼见她攒够首付了，突然房价开始下跌，她就想再让它跌一跌再买，结果房价迅速开始上扬，半年之内涨幅将近翻了一番，余虹就陷入懊悔和对房价的愤懑中，加上首付不太够了，就不再想买房的事了。错失买房机会的经历，让余虹一度怀疑自己以前自以为多得不能再多的聪明，其实是一种蠢，而这种蠢是怎么来的呢？余虹想来想去都想不出头绪，最后只好又听从自己心里的惯性认为又是出身作的孽。这回余虹觉得出身造就了她低矮的眼界，这种低矮，任凭自己多努力，都无法把它拔高那么一点半点。她这么想当然是有问题的。

那天我们在一个茶馆里坐了将近一个下午。中间余虹的女儿小雯也过来了，坐在一边听我们讲话。整个下午余虹都十分躁动和易怒，搞得小雯很紧张。余虹不停更新着微博，查看别人在她微博下的评论，三心二意地跟我们聊天。我和吴宓不停地安慰她，她却总是误解我们的好意。你真的觉得我和劳老师之间有事吗？余虹在我不小心提到劳老师的时候，这样质问我。我怔怔地看着余虹，多年以后，她的身上有一股戾气，让任何一个跟她坐在一起的人，心生不安。我们经常看到一些满身戾气的人，不知道他们是否都是像余虹一样因为一次次地错失了利用才华改变命运的机会而对社会和他人充满了怨怒。吴宓见我怔怔地看余虹，推了我一下，问，你怎么了？我醒过神来，连忙对余虹说，我没有这样说啊，我相信你是清白的，那些都是网络暴民在造谣。过了一会儿，余虹又一边看手机上的微博，一边眼神涣散地看看吴宓，看看我。到底是什么人在整我呢？谁跟我有那么大的仇、那么大的怨，会发动网络上的人来整我呢？难道是我前夫？余虹这样说着，立即就顺着这个思路走下去了，要一条道走到黑的样子，任我和吴宓怎么劝，都无法把她从这个思路上拉出来。最后余虹的情绪达到了对前夫恨之入骨的地步。

我和吴宓一致认为，这个事是余虹前夫操纵的可能性几乎没有，这仅仅是一次典型的网暴而已。但是余虹钻在她的思路里出不来了，到最后她连我和吴宓都怀疑了起来。你们这是在替我前夫说话吗？为什么你们非要替他说话？替一个用这样下作的手段害我的人说话，偏偏不站在我这边替我说话，我是你们的朋友哎！你们这样有意思吗？我和吴宓完全不知道怎么应付余虹的指责，就尴尬地坐在那儿，气氛很僵。我们都害怕与偏执狂打交道。活了这么久，我和吴宓也都想明白了，再重要的事都不如心灵平静重要。那些个偏执的人，他们的出现，总是会打破我们好不容易平静下来的心。就在我们充满心事地默默坐着的某个时刻，余虹忽然给小雯来了一记耳光。原来是小雯拿出手机来上网。余虹素来是不允许小雯上网的，怕影响她的学习。在我们看来，余虹此刻这么激动，除了怕影响小雯学习之外，还怕小雯看到网上对她的各种恶语。小雯捂着脸，怒视着余虹，咬着嘴唇使劲克制着不让眼泪掉下来。我和吴宓不约而同地穿

133

越到了很久很久以前，那个时候，余虹大概也是这么怒视她的父母的吧。吴宓赶紧去拉小雯，想把她拉到身边来。小雯却僵住身子不让吴宓拉过去，一直对余虹保持怒视。这样的一种对峙，在她们母女间，应该不是第一次吧。我们有点伤感，没有办法看下去，匆匆和余虹母女道了个别，离开了。

当晚，余虹在微信上给吴宓发了一个表情。吴宓把手机拿到我面前，让我看余虹发的这个表情。她发这个表情是什么意思？我想了想，说，她应该是想向我们道歉，为她今晚上对我们的态度。吴宓说，她想道歉，就把道歉的话直接说出来啊，发个表情算是什么意思？我说，你还不了解余虹吗？她这辈子可能都没给人道过歉，她能给你主动发个表情来，那已经是很好的了。吴宓说，余虹三十二岁了，可她心里依然住着一个任性的小姑娘。

我和吴宓说这个话没超过半个小时，我更新了一下微信朋友圈，霍然看到了余虹新发的一条朋友圈，大意是，有的人不知道哪里来的优越感，她最受不了别人的优越感，云云。刚好吴宓把头伸过来看到了。吴宓一愣，想起什么似的赶紧打开微信，发现先前余虹给她发了那个表情后，她忘了回了。那么，余虹的这条微信是针对吴宓无疑了。吴宓很懊悔自己的失误，补救地赶紧给余虹发去一个微笑表情。过了一会儿，我和吴宓再把朋友圈更新了一下，发现余虹把那条朋友圈删掉了。

余虹现在变得有点神经质了，吴宓对我说。我对吴宓的结论是认同的。她是什么时候开始变得神经质的呢？我们忍不住一番回顾和推断，却发现，其实这几年来，余虹和我们的交往是越来越碎片化了，因为这个原因，我们很难为余虹当下的某种情况理出某条清晰的逻辑线。我突然意识到，从一开始因为某种原因下意识走到了一起，却后来彼此自觉地慢慢疏离，这就是人与人之间的一种常规发展模式。如果不是那位找我来代笔的仁兄出现，我和吴宓在自己平淡而无可奈何的生活里，都不太容易想起余虹来了。如果不是因为某种特殊的原因，余虹大概也不太容易想起我和吴宓来。

十

那位仁兄找我代笔，我自然是不会应承的。此人居然不理解我的不应承，他想当然地按照他的思维习惯认为我是在玩谈判技巧，即，我是在用拒绝的招式把条件谈得高一点。于是他想了想，摇摇头，笑着说，价钱嘛，可以再谈，价钱真不是问题。他还诱惑我，说如果我跟他合作顺利，他可以介绍更多的业务给我。照他的意思，这个社会上，想找人代笔的人多的是，不仅仅作家、非作家，各行各业，都有想找人代笔的人。如果我愿意以代笔为业，这么大的买方市场，保管我写不完。我最后觉得跟他谈话是浪费时间，因为我们不是一路人，他是我所认为的下等人，而我在他眼里应该是真正意义上的下等人，既然双方都把对方视为下等人，这种谈话就只能变成了一种互相伤害，还是不要继续谈下去的好。我就有点不耐烦。因为想尽快结束这次谈话，我的话变得越来越不客气。我忘了具体是因为我的哪句话，反正我们吵起来了。我们吵得越来越激烈，说话越来越过分，把人与人之间那一点点遮羞布全都扯烂了。莫名其妙地我就想起了余虹，于是开始跟他讲余虹。为什么我要跟他讲余虹呢？说实话，我也想不明白我的动机。这个人听完了余虹的故事，哈哈大笑。余虹就是一个作货，一个不作到死不算数的大作货。他大声说。他并没有意识到，我跟他说余虹，其实是另有所指的。

余虹本来可以利用好天资和好的机会成为成功者、人上人，却最终把自己的人生过得像一篇小说的草稿。这个世界上有余虹这样的人，才更加显得生机勃勃，不那么沉闷，才有那么多的不确定性，让人觉得有探索下去的空间。如果这个世界上全是那位仁兄这种按数学法则生活的人，这个世界得多么干涩、刻板、无趣啊。这是我的想法。

那个人忽然感觉到我对他的敌意了。他盯着我看了一会儿，突然冷笑起来，你说的余虹，是你编的吧？过了一会儿，他又说，我懂了！你是因为自己过得失败，所以编出这么个余虹，来给自己一点精神上的麻痹，为自己的失败人生来一次原本莫须有的粉饰？这个余虹，只是你需要的余虹吧？

十一

就算这个人说得对，就算我真的被他拆穿，我也要把余虹的这个故事写完。

余虹那次参加《非常歌声》带来的声名，远远比不上这一次网络事件给她带来的，她真的出名了，虽然不是什么好名。余虹的脾气是越来越坏，她自己对此很惶恐。有一天，余虹带她十二岁的女儿去参加一个长笛培训班，居然当场跟投资这个教育培训机构的老板之一争执了起来了。这个老板也姓余，比余虹还小两岁，原来是都江堰一个小学的体育老师，教育培训这几年火爆，她辞了公职，与几个朋友合股到成都来办班。余老板的长笛培训课收费标准比市场价略低，但是余虹跟那位给她女儿上课的老师聊了会儿天，吃惊地发现这个老师的长笛是业余的，她有资格被这个教育培训机构聘用的唯一理由，是她小学期间获得过县一级的长笛比赛二等奖。余虹想，怪不得收费偏低，原来是这么个业余老师。余虹当即要退报名费，工作人员就不干。就在这个时候，那位余老板进来了。简单问清楚了情况，余老板就开始教训余虹：

这位家长，我觉得你的逻辑有问题。噢！你觉得我们这位老师获过的长笛比赛奖级别比较低，获奖的时候年纪比较小，她就没有资格给你孩子授课了？有没有资格不是你说了算，教育局说了算，哪个老师给我们上课，我们都是经过教育局批的。我告诉你，我聘请过来上课的老师，没有几个是科班毕业的。我就是要不拘一格降人才。水平够了就行了啊，管他是不是正规学过的。

余虹火冒三丈，忍不住要好好把这个女的骂一顿。但她又听到心里的一个声音，在制止她不要发火。她最近在网上搜了些克制怒火的方法，它们在她无法自控的时候成了她的救命稻草。这余老板突然眼前一亮，住了嘴。她凑近余虹，仔细看了几眼，高兴地叫了起来。我认识你，你不是前阵子在网上挺火的那位吗？我们得好好谈谈。

余老板这段时间正在到处网罗人才，前几天她在网上看到余虹的热点，本来她是对余虹没有兴趣的，因为那个热点会让人感觉余虹只是个前保姆，但是余老板多留意了一下后，发现余虹居然曾经参加过《非常歌声》，她得拉余虹过来，给机构当声乐老师。

在余老板的办公室里，余老板真诚地向余虹发出了那样的邀请，余虹这个时候怒火早就平息了，她连连摆手。我可不会上课，而且，我跟你说实话吧，由于某种私人原因，我从小就对老师这个职业有抵触。我发过誓的，干什么都不去干老师。余老板说，你不想亲自上课是吧？那也行啊，你答应进入本机构的师资力量就行，我以你的名义招生，再给你搭两个川音的本科生，让他们教。当然了，到时候，你也要象征性地过来上一课。也就是说，我帮你搭一个授课小组，你是组长。一期培训课，如果是十节课的话，可能你就上一节课。余虹说，川音的本科生，给我当下手？你也太高看我了。余老板说，不是我高看你，川音的本科生在艺术培训这块儿不如你这种在全国大型真人秀节目上露过脸的人吃香。你是名人，用你的名气招生，好招。

余虹这时候才发觉，这是一个野鸡培训机构。现在培训机构太多太多了，真是鱼龙混杂。余虹当下就拿定主意，一定要把学费退出来，去别的地方让女儿学长笛。可是这位余老板突然就变成话痨了。余小姐，这样吧，你要真不愿意当老师，我们可以换个方式合作。我想，我或许可以跟几个股东商量一下，看看能不能让你入股。当然了，你不需要投进来多少钱，投钱也就是意思意思，最多就十万八万，我们主要看重你的名气。到时候，我们再对外宣传的时候，就说你是我们的副校长。余虹就跟她开玩笑，余老板，你可想清楚了，我的名也不是什么好名。余老板笑了，余小姐，你真是死脑筋，现在谁管什么好名气、坏名气，只要有名就行。好名气、坏名气只要操作得好，都一样可以换来大把大把的钱。余小姐你缺钱吗？我看你的样子，是缺的。跟我干吧，把你的名气交给我来操作。你什么都不用操心，就等着收钱行了。

余虹突然对这个余老板心生佩服。不佩服不行啊，这个余老板居然能清晰地看到一点：就算坏名气，都是可以用来利用的。余虹被余老板这种世俗的聪明惊住了。这种聪明，跟余虹的那种聪明是不同的，但是余虹觉得，这种聪明对她是一种冒犯。余虹看着这个与她同姓的女人，有一瞬间，仿佛是看着身上本来可以长出但幸亏没有长出来的组织增生，她带着对余老板的愤懑，决定马上回去学长笛，自己教女儿。

她并没有真的那么去做，就像她多次想过，要去劳老师的城市去找他，都没有去找。想和做，对她来说，越来越像两回事。

过了一个月，余老板经过那个培训机构的楼下，撞见了余老板被两个银行职员和一个派出所的警察堵在了那儿。她站在一边，不一会儿听出了个大概。原来这余老板自认为聪明盖世，心也大，五年前开始同时干好几样事情，贷了不少钱，却又遇到了这几年的经济不景气，她整个儿从信誉到生活全部崩盘了。

回去的路上余虹想，多少像她这种天资不错却爱折腾的人，到头来都崩盘了。就她这样，其实还算好啊，就知足吧。这么一想，她那一天积压在心里的不甘和怨怒不见了，她高兴了起来，决定去那家潮衣店，把小雯上次看中，她没有舍得给她买的那件毛衣买回去。可是余虹自己心里很清楚，过不了多久，她一定又会变成那种满脸写着对世界不服的女人。

余虹曾经和我一样梦见过她与几十个人一起在一个路口等绿灯。

在那个梦里，她前后左右地看了一看，发现身边有一小半的男路人女路人跟她一样，长着一张不服的脸。这就说明，在这个世界上，像余虹一样日夜遭受失败感煎熬却又拒绝被生活打败的人，不在少数。余虹松了一口气，来了精神，绿灯还没亮她就快步向前走去。

（原载《四川文学》2018 年第 9 期）

一碗海鲜面

一

小铲拿着一封信，怵怵地站在那个法国邮局前。信是寄给家乡南通的新婚妻子芹芝的。小铲结婚第六天为了逃兵役躲到长江边一条采沙船上做苦力，却被船主偷偷贩卖给了一条劳工船。被一起贩卖的还有几名同乡工友。劳工船离开虬江码头后直奔大海，在海上航行了几天拐进了北部湾海域，这儿有一艘大海轮在等着小铲他们。把小铲从上海运至此的那条船和其他几条专门在内河、近海搜集中国劳工的船，无疑都是那艘大海轮的鹰爪。现在"鹰爪"们已经完成了替大海轮搜集猎物的任务，接下来就等着大海轮把它冰冷的肚子填满后跨越广袤的大洋去往南美洲了。据说，欧亚大陆正被第二次世界大战这个魔鬼牢牢控制住的现在，在相对平稳的南美洲，劳工可以卖得高一点的价钱。

小铲到底还是逃出那艘大海轮了，不然他怎么站到眼下这个被称为广州湾的法租界了呢？怎么逃出来的？不记得了。不！哪里是不记得？是他的脑子对个别创伤性记忆局部屏蔽罢了。谁愿意把思绪塞进那个肮脏、腥臭、暗无天日、前方有一个叫作死亡的魔鬼正狞笑着向他们招手的船舱里去呢？脑子是个好东西，也是个坏东西，能活着逃出来，不赶紧让脑子停止转动以便摆脱刚刚发生过的那场噩梦，那是不知道脑子的威力。

终于寄完了信，小铲拖拖拉拉地从邮局里面走了出来，却不知道该继续往哪儿走。一个自小并未树立过宏图大志的人，本该老实、本分地待在自己的家乡，清淡度过此生，除了家乡，对他来说，这世上没有任何地方非去不可。况且，在这个问题上，小铲还更特别一点。在家乡那个小村子里，小铲常被村里人贬称为灶洞里的货。灶洞里的货？什么意思？意思是，这个人不爱出门。到什么程度了呢？恨不得把自己塞到灶洞里去，永远不出来。虽然村人的说法有夸张成分，但多少也能说明小铲性格上的自闭。十九岁以前的小铲该有多自闭，才会收获这样的贬损？

如果不是因为逃避抓壮丁，小铲连去长江上采沙都不会。那儿离家也有四十多里地呢。现在，被命运强行发配到此地的小铲，这个"灶洞里的货"，没法儿觉得眼前的这座城里，有哪个地方是非去不可的。没有必须去的地方，这也意味着，去哪儿就都一样。只要那个地方能确保自己活过今天，就可以去。

是啊，小铲都快要饿死了，随时都会饿得瘫倒在灼热的马路上。现在是十月末尾光景，中国北方个别地方应该在下雪了，可地处亚热带的此地却还炎热异常，沙石公路烫得人的脚掌心疼——小铲低下头，看到自己光着脚。什么时候鞋子丢了？没有记忆。小铲踮起脚来，走到路边一棵大叶榄仁树下面，躲一躲毒日头。过了一会儿，

142

他看到马路斜对面的法国公使署里走出了几个红带兵。小铲赶紧把身子藏到树干后面。这地方怎会有这么多的番鬼？依稀想起，那条大海轮上，自己曾被两个跟他们一样长着高鼻子、蓝眼睛的水手揍过。这朦胧的记忆让小铲觉得：这种长相的人都是阎王派出来的恶鬼，专到世上来捉人的。他当然是过于警觉了，此地成为法租界到现在已有四十三个年头，这些主要由法国人和越南人充当的国防兵中的前者，已经不会像当年刚刚夺占此地时那样当街欺侮老百姓了。小铲就这样在树荫下躲着，直到那几个红带兵走得没了影踪。这时小铲觉察到饥饿开始更加积极、努力地啃啮他的肚肠。胸口往下直到丹田的那一大片肉身传出阵阵绞痛。这种痛，传输至他脑中，使他脑子疼。他疼痛的脑子一下子明朗了一下，出现了回忆和幻觉交织而成的诸多画面。

在"中介船"上、大海轮上，小铲曾见到过惊涛翻滚，把赤白、无辜的鲜活人体卷走，接下来他又看到一个浩浩荡荡的鱼群在波峰浪谷间把那人咬得鲜血淋漓。此刻，饿得两眼昏花的小铲通过自己的脑子看到：浪涛和鱼群居然进入他肚肠了。它们一个猛子扎进他的肚肠后，开始抖开细长的嘴，又箭一样将嘴刺入肠壁。嘴们开始吸食肠壁里的油脂了。狭长、卷曲的肠道，因为嘴们的吸食，开始抽搐、打结、震动、扭曲……迎着这些亦真亦幻的画面，小铲相信有一声震耳欲聋的爆炸声随时可以到来，到那时候，他的肚肠将被炸成齑粉。

饥饿是个什么东西呢？这算是一个哲学问题。在此后的岁月里，小铲一想到这个问题眼前就会浮现一九四一年深秋的那个上午他扶着一棵大叶榄仁树在一个叫作广州湾的异乡与一种来自身体内部的不可名状的空落感、无助感、悲哀感搏斗的情形。小铲会记得，在那些感觉围攻他的那个上午，他最终想起了家乡南通，想起了新婚妻子芹芝。他和芹芝是表兄妹，结婚属于亲上加亲。婚前两三年里，青梅竹马的他们就已彼此依赖。现在，对芹芝的依赖感再无法落到实处，小铲心里空落落的，但好在脑子里有芹芝的画面，让他得到些许慰藉，他心情平复了些。一个人在最落魄的时候，家乡和最亲的人总是作为首轮救兵跑到心里来帮其对抗负面情绪的。

当一个人不再落魄了呢？家乡，或者那个曾经最爱的人，它，抑或她、他，会被一个人如何在其心灵世界安排职位？这个，也是小铲在此后的岁月里经常思考的一个问题。在那些个时候，这个问题回答起来不那么简单了，因为在法国邮局门前的街树下跟饥饿搏斗着的小铲，很快就不只爱过芹芝了。他要去爱一个叫阿玳的法越混血姑娘了。约莫个把时辰之后，十九岁的小铲坐进了贝当街最靠近邮局的一家面馆里——阿玳和她妈妈媄灵开的面馆。

<h2 style="text-align:center">二</h2>

小铲兜里只有一枚一毫银币，是他头昏眼花时在树下捡的。现在小铲坐在面馆里，盘算着如何用它吃到一碗面。虽说人地两生，但他有常识，这点儿钱肯定不够一碗面钱。最关键的是，小铲看到这家面店门口用篾笼盖着的食盘里，装着好几样事先煮好的海鲜。这是家海鲜面馆。这种面馆里一碗面的价格肯定比普通的面馆要高。小铲还想在面里加点海鲜呢，那就需要他为将要出场的这碗面付出更高的价格。

在家乡南通，小铲生活了十九年的那个村子虽然离东海比到长江还要近，只有三十来里地，但对海鲜，他却只是闻过其名未见过其真身，更不要说吃过。虽说他坐过一回海轮，可作为一个囚禁在船舱里的准劳工，别说海鲜，他连一口像样的饭都没吃过。倒是在跳海逃跑后被海水呛晕的也许两天、也许三天的时间里，他被什么海生物啃过一下，手腕上留下了一条如今正在发炎的伤口。

现在还没到付账的时候，小铲还可以暂缓面对饭资不足的尴尬，让他先把面前的这碗面吃完再说。不消说，小铲遵从自己此刻对食物的痴迷在面里加了足量的海鲜食料：鱿鱼丝、虾仁、螺片、墨鱼丸……他一口气吃了五碗，直到感觉身体变得有进门前两倍大。食物真是大地之神啊，一个人在最需要它的时候及时占有它，可以让他感到自己与脚下的大地之间相互产生了吸引力，建立了联系。小铲放下筷子，连着打了几个饱嗝，感觉眼前这个馆子里的一切都变得实在、立体，真真正正触手可及了。不像他刚进来时，那都是些单薄、飘忽、可望而不可即的幻影。小铲定定神，感觉到当他把目光投射到这馆子里的任何人和物之上时，那目光是刀剑一样凌厉的。这凌厉，对应到一个人的气质上，那叫满满的自信。这是小铲的脚掌踏入这片异乡之地后，第一次抓住自信这种东西。现在小铲刻意地维持着那种自信，沉稳地坐着，端详着馆子里的人与物。他的目光，最后落在了门口那个摇着蒲扇的越南妇人脸上。尴尬就在这个时候到来了。那个妇人，仿佛一直在等着这一刻。迎着小铲的注视，她站了起来，缓步走向小铲。她就是阿玳的妈妈嬷灵。

从这一天往后推一个多月，小铲会听到阿玳连比带画地用她半生不熟的此地官话跟他讲她妈妈的故事、她和妈妈为什么来到广州湾、她远在越南崑嵩某个海边小渔村的家，那时，小铲把阿玳当成芹芝，在这饭馆上面的阁楼上与阿玳共赴巫山。那时，阿玳还会要求小铲讲讲他的家乡。不知何故，小铲在那种情境下没心思讲自己的故事，一点讲的欲望都没有。如果可以，他宁愿没有家乡！当时，他真就是这么想的。他怎么可以才跟芹芝结婚不久就跟另外一个女人上床了呢？愧疚让他觉得想一下家乡就是大逆不道。

　　小铲意识到，这个妇人过来找他结账了。现在，小铲要用他聪明的脑袋与嬷灵过招。沟通是一个横亘在眼前的实际问题。语言障碍横亘在他与嬷灵之间，嬷灵对此地通用的官话很生疏，多数情况下，她只说崑嵩那地方的嘉莱族方言。小铲此后不能记得，他是怎么跟嬷灵沟通的。就像一部电影，连接主要情节的过渡桥段永远不受记忆欢迎，它们会随着主人记忆增多被挤到记忆触摸不到的黑暗角落。小铲此后能记得的是：最终他被生气的嬷灵挥舞着一块抹布驱赶到了街上。幸好此时已经驻扎在小铲身体里的那些食物给予了他力气。小铲刚被凶神恶煞的嬷灵推倒在马路上，就飞快地爬了起来。爬起来就该赶紧逃不是吗？一个吃完给不起钱的人，不赶紧溜得远远儿的，还待在事发现场找抽吗？小铲居然没有跑，因为，他心里产生了一个宏大的念头。他被这个念头牢牢地控制住了。这家面馆的海鲜面真好吃啊，我还想吃，天天都要吃，每顿都吃。这个念头真够宏大。

　　在那条船上、在海上，小铲被饥饿弄得每每命悬一线，他深知吃的重要性，有时候，它就是命本身。现在有这么好吃的海鲜面馆让他遇着了，他能轻易放跑它？当然不。反正家乡暂时是回不去了，除了家乡，什么是他必须去的地方？没有。现在只能从形而上的角

146

度去寻找必须去的地方。从这个角度讲，能确保他活着的地方，就是他必须待下去的地方。就是这儿，这家小小的面馆，它是他必须待的地方。待下去谈何容易？小铲现在就连那枚毫银都没了。刚才他跌坐在地，它从兜里滚出来，一个长相凶残的路人当即掳走了它。想待在这儿白吃却又分文皆无，小铲该怎么办？

给这个叫媄灵的越南女人脑子里灌输一个不给她钱他也可以在面馆里吃、天天免费吃、想吃就吃的逻辑。这就是小铲现在想到的办法。不给钱也可以吃，还要天天吃、随意吃？天底下有这么便宜的事？有啊，嘴皮子是干什么的呢？不就是用来讨便宜的？小铲的口才不错，不仅如此，他还有点小本事。

小铲的毛笔字写得好，在家乡，每个曾经看到过小铲写字的人都是这么论定的。小铲虽然在乡下生、乡下长，但南通那个地方自清末状元张謇之后特别重视教育，加上他本人聪明伶俐，十四五岁的时候，他的毛笔字跟字帖上的拓文看起来已经不相上下。现在，小铲要用他的这个小本事来打动媄灵。他从地上抓起一颗石子儿，开始在马路上写字。写什么呢？他随便想了一下就有主意了。一碗海鲜面。他写着这五个字。写了一遍，再写一遍，在马路上写了一大片。这些字，浩浩荡荡地把路面占满了，引得路过的人都停下来看。写得真好！好字！多数路人都不像媄灵不认得中国字，他们都站在这些字远远近近的四面八方，由衷地大声地叫好。他们中有一个人懂得一些越南话，这时，他绕过这些字，走向狐疑的媄灵，向她解释：这个后生仔，写一手好字啊，你看到了吗？真的是一手好字。难得，难得！媄灵听了半天没听明白他在说什么，但到底还是听懂了。那个人再接再厉，继续充当翻译，他对媄灵说，这个后生

147

仔认为，你这个面馆招牌上面只有一个"面"字是不够的，而且这个"面"字写得实在难看，你应该换招牌。新的招牌上就写"一碗海鲜面"，对！这是新的店名，通俗、易懂，换上了新招牌，面馆生意会好很多。招牌上的字，由这个后生仔帮你来写。招牌上的字好，面馆的生意才会更好。越南婆，你听懂了吗？你真是个蠢女人啊，来广州湾这些年了，还总是叽里呱啦地说你那难听的越南话。那个解释的人最后还笑着嘲讽了嫫灵好几句。

一个月后，在面馆阁楼上那张靠窗摆放的瘦床上，阿玳说小铲急于帮她妈妈写招牌的动机特别明显，都让嫫灵感动了。不过这感动在小铲写完招牌之后马上变成了愤懑，当然是因为小铲的话。我给你写了招牌，漂亮的招牌！你要报答我，我不要报酬，我只要明天来面馆吃一碗免费的海鲜面。小铲看着嫫灵深陷在眼窝里的黑眼睛、眼角与太阳穴之间密密麻麻的鱼尾纹，振振有词。嫫灵发现了小铲的心机，冷笑起来。我答应你明天来可以吃一碗免费的海鲜面，但现在你给我滚。她咆哮着向小铲挥舞她黑瘦的胳膊。小铲就走了，在外面找了个树林子睡了一夜。

第二天小铲起大早作为面馆第一个食客坐了进来。"一碗海鲜面"的新招牌还真起到了招揽食客的效果，小铲坐进来不久，陆陆续续进来十几个食客，一下子把逼仄的面馆塞满了。充斥了食客的面馆里，作为老板娘的嫫灵却始终一脸愠色。可她什么时候真正眉开眼笑过？瘟神脸就是她的最大特色。其实嫫灵心里面是感激小铲的，感激得很。看！她在小铲的面碗里加了很多鱿鱼丝、虾米、墨鱼丸，让阿玳端给小铲了。

这是小铲第一次见十八岁的阿玳。我要她！小铲一看到端着面

148

碗从灶间走出来的阿玳，就听他自己的心里这样大声呼叫。真是没皮没脸，才吃了人家的免费海鲜面，又要来睡人家的女儿了，简直是大胆，不！是昏了头了。忘了怎么从劳工船上九死一生逃出来的了吗？侥幸保住了命，本该老老实实只要能活命就知足的，怎么还要做爱了呢？可是，谁斗得过原始的欲望呢？肚子饿的时候想要吃饭，肚子不饿了性欲就要跑出来为非作歹，混血姑娘阿玳好看得那么与众不同，眼睛里面看不到一点杂质，还总是在笑，用下一世纪的话来讲，她就是个"傻白甜"，而此时的小铲，又没有足够的阅历和见识，很容易少见多怪，他当然不能克制与阿玳亲近的欲念了。再说了，一个失去了家乡的男人，是多么容易把一个女人的身体当成他的家乡啊。阿玳美丽的身体，蕴藏着充沛的能量，一个男人只要能点燃它们，就足以得到那种叫作归属感的东西。现在，小铲要扯脱身体里的引信，去引燃能令全天下男人为之疯狂的这个能量源。

小铲兜里一个子儿都没有，心里却揣了那么大的一个抱负，这对他来说真是一个挑战。看看他是怎么面对挑战的吧。他当然要用一用已经被证明行之有效的那个伎俩了——写字。新招牌写过了，餐单还没写啊。你看呀，这虽然是一个小小的面馆，虽然只卖海鲜面，但你有好几种海鲜，一种海鲜就可以成为一个销售品种，两两也可以成为一种销售品种，全部海鲜混合在一起又可以成为一个销售品种，加起来，可以有五六个销售品种。再加上面店里销售的马蹄糖水、芋头糖水、甘蔗汁，还有盐鸡蛋，可以写满一张餐单。做一个这样详细介绍店里销售项目的餐单有什么好处呢？第一，好看；第二，可以省去许多交流成本。嬷灵，你这个脾气说上来就上来的瘟神脸，你这个情商低到海平面以下的越南婆，与食客交流不畅可是你的一道硬伤哦，对吧？

小铲说服了嫫灵，并在阿玳懵懂、惊喜的目光中用更加流畅的毛笔字写了一张餐单，贴到墙上。可是，只写了一张餐单，就可以有机会跟阿玳一起跑进上面的阁楼吗？当然不够，小铲还需要更加过硬的招。什么招呢？小铲现在还不能想得到，他能想到的就是让自己在这个店里待下来。他又没有必须去的地方，这个面馆里有那么好吃的海鲜面，让自己待在这儿，像一棵树一样迅速在这异乡牢牢扎下根须，这其实也是一种理智。小铲脑子多灵光啊，这份理智，也已经跑到他脑子里面了。从你接受了我给你提出的需要一个餐单这个问题，可以看出——小铲对嫫灵说——你的店需要一个有能力跟食客通畅沟通的伙计。他还是那么振振有词。嫫灵好奇地盯着他，觉得这个后生仔非常奇怪。我虽然还暂时不会一句本地土话，但我可以通过写字跟食客沟通，这一点，至少比你强，你不觉得应该聘用我为你的伙计吗？小铲通过店里好几个食客的共同翻译，终于向嫫灵完整表达了这个意思。他所表达的被收留理由，很牵强，甚至有点可笑。严格讲，与本地人沟通不畅这个问题，在小铲身上更严重，嫫灵和阿玳可是已经来广州湾快十年了，不是吗？

小铲到底还是说服了嫫灵，留在了这家已经叫作"一碗海鲜面"的面馆里。也许是小铲的聪明打动了嫫灵，也许面馆的确需要一个身强体壮的劳力，也许阿玳主动帮小铲助攻令他最终获胜，总之，结果就是：贝当街最边沿的那家专卖海鲜面的小店里，现在多了一个伙计。这个伙计出现在面馆的第一天，衣衫褴褛，脸上还有一块发炎的撞伤，浑身上下没有一块干净地方；现在，他换了新衣裳，脸上的撞伤开始结痂了，脱落了，他整个人越来越干净了，大家仔细一看，哎呀！居然是一个秀美的后生仔啊。

这个后生仔现在时常会对自己感到吃惊。他感到自己不再是从前南通村子里那个内向的年轻人了，跟"灶洞里的货"不再有任何关系了，他变成了一个称得上外向的人。是从什么时候开始变成这样的呢？仔细一想，小铲发现，好像是自己的脚掌一踏入这个地方，就变成这样了。为什么呢？淞沪战争以来的这几年，身处与上海一江之隔的南通，小铲和他的乡邻们一样，听到了太多关于战争的传言，感受到了战争带来的种种不堪，内心时常被一种末世情绪笼罩，而在这个叫作广州湾的地方，小铲完全感受不到日本人的存在，感受不到战争引发的种种——他的改变，根源在此？抑或仅仅是因为，这个过于陌生的所在，可以令小铲的内心失去束缚，继而他彻底解放了自己？还是，近日九死一生的经历，扭转了他的性情？小铲吃惊于自己的变化，既为之欣喜，又有些恐惧。他隐隐觉得，在这个异乡，他正慢慢滑向一个无法预知之处。

来面馆里的食客有时会跟小铲聊天，问到他是哪里人。小铲有时不愿告诉他们，就笼统地说自己是北方来的，有的时候，他也会说得很具体，跟对方说起自己如今已成为日占区的家乡南通，以及他生活了十九年的那个小村子，说着说着，那个叫作乡愁的东西就把他抓住了，让他有一些伤感，这种伤感会持续一两天。小铲想，什么时候能回南通呢？眼下这个兵荒马乱的时候，从陆路，根本不敢，海路的话，除了那些贩卖人口的海轮、军舰，也没有船在走。这个叫作乡愁的东西需要被打败，否则小铲无法在此地轻松地生活。怎么打败呢？小铲有他的办法，他在心里对自己说，等战争结束了，他就衣锦还乡。什么叫衣锦还乡？就是在此地活出个人样啊。

三

　　小铲此后还有很多机会去洞见自己身体里的能量。漂在大海上的时候，这种叫作能量的东西曾一度从他的身体里消失，使他无力与大海抗争，但最终它还是回到了他的身体里，赋予了他逃生的能力。一九四一年深秋去往冬季期间那大概一个来月的时间，是小铲频繁洞见自我身体能量的一个时段。能量们在他的身体里跑来跑去，有时候，它们在他的腿和胳膊上，使他可以一点都不累地在面馆里里外外跑来跑去跑一整天，两只手同时端两个大碗，一直这样端一天，手也不酸；有时候，它们来到了他的肚肠里，让他可以一顿吃好几碗海鲜面；有时候，它们进入了他的血液、肌肉、皮肤，迅速将他一天天从海鲜面里获得的营养在那些地方仔细地布局，让他在来到面馆半个月后重了十几斤，整个人变得强壮、饱满、亮堂；有时候，它们就停在皮肤那儿，令他就算只是站在大街上晒晒毒日头，也会感到一种莫名的兴奋。却有某些时候，它们冲过了他的丹田，一直往下走，在双腿之间的那个物什那儿，再也跑不出去了，他只感到，因为它们过多地集结于此处，使他的整个身体像一张绷紧的弓一样，随时处于发射的状态。但还有某些时候，它们就仅仅只是一个接一个来到了他的脑子里，然后集结在那儿，服从他的差遣，他自如地搬运着它们，他的脑子，变成了一架飞快运转的机器。

　　现在，这架机器要开始在阿玳和媜灵以及当天在场的所有贝当街上的人面前发威了。一九四一年十一月，时任维希法国政府印度支那殖民部长的让德句来广州湾访问。就是这位法国官员，发动了从上一年一月到这一年五月间的泰法战争。然而这场战争真正的获利者是此时在亚洲激进地推进、扩大战争的日本。日本借机增强了在泰国的实力。就在让德句到访广州湾的下一个月的八号，日军入侵了马来西亚，同时入侵了泰国。这一年的七月，法日签订了共同防卫印度支那的协定，这之后日本便在广州湾派驻海军商务委员会。日本正式攻入广州湾并很快在此驻军，是一九四三年二月后。现在这个叫让德句的法国男人正从离贝当街不远的法国公使署里走出来。作为此时整个法属印度支那的最高管理者，他打算到自己辖区的街市上转一转，贝当街是广州湾地区西营一带最重要的闹市，最应该转的是那儿。现在让德句来到贝当街了。阿玳和嫫灵此前听说过这个人要到访广州湾，但没想到他还要到街上来作秀。嫫灵远远看着被几个红带兵和绿衣兵簇拥着的让德句出现在贝当街的口子上，马上大声吆喝小铲关店。嫫灵憎恨法国人，她像阿玳现在这么大的时候在西贡一个法国医生家里做家政，不小心被这个已婚男人诱骗并爱上他，事情败露后，医生和他神经质妻子变成同盟，协同对付嫫灵，二人在嫫灵面前穷尽说辞，动用各种关系，迫使身怀六甲的嫫灵离开了西贡。回到了越中的家乡崑嵩后，嫫灵受尽亲人嘲讽，阿玳七岁那年，嫫灵带着她离开昆嵩，来到了举目无亲的广州湾。

小铲当然知道嫫灵的过去，他在面馆待下来不几天就听阿玳说了。但是嫫灵心里那些恨屋及乌的怨怒，阻止不了小铲要利用让德句的到来炒作面馆的冲动。炒作，这是在小铲死后这个世界上才出现的词，小铲现在自然不懂得。他此前也没经过商，也不懂得炒作对于买卖的重要性。经商才能，那只是一种天然存在于他身体里的养分吧，现在，他是无师自通地把它拿出来为面馆服务。小铲眼前面临的迫切问题，是嬷灵心里无缘无故的恨，它可能会成为通往成功炒作之路的现实羁绊：她会阻止小铲接下来的行动，一定会。怎么对付这个羁绊呢？很简单，让那架机器高速运转并且听它指挥就是了。小铲首先听到那架机器对他说，你先把嬷灵支开。于是嬷灵还没明白过来是怎么回事，就被小铲拽进厨房。灶台上有一碗刚做好的海鲜面，小铲端起它，把厨房门反锁了，快步向面馆外跑去。厨房里的嬷灵咆哮着拍打房门，让我出去！小铲！你个坏东西！把我放出去！我要出去干死那些法国佬！没有人能听到她崀嵩方言的呼喊和咒骂，因为，几乎就在刹那之间，面馆里的食客，还有阿玳，都因为端着面碗冲向贝当街的小铲，目光被吸引了去，跟着都跑到面馆外面去了。

现在小铲抱着一碗热腾腾的海鲜面跑向了刚走到面馆前的让德句。小铲的速度太快了，保护让德句的红衣士兵和绿衣警察还没反应过来，那碗面就被他塞到了让德句手上。大人！您辛苦了！这碗面是刚做的，您吃吧！小铲按照脑袋里那架机器的指挥，飞快地翻动上下两片嘴唇，于是让德句身边听得懂中国官话的人弄明白了小铲的意思。那当然不是小铲的心声。就算傻子也知道在未经事先安排或允许的情况下，把这碗面当街塞到如今印度支那的最高长官手里，是冒犯，可以定罪的冒犯。连傻子都知道，小铲脑子里有那么好的一架机器，怎么可能不知道他的行动多么恶劣？对！他知道，他的目的是立即被抓捕、关押。一切如小铲设计，让德句身旁的绿衣警察马上行动起来，控制住了小铲。哎！记者！麻烦你给我和让德句大人照个相。小铲在警察的手里一边挣扎一边大声恳求随行的记者。咔！一张照片定格，画面上被警察反剪双手的小铲费劲地向让德句靠拢，让德句不得已捧着面碗摆出官样笑容，那当儿，别人还没来得及把让德句手上那碗面取走。

三天后嬷灵和阿玳把小铲从牢房接走，回去的路上，小铲把他当时脑子里那架机器告诉他的话——复述出来。小铲说，我就是想让大家看到我因为给让德句献了一碗面却被当成罪犯抓捕，大家看到了我是好心好意，所以我即便被抓捕，也会被放出来，不然无法服众。他说得很有道理，自从一八九八年此地成为法租界后，本地人一直反感法国人。但是呢，小铲接着说，我敢当众冒犯侵略者中的大人物，这件事会引起轰动，这个故事会传开去。传开去之后，对谁有好处呢？当然是我们的面馆。为什么是对我们的面馆有好处？回到面馆后，阿玳不解地问小铲。这时小铲手上已经有一张报纸了——他们在回来的路上跟报童买的——小铲指着这张报纸上让德句捧着那碗面的照片，得意地说，阿玳，想想看，多少以前没有来过我们面馆的人会看到这张照片啊，看到这张照片上让德句手上捧着的那碗面，他们就知道我们的面馆了啊，他们也自然听到了故事，面馆小伙计冒犯让德句，这样，他们就会对面馆感兴趣了啊。

阿玳悟出点名堂来了。小铲在给她详解一种宣传面馆的广告手段。小铲的脑子里未必冒出过"广告"这个词，虽然他正在充当一个广告文案高手和有力执行者。阿玳，嬷灵，我跟你们两个讲，我们可以把这个面馆做得更好的，可以赚更多的钱，我们现在赚的钱太少了，你看，你们从来都没给我开过工钱。嬷灵听见小铲说到工资，怒叱着要来揍小铲。小铲灵巧地让开了。他当然是开玩笑的。嬷灵其实也看出了小铲是开玩笑，她显然已经被小铲折服了。我会给你开工钱，只要真的像你讲的，很多以前没来过面馆的人看到报纸来面馆。小铲脑子里面的机器又用力转了一下，他对嬷灵笑了起来。不！我才不要你开工钱，我要你把阿玳嫁给我。我哪儿都不想去了，我只想每天白天做店里的伙计，晚上去阿玳的阁楼上，跟她待整整一晚上，一天一天，就这么过下去。小铲还是像以前那样，说得振振有词。

这才是小铲的终极目的啊，他精心设计的几组棋局组合到一起，汇成一盘大而无形的棋局，目的是要以后每天顺理成章地睡到阿玳的阁楼上去。他能成功吗？他什么时候正式成功？答案就在小铲从牢房里出来后的三天内揭晓。果不其然，三天内，这家叫作"一碗海鲜面"的面馆门庭若市，不但西营这边的人都慕名来吃面，赤坎市民也坐着公共汽车跨越十几公里的西赤公路专程来吃面了，对面麻斜的老百姓坐着渡船越过港湾也专程来这儿吃面了，整整三天里，从早到晚，面馆外面都排起长队。先前嬷灵答应过，要是一切真如小铲所言，她就同意让阿玳嫁给小铲。现在她必须遵守诺言了。嬷灵是个爽快人，痛快地答应了小铲。就算没有那个诺言，她也是看好小铲的。这个北方后生仔聪明，浑身有使不完的力气，又长得这么俊美秀气，让阿玳嫁给他，当然好。

又过了十几天后的现在，小铲第一次得到嬷灵允许进入了阿玳的闺房——面馆上方这个小小的阁楼。这是十二月的一个傍晚，嬷灵一个人静静地坐在一张餐台边抽烟。烟是劣质的，把嬷灵的眼泪呛了出来。嬷灵借机当着食客的面抽泣起来，脑中却想象着小铲和阿玳两情相悦的画面。这个傍晚天气有点奇怪，亚热带的夕阳比往常刺目、灼人。在天将黑未黑之际，不知从何处冒出来的成片乌云快速涌向天空，把阳光遮住了，仿佛是有一只巨手，突然摁了一个

156

开关，世界一下子就漆黑一片了。黑暗中，嫫灵听到外面下起暴雨来，天空一时间化身为一个汁液丰盛的男子，一股脑儿地向大地倾倒蓬勃的欲望。天空的欲望还不止于此，它还要发出怒吼。台风来了！十二月的台风，虽然量级不大，但也是少见。嫫灵在食客愤愤不平的指责中点亮了三盏美孚灯摆到几个餐台上，然后跑到面馆外去收拾摆在门外的桌椅。天空无穷无尽的汁液和没完没了的怒吼现在将她包围了，她被暴雨和狂风拽到了马路中间。嫫灵居然神经兮兮地跪下来了，她就这样跪在马路上，哪儿也不去，低着头哭泣，实在忍不住的时候，就抬头向面馆上方的阁楼望一眼，她却只能看到两块疯狂摇曳着的窗帘。嫫灵难过、愤怒却也有些兴奋地拍打着马路，号啕大哭起来。这是太平洋战争正式爆发的第一天，此后广阔的太平洋、印度洋上，东亚大地上，那个叫作战争的魔鬼会更加放纵，许多年轻的身躯将带着他们曾经有过的欲望，死于炮火。嫫灵，她只是一个受过情伤的越南妇人，此刻，她的想象力被她的无知局限在了那间小小的阁楼里。就像小铲和阿玳，他们二人的想象，此刻完全局限在对方浸泡在汗液之下的那具肉体中，除此之外，这世界上的一切大事小事，谁死谁生，多少人生多少人死，都与他们无关，他们只要关心自己的感受。

给我生一个孩子。窗外的狂风暴雨是能量加速器，让阁楼里的小铲身体里的能量变得更强大，他把它们尽量地交给阿玳，但是它们在他的身体里生生不息，他取之不竭，交给了阿玳后还有，就再给，他永远都可以给，怎么给都可以，他就是诞生、生长和挥霍本身。给我生一个孩子，给我生一堆孩子，把我身体里的孩子全部掏出来。小铲听到自己年轻的喉咙里发出这些生猛的声音，那些疯狂、

157

没有逻辑的意思。他有使不完的劲儿，他可以生一堆孩子。他眼前甚至出现了他的一个两个孩子站在雨里突然由拳头那么一丁点儿大长成跟他一样高大的情形。这种想象让他欣喜，让他有十分实在的存在着的感觉。我给你生孩子，生一堆孩子。小铲听到阿玳用同样生猛的声音回应着他。如果小铲是一棵欣欣向荣的树，那么阿玳也是。大自然里有很多这样的男树和女树，每一天，每一晚，每一间阁楼里，他们都热烈地用体液回馈着大自然赋予他们的身体。

想起来了。不！是先前被小铲的脑子局部屏蔽的海上记忆现在要大面积苏醒了。在他们被转运到那条大海轮上的第一天夜里，在离轮船正式启航去往南美还有十几个小时的时候，小铲和一起被贩过来的采沙船上的几个乡党在囚舱里听到一则无法证实的传言，说是这上千名准劳工中出现了几个人，在暗中组织大家把身上的火柴集中起来，以便让他们偷偷制几包土炸药。他们想搞一次暴动，迫使现在停在离岸不远的海上的轮船在启航前靠岸，如果暴动失败，他们就引爆这艘海轮，大家同归于尽。这是那几名组织者的计划的全部。小铲和他的几个乡党朋友本来已经认了命，只要能活着，就算真的被贩卖到南美洲，那也不怕。现在看来，上千名准劳工中多的是不甘被贩卖到南美洲的人，他们随时可能到来的冲动很可能让这艘海轮无法抵达目的地。小铲跟那几个乡党被这个传言吓坏了，几乎认定如果还待在这船上，那么死在太平洋上是必然的事。他们商量了一下，准备跳海逃生。跳海，几乎就没有生啊，但是他们现在要跳，他们千想万想，只有跳。也就是说，他们想碰碰运气。小铲他们几个人在船启航后约莫两个小时的时候找到一个机会，咬死了一名海员，如愿跳入海中。好几个乡党一跳下去就被海轮下的旋

158

涡卷进了海底，只剩一个乡党与小铲坚持游了数小时之后没了力气沉入海底，后来就只有小铲，晕了过去，却没有死，海浪推着他的肉身，过了好些时候，小铲发现自己躺在广州湾某岛的沙滩上。

小铲还想到他逃掉的那次兵役。这个记忆居然也在他来广州湾后的这些天里被屏蔽了。那是他新婚第二天，村里来了抓壮丁的人，把小铲和村子里的另外一个青年给抓走了。他们被反剪双手押到了镇上一个部队。这是个连级部队，马上就要开赴前线，只等兵员就地补充够了就走。小铲在被抓过来的路上一直在找机会逃，但没找到。到了连队，登记、画押，被造了花名册之后，小铲更加想逃，但还是找不到机会。第五天，兵员已经补充得差不多了，行军出发。就在出发不久，幸运之神眷顾小铲了。他们行进至一个镇子，停下来休息，连长犯了烟瘾，就近把他身边的小铲一推，指了指前面一个铺子，说，你给我买包烟去。小铲进了铺子就从它后门逃走了。逃回家后的第二天，小铲听到一个说法：就在他逃走的第二天，连队被日军以一个大队的兵力伏击了，全军覆没。

幸运不是一个空泛的概念，它是具体的、实在的。它像一个伟岸的神，喜欢谁就眷顾谁，让他死里逃生。小铲是一个被幸运选中的人，被幸运选中了也不能不懂得回报，否则幸运下次不再喜欢你了怎么办？世界那么残酷，到处都是死，生是小概率事件，没有幸运简直无法一直挤在这个叫作世界的东西里。小铲必须回报幸运，他要兢兢业业地用力唤出身体里的各种本能，大口吃饭，频繁做爱，用来向幸运证明，留他而不是留别人活下来，是正确的选择。幸运能看得到他的赤诚，会被打动，下一次就还会选中他，对吧？

一九四一年，小铲十九岁，阿狁十八岁，他们都很生猛，像亚热带随处可见的植物一样，具有旺盛的繁殖能力。第二年十月，小铲和阿牨生下一个男孩。再过一年，就是在日军的部队正式攻入广州湾并驻扎下来的一九四三年，他们又生下了一个女孩。

四

许多人或许此后都会怀念一九四二年春季之后在这个其时被称作广州湾的无冬城市里一条叫作贝当街的小街上逐渐引人注目的那家面馆。他们中某些不幸的人如果一再流落异乡，在不同异乡的街上，他们很可能会抬起头来、瞪大眼睛努力寻找一家跟当年那个叫作"一碗海鲜面"的面馆同样文艺范儿的小馆子，去里面安安静静地吃，以告慰他们的思乡之苦。是啊，贝当街上的"一碗海鲜面"面馆，是文艺范儿的。

小铲是个天才，在很多方面都天赋过人，经商所需要的各种天赋，他似乎一样都不缺。或许他自己并不知道他在经营"一碗海鲜面"面馆时用了二十一世纪才广泛流行的高端营销手段，他只知道他在那个时候的广州湾让自己这个小店弥漫着一种思乡的气质，是一定可以引来更多食客的。他也未必想过，他给面馆所赋予的这个气质，可以被归为文艺范儿的一种。他是一个内心生猛的人，这种人想问题比较简单、直接，干事情务实，文艺范儿这种东西是一个空泛的概念，他脑袋里的那架机器不生产它。

想了各种各样的办法，能买的买，不能买的就亲手制作，实在不行他就让媄灵去偷，总之，小铲给面馆里增加了许多东西。墙上，很有讲究地贴了几张前几年上海滩、香港红极一时的女明星照片，

160

都是黑白照。做了一本漂亮的餐单，里面每一页上的字，都是小铲亲手写的，每一种面都有一个引人遐想的名字，最重要的是：每一个名字，都与乡情有关。打开餐单，第一页，是小铲用钢笔字写的一个故事，加起来就一两百字，大致意思是他初到广州湾的那天就吃到了这家面馆的面，吃得泪流满面，因为他想儿时姆妈每年除夕夜才会做一顿纯白面制作的阳春面。这个故事也在进门就可见的那个报刊架上的一张旧报纸上。大概在一九四二年春天，他给一个来店里吃面的《香港公商日报》外派此地的记者塞了点钱，于是人家按他要求写了这个故事发在了那张报纸上。那个报刊架上，除了这张旧报纸，还有当年报道小铲冒犯让德句的那张旧报纸，上面配着让德句手捧面碗的照片。此外，架子上始终还会摆放十本以上的《良友》等过期杂志。当然，店里的桌椅也换了一批，原先的太破了。倒是没有装修，这种小店是没有必要装修的，只是加了门帘，把墙面用很浅的绿色和橙色新刷了一遍，使它显得特别干净、温暖。小铲总共花了半年时间，用卖面攒得的收入及嬷灵的积蓄，逐渐把面馆搞成了他并不知道其实是文艺范儿的很有"家乡感"的样子。

南京、上海、香港这些港口城市在中国对日抗战全面爆发后相继沦陷，中国的海上交通就此被切断，这种情况下，广州湾因其法租界的身份一跃成为中国唯一可以自由通商的对外港口，成为一个重要城市。对许多国人来说，那时候，广州港如同末世里唯一一块锚泊地，对他们慌乱无措的脚掌发出收留的信号。人们纷纷涌入广州湾。涌入人口最多的一个时间节点，是一九四一年十二月香港沦陷后。那时，全国各地包括港澳的难民纷至沓来，其中不乏国内外的知名人士、著名学者、科学家、艺术家、政要。如果有一家小而精致的餐馆，像这些讲究生活品质的优秀人士在战前他们居住的都市时常可以在街角遇见的那种，他们一定会经常光顾的。小铲把面馆做成那样一种调调，显然是为了迎合这些人的胃肠和精神的双重需要。只要他们爱来，"一碗海鲜面"面馆就会成为广州湾的当红面馆。这就是小铲的经营思路。他真是一个天才的创业者。当然，不管在营销上做多少篇文章，面好吃才是最重要的。

这碗面当然好吃了，好吃得不得了。媄灵是做海鲜面的奇才，更何况，店里新招了两个厨师帮忙，媄灵手把手地把她的做面诀窍教会了他们。这碗面里最主要的食材——米粉，媄灵做起来是有诀窍的，她做的时候糅合了她家乡昆嵩的古法，并加上她自己的创意。这碗面里最关键还有一种秘制酱料，这个是媄灵的家传。这碗面能那么好吃，媄灵的秘制酱料是主要功臣。酱料怎么做，媄灵是不会教给那两个厨师的，她亲自做。

一切如小铲设想，在一九四二年春天之后，这个馆子火了起来。小铲还把隔壁一家正好到期的店盘了下来，扩大了面馆的规模。有一段时间，这位充满创意的创业者甚至设想，既然自己的面馆招牌这么有知名度，是不是他可以光靠出让店名就可以挣一大笔钱呢？向一家店卖一次名字，收一次钱；卖两次，就收两次；如果卖到全国都有、全世界都有，那得卖多少次？得赚多少钱？看吧，小铲对商业规则的自动领悟，简直太出色了。可惜，小铲把"一碗海鲜面"做成连锁企业的想法只能胎死腹中，媄灵——这个受过情伤的奇怪妇人，总是会在小铲意想不到的时候，成为给他的想象力凌空一击的现实羁绊。因为这个现实羁绊，小铲想把现在的馆子开好就已不易，别说什么连锁店了。媄灵的脾气越来越坏了，在贝当街上，渐渐有一种传言，“一碗海鲜面”面馆里一老一少两个越南婆娘，同时被小铲勾去了魂魄。但是小铲早已是她独生女儿阿玳的丈夫，于是媄灵只好不停地发神经。

许多当年流落到广州湾的人或许都会记得，那家名叫“一碗海鲜面”的面馆里，那个名叫媄灵的越南女人，是如何在食客意想不到的时候去刁难他们的。你给我零钱，这么大的钱我找不开。这个币种我的店不收，请你换个这儿好使用的币种。我面馆里的面现在根本不愁卖，每天来我这儿吃面的人多得要排长队，你觉得我的话刺耳你就别来了。什么？你嫌我的中国话讲得不好？那你去讲得好的地方吃啊。你说我是个神经病？你才是神经病，你再说一遍我是神经病试试？媄灵就这样在一年三百六十五天里，突如其来地大声向食客表达这些意思，个别的时候，她如此粗鲁，仅仅是因为她自己不太懂得中国话从而把食客的赞美当成了批评。这真是太可笑了，她不但把食客当成了管理对象，想训斥就训斥，想驱赶就驱赶，还要偶尔通过食客去证明她来此地十多年了却依然不能与食客正常交流，她脑子得有多不好使。看看小铲，到广州湾第二年，就能说一口流利的本地话了，第三年，他连媄灵和阿玳的越南崑嵩方言也会好多了，这样媄灵就不会因为奇差的语言学习能力而与他之间有交流障碍了。

这些曾经流落到广州湾的人还会想起，在媄灵发神经的时候，小铲是如何及时跑过来制止媄灵的，又是如何向食客赔礼道歉并立即用“下次可以免费吃一碗面”之类的挽救措施来确保回头客的数量的。多数时候，他们会看到小铲安抚完食客后，就把媄灵往厨房里拉。这个时候，大家会发现，刚才还母狮般暴躁的媄灵变成了一头小绵羊，低着头倚着小铲，跟着他去厨房了，途中还会抹着眼泪，用细小的声音撒一句娇。她那时候的样子像极了一个小姑娘，受尽委屈，内心脆弱得不堪一击，但只要小铲对她予以关怀，她对他的任何过错都既往不咎。小铲有错吗？什么叫作小铲有错？谁知道这个女人在想什么，她是没有头绪的。她与小铲之间这种不太合乎常情的情形，让人觉得，贝当街上关于她爱上女婿的传言，是真实可信的。个别时候，小铲也会当众冲嬷灵发脾气，如果是这样，嬷灵就一定会摔东西，碗啊、筷子啊、餐单啊，哪怕是食客放在桌上的个人物品，她都会拿起来摔，还会往小铲身上、脸上摔。所以小铲通常是不会向嬷灵当众发脾气的，出了状况，他总是温言细语地去安抚她的情绪。

只是有一次，小铲实在是火了，当众打了嬷灵一记耳光。这件事发生在一九四三年夏天。一队日本兵巡逻经过馆子门外。其时，嬷灵正在跟一个食客吵架。阿玳先看到了外面的日本兵，连忙叫嬷灵不要吵了。日本兵可喜欢杀人了，前几天，他们在麻斜刚杀了人，你再吵他们会进来杀了你。阿玳吓唬嬷灵。嬷灵这个蠢女人，看着外面的日本兵，居然用更大的声音与那食客吵架。外面的日本兵被嬷灵的声音吸引了过来。你给我闭嘴！小铲见日本兵已经进来了，呵斥嬷灵。嬷灵却还要大声嚷嚷。军衔最高的那个日本兵似乎有点生气了，皱着眉头看着嬷灵。众所周知，战争中的占领者，面对占领地的人，是容易生气的，是想生气就可以生气的。小铲紧张极了，脑子里的机器奋力转动，忽然，他给嬷灵来了一记耳光。你！赶紧向长官道歉！道什么歉？我又没有骂他们，我骂的是这个到我馆子里来吃面的狗东西。你声音太大，让长官不高兴，你当然得道歉，

164

赶紧道歉。我道个鬼歉，要道你道。嬷灵扭身进了厨房。在厨房里面，她开始杀一只鹅。她一剪刀就把鹅的颈子剪断了，鹅掉了脑袋，但没有死，从嬷灵的手里挣脱出来，蹦蹦跳跳地来到了外面，正好就在那个军衔最高的日本兵脚旁倒地毙命了。从鹅颈子里冲出来的血，弄脏了此兵的裤管和脚。要不是小铲竭尽全部聪明劲儿向此兵解释、说尽好话，要不是那天这几个日本兵出来前被他们的中队长要求收敛自己，他们真可能冲进去把嬷灵杀了，不！把馆子里当时在场的所有人都杀了。

来"一碗海鲜面"的文化人在外面的街路上没有日本兵经过的那些个时候，喜欢大声讨论眼下正在发生的这场世界大战。回到他们租住的房子里、他们工作的地方，还会继续讨论。有时候，讨论完了战争，他们也会对眼前身边发生的凡人小事发表看法。有一个人心血来潮，摇着头发表他对贝当街上那家面馆里那个神经婆娘的鄙薄之词：这个女人的不理智，世上没有任何一种力量可以阻止。眼下这场世界大战，都阻止不了她失去理智的冲动。这个女人的非理性，是超越万物万事之上的，她肯定是地狱第十八层里一个恶鬼转世投胎的。女人啊女人！这个人说着说着冷笑着这么感慨了一句，惹得旁边的女士向他翻白眼。他说对了一些：世界上有一种人，可能是女人，也可能是男人，他们没有头脑，用屁股和脚思考问题，就算天已经从他们面前塌下来了，他们依然会以毁掉自己、毁掉一切的勇气不停地搞事情，这就叫作变态。如果恰好有一个头脑十分精密的人与这种变态狂人朝夕相处，那么好，此人每天都要帮他们承受危机，最后很可能要被他们气死。有人说，希特勒就是变态。如果这个说法是真的，那么"一碗海鲜面"面馆里就住着一个希特

165

勒，她存在的意义就是在她所能波及的世界里发动一场又一场大战，幸好，她所能波及的世界范围太小。很多人的身体里都住着一个希特勒，跟希特勒本尊所不同的是，他们有希特勒的特征但没有能力发动世界大战而已，如果有这个能力，他们一定会干的。小铲好不容易从大海上逃生，他可不想让嬷灵把他世界里的一切搞砸，他要开动他脑袋里的机器，想出点对付她的办法，最好是可以让他一劳永逸的办法。

一九四三年秋天，也就是小铲来到广州湾整整第三个年头的时候，这个叫嬷灵的越南女人，不再可以在"一碗海鲜面"面馆看到了。不！这个世界上，再也没有人见过她。她被小铲偷偷"杀"掉了。

五

嬷灵深更半夜因为某种只有她自己能解释清楚的不开心，从阁楼正下方的床上爬起来，一个人坐在黑漆漆的馆子里抽洋烟。她新近偷偷抽起了这种东西，已经上瘾了。买洋烟的钱，自然是馆子里的收入，反正账是她管的，她花掉了钱小铲也不会及时发觉，阿玳这个傻白甜更加不管这些。嬷灵发神经的频率越来越高，跟她新染上的吸食习惯应该不无关系。现在，嬷灵正抽着这个学名叫鸦片的东西，感觉到小铲的脚步声，他从阁楼上下来了，嬷灵赶紧把烟具收起来。小铲却没有向她走过去，他去了厨房。过了十来分钟，嬷灵看到小铲在昏暗中端着一碗面向她走过来。他将面搁到她身旁的餐台上。你个癫婆，快吃！我做得没你好吃，你将就着吃吧。你半夜睡不着觉有可能是因为你饿了。我刚做的，要吃就快吃，不吃我马上倒掉。小铲大概跟嫫灵说了这样的话。嫫灵很感动。小铲再接再厉，煽起情来。那一年，我走投无路，你收留了我，还把阿玳嫁给了我，我感激你，一辈子都会感激你。你要是喜欢吃我做的面，我一辈子都会做给你吃。嫫灵更加感动了。她流着眼泪，抽抽搭搭地吃了起来。吃了几口她捂着肚子倒在餐台下面抽搐。小铲在这碗面里放了老鼠药。

　　不该是这样的。这个谋杀方案太失水准，这种不考智商的方案，贝当街上每天沿街乞讨的那位傻子都能想得出来。小铲如果这样谋杀嫫灵，对不起他脑袋里面每天疯狂运转的那架机器。如果用这种低智的方案杀了嫫灵，接踵而至的是应接不暇的补救措施。阿玳虽然单纯、脑子简单，但不是真正的傻，她会提出一个又一个的质疑。而就在馆子里用在面里下药的方法杀死嫫灵，几乎就是公开杀了她，阿玳连质疑的步骤可能都会省掉，直接就会认定是小铲杀了嫫灵。需要一个高明的方案。是什么呢？那当然很多啊，让小铲脑袋里的机器生产个把较为高明的方案，不要太容易嘛。

　　比如，小铲可以把嫫灵骗到日本人的营区，不，不一定就是要到日本人的营区，其实在任何一条街上都可以，那些街上，每天都有巡逻的、出来办事的、没事找碴的日本兵，小铲只要带着嫫灵经过他们身边，与此同时激怒嫫灵。嫫灵是多么容易发怒啊。只要嫫灵一发怒，日本兵也会生气。只要日本兵生气，小铲就开始添油加醋，对他们说，这个女人在骂你。当然，他这么对日本兵说着的时候，旁边是没有别人的。他可以笑着对日本兵说。他已经学会了几句日语。对！他是用日语对日本兵说的。就算旁边有人经过，也听不出来他是在煽风点火。他们只会看到他在向日本人笑，还以为他是在因为嬷灵冒犯了日本兵而向其求情。日本兵可能会问，她骂我什么？她啊，骂你是个王八蛋，骂你是混账，骂你断子绝孙，骂你生个儿子没屁眼，骂你一定会战死在异国他乡，骂你死了之后连收尸的人都没有。小铲笑着用其中一句话回复日本兵，然后小铲就装作惊恐的样子跑开了。就在他跑到街边的时候，日本兵给了嬷灵一颗枪子儿。

　　小铲还设想过，利用法国人的某个节庆日，让嬷灵失足摔死。那时候，嬷灵爬到离地十多二十米的一根粗大杉木的顶端，与别的参赛选手争夺悬挂在她头顶上的奖品——法国人在许多节庆日都喜欢在公使署前面的空地上举办这种滑木游戏——杉木上是抹了猪油的，非常滑，这也是这个游戏的惊险、好看、具有悬念之处。在此地的法国人、越南人、中国人大多喜欢参加这个游戏。虽然现在日本人来了，但法国人与日本人共同防御此地，法国人到了节庆仍然会举办滑木游戏。怎么让刚刚爬到滑木顶端的嬷灵很自然地失足摔到地上去？这是小铲这一谋杀计划的重中之重。小铲是这样设想的：事前，偷偷在嬷灵的衣服上抹上蜂蜜，上衣、裤子上都抹，如果可能，连嬷灵的脸上、头发上，他都要抹。这是其一。其二，小铲会想办法捉几只毒性很足的野黄蜂事先装到一个小篾篓里，他把篾篓揣到兜里，就在嬷灵爬到足够高时，他就悄悄把篾篓拿出来，放出里面的野黄蜂。在野黄蜂叮住上面散发着蜂蜜味的嬷灵时，小铲应该还会故作惊慌地站在下面呐喊着的密集的观众中间帮嬷灵喊救兵。当然，他怎么做都无济于事，腾出手来拍打前来叮咬她的野黄蜂的嬷灵，没有可能不从上面摔下来。

　　小铲脑子里的那架机器给他提供的谋杀嬷灵的方案太多了，多到了它们中的多数在他脑中出笼后迅速就被挤到记忆深处去了。小铲不停地策划着，修正、更改着。他只知道，他必须杀掉嬷灵，不落痕迹地杀掉嬷灵，如果不杀掉嬷灵，他和阿玳，还有两个孩子的日子会因为她频频生事越来越不好过，甚至有可能，她的存在，祸及阿玳和两个孩子。她可能会给阿玳、两个孩子、他带来灾难，到时候，他们全家五口人都不好过。杀掉她，从某种角度讲，是为了确保他所珍视的阿玳和他们的孩子们安全。

但是，小铲脑子里的那些个方案一个也没来得及用，嬷灵自己就死掉了。她的死，跟小铲毫无关系。她是被天下掉下来的炸弹炸死的。美国飞虎队的飞机在当年第二次发动对此地日军基地的轰炸，误炸了赤坎的同乐戏院。当时，嬷灵在戏院里看戏。

嬷灵死于不在任何国家、军队、个人设计之内的同乐戏院的倒塌中。她就这么死掉了。有一段时间，小铲完全反应不过来。她真的是死于一场轰炸事故吗？真的不是他小铲杀死的？可为什么她的死明明跟小铲无关，小铲愣是觉得她是他杀死的呢？策划过的那些谋杀她的方案，还在他的脑子留有印痕，余音缭绕。它们"嗡嗡"响着，震动着他的脑袋，就像他未曾有机会放出去的那几只野黄蜂，让小铲觉得，在她死于这场事件之前，他早就把她杀过一百遍一千遍了——那还不是他杀的？

他很多次对嬷灵的杀意，就约等于他真的杀了嬷灵一次。小铲像个强迫症患者，无法说服自己推翻心里的这种论定。为什么他犯了这样的强迫症呢？小铲想起来了，不！是先前被他局部屏蔽的海上记忆中封存最深的那段记忆现在复苏了：

那是他跳海之后发生的一件事情。跟小铲一起跳下来的乡党，

169

其他人刚跳下来就被卷进海轮下面的旋涡里去了，只有一个人，他和小铲水性都不错，他们两个人奋力刨着水，直到远离了夜暗中的海轮。后来，他们都累了。再后来，他们遇见了一块木板。两个人一起抱住木板，发现木板立即要往下沉。怎么办？只能一个人抱住这木板。另一个人呢？如果不杀掉，就会过来争夺。不是小铲杀了这个朋友，就是对方杀了小铲。不是我杀你，就是你杀我，没有两全，只有你死我生。小铲脑子总是那么快，杀意最快来到他而不是那个朋友的脑子里。在大海上，小铲九死一生地杀掉了这个朋友，并在此后篡改了自己的记忆，自欺欺人地认为自己当时是被幸运眷顾得以成为唯一的幸存者。真相根本不是那样啊。世界上哪有那么多的幸运，更多的时候是厮杀，幸运只来自小铲的假想。在海上逃生后，小铲其实从来就不相信幸运，这个残酷的世界，谁相信幸运谁就等着先死，小铲那么聪明，当然不会去相信不该相信的东西。

小铲有杀人的经验，他也真的在脑子里杀过嬷灵。现在小铲认为，如果嬷灵不是死于那场事故，总有一天，他会摆脱心里的犹豫，将他的杀人方案中的一个付诸实践。所以，就是他杀了嬷灵。他是个杀人犯，惯犯。这样的自我论定令小铲痛不欲生。

六

小铲越来越看不惯阿玧了。这是从什么时候开始的呢？算不清楚。现在，阿玧在小铲眼里除了那种奇特的美貌一无是处。嬷灵死后，小铲找到了她留下来的酱料秘方，他照着方子如法炮制，做出来的酱料跟以前嬷灵做的一点不差。小铲做了几天，把这个任务交给阿玳。无论她多么用心，最终都还是会有某个小环节出差错，让她的那次酱料味道打折扣。她的手是笨拙的。嫫灵虽然神经兮兮，脑子不太灵光，但有一双巧手，有艺术家一样的对美食的敏感和独特趣味，但是这一点没有遗传给阿玳。阿玳还不会记账，怎么叮嘱她，她都会把账算错，通常是账算少了，忘了跟某个食客结账。她忘性还大，有一次，小铲去外地进食材，在那儿住了一夜，第二天回到面馆发现里面的餐台少了一半。原来阿玳带着孩子晚上在阁楼上睡觉，忘了关店门。太可怕了，这是个什么地方？鱼龙混杂，各种势力活跃，除了令人憎恨的日本兵、讨厌的番鬼，还有土匪和流氓。经常听到街上有人议论说，哪个哪个姑娘，一个人晚上在街上走，被劫持了，不知道给弄到哪儿去了，哪个哪个小孩，昨天还活蹦乱跳的，今天就变成了沙滩上的一堆白骨。这些传闻有真有假，但至少说明此时此地是混乱的。万一有不怀好意的人盯上了阿玳，晚上冲进来把她和孩子祸害了怎么办？幸好只是偷盗了餐台。对！贼人在下面搬运餐具的动静自然是不小的，上面阁楼里的阿玳居然没有听见，这说明，她睡觉太死。没错！阿玳睡觉不但死，还打呼噜。如果不是天天跟她睡在一起的人，谁也不能相信她会大声打呼噜。有一次，小铲把呼噜震天的阿玳踹到了床底下去，她居然没有醒。小铲那之后就再也没有兴趣跟她睡觉了。

一九四一年深秋，小铲初到广州湾，初次见到阿玳，一个念头立即盘踞到他脑中，他要阿玳，要住到她的阁楼上去，白天当店里的伙计，晚上在阁楼上跟阿玳睡一整晚，一日复一日，只要这样过下去就好。小铲永远记得，在最初的时候，他的这些心境，它们带给他的激情。现在，这些激情没有了，他心里只剩下对阿玳无穷尽

171

的挑剔，只剩下他在生活中找阿玳碴的习惯。小铲多么怀念那种激情啊，从早到晚，感觉身上有的是力气，感觉整个人的身体都是满的，时刻都想迸裂和喷溅。以小铲的聪明，他不是不知道，他身上失去了那些感觉，他自己的野心才是罪魁祸首。一男一女，怎么能总是有激情呢？他居然因为身体里失去了那些激情而放任自己对阿玳百般挑剔、成天找碴。

当年在广州湾生活过的许多人此后有可能会想起，在一九四三年末与一九四四年春天约莫半年的时间里，贝当街上"一碗海鲜面"面馆里那个长相清秀的年轻老板身上发生了一些微妙的变化。他的眼睛，不再像以前那样炯炯有神，要知道，他刚来广州湾的最初两三年里，谁看到他的眼睛都会说，瞧！这个北方后生仔的眼睛会说话，他眼睛里面全是聪明。现在，那些个聪明，好像被什么人从他的眼睛里面抠走了。他不再像以前那样在面馆里见到认识的人、不认识的人都很灿烂地笑了，那笑，因为过于灿烂，让任何人都看得出他心里丰盛的企图。现在，他站在面馆里，走在街上，无论见到什么人，脸都阴沉沉的。他好像总是沉浸在某种回忆中，从早到晚都有点失魂落魄。一天，他低头从贝当街的这头走到那头，居然好几次被行人和牛车撞到，明明是他的错，他却很生气，和他撞到的人、牛车争执起来，脸红脖子粗的，像是要把对方吃到肚里去。那天的他是失去理智的，而在大家的印象中，过往的他是个十分理智的人。他似乎对面馆的经营也不太上心了。贝当街上有另外一个店主，早就觊觎"一碗海鲜面"生意的长盛不衰，这个人是个投机分子，日本人在此地驻扎后，他迅速挂靠上了一个日军少尉，借此在贝当街上仗势欺人。他特别喜欢通过这个少尉向日军举报。举报什

172

么呢？很多啊，比如，漂亮的女人。经他举报而被日本人祸害的女人，光贝当街上就有好几个。阿玳算得上是贝当街上最漂亮的女人了，又是他生意对手的老婆，他当然要举报了。事实上，这个人第一个举报的就是阿玳。好在小铲这几年积攒了些钱，加上他事先有所察觉，提前把阿玳送到乡下躲避，并花了不少钱去日军里面也找了个靠山，这才确保阿玳无恙。没有整到小铲的老婆，那个人就来一个更大的动作：直接把小铲的面馆整垮。可现在他和小铲在日军那儿都有靠山，要整垮小铲的面馆不容易呢，到底该怎么整？有了，在一九四四年春末的一个夜里，这个人一拍脑门暗中低呼一声，他有一个妙招了。

一九四四年春天里的某日，"一碗海鲜面"面馆进来两个日军的小兵，两个人应该都是当年才入伍，他们是一个村子出来的，本来一起出来的还有一个，前几天，另外的那一个和他班里的其他人在雷州那边遭遇了游击队的伏击，此人被当场打死了。那天来到面馆的那个日本小兵，因为乡党的死而难过。他们吃着面，双双抱头痛哭起来。一边哭，一边怀念他们应征入伍前在家乡的日子。他们想家了。第二天一早，小铲正把面馆的门打开，准备营业，一个日军中尉领着两个日本兵以及五个民夫、一个翻译官过来了。中尉装作很讲道理的样子，让翻译官向小铲转述他的意思：你这个店很成问题，我们两个兵，在你们店吃了两碗面之后就开始想家。中尉嗅了嗅鼻子，仿佛是想嗅出这个馆子里无所不在的那种叫作"乡情"的气息。他好像真的嗅到了，脸上浮现出深不可测的冷笑。这个店，扰乱我大日本帝国的军心，不许再开张。说完他手一挥，随同他前来的那两个日本兵立即率领那五个民夫开始打砸。不到一刻钟，馆

173

子里的东西全给砸完了。一个民夫还拆下了面馆上的招牌。"一碗海鲜面"面馆，就这么突兀地停业了。

小铲脑袋里的机器都不用转就能想到，是贝当街上的那个人搞的鬼，那两个日本小兵，肯定是被那个人收买了之后来面馆表演的。你搞我？好！那我也得搞你。面馆已经没有了，接下来的一个夜里，小铲一个人坐在海边，想着怎么搞那个人。想来想去，他决定杀了那个人。他不需要亲手去杀。虽然眼下这些个时候此地管理混乱，一桩普通的杀人案子未必能让官方劳心费神，但小铲还是觉得买凶杀人更好一些。他给了一个刚从外地逃难过来的亡命徒合适的钱，对方趁夜摸到那个人的床上，一刀就结果了他。等杀手按照与小铲约好的时间来到海边跟小铲结尾款时，水性好的小铲忍不住出于稳妥的考虑又把杀手拖到水里给淹死了。一气呵成，杀了两个人。

一九四四年春天到这一年年末的那段时间里，小铲感觉到初到广州湾时奔突在身体里的那种力量感又出现了。像那时候一样，它在小铲的身体里无所不在。那其实是一种久违的感觉。它是什么时候开始回归的呢？小铲想了想，就是从他构思如何杀死那个害过他的人时，而在他将杀手溺死时，它在他身体达到巅峰状态。再接着，它就驻留在他的身体里再也不走了。这种力量无疑也是需要释放的。小铲现在释放它的方式是找妓女。法占期和法、日共占期的此地，妓女数量达到峰值，小铲要寻到一个合口味的妓女，难度不大。现在，小铲躺到一个又一个妓女的床上去了。妓女们发出矫饰的声音，配合的动作也很到位。小铲从这个妓女的床上移到那个妓女的床上，感受着那种释放。面馆没有了，阿玳也不再是能够在他心里拨起涟漪的女人了，嬷灵被他"杀"死了，他还杀了一个该杀的人、一个

174

不该杀的人，一想到这些，他就会被一种莫名的紧张、焦虑控制住。为什么会是这样呢？他想。你在想什么呀？别想啦，好好享受就行啦。一个妓女抱着他，媚笑着安慰他。小铲使劲地盯着这个妓女看了一眼，不知何故，他觉得她纵欲过度的脸，此刻，非常丑陋。小铲此后不能忘记，那一刹那，他产生了一个并不该有的念头。这个念头真的太不该了。我要杀了她！小铲听到心里的那个念头鸣叫着，划破了他的心口。

小铲居然还对阿玳起过杀意。有一天，阿玳终于发现了小铲最近频找妓女的劣迹，她把小铲堵在一个妓女的房里。你怎么可以这样？阿玳用她半生不熟的中国话冲着衣冠不整的小铲和那妓女呐喊。你怎么可以这样？面馆没有了，我们现在指望什么过日子？你不好好想办法，却跑到这儿来胡混，你还是个人吗？你快说！我们现在该怎么办啊？你以前多么有本事啊。现在你的本事去哪儿了呢？不！你还是那么有本事的，只是你不愿意去想我们该怎么办了。你快想想啊！小铲看着阿玳一把鼻涕一把泪地当着那妓女的面哭诉。真的，当时，他觉得阿玳特别难看。不合时宜地，他心里想：要是此刻有把刀在手上，他会立即捅过去，让她闭嘴。

此后小铲只要一想起自己居然对阿玳也产生过杀意就会一阵惊惧，就会感到后脊梁骨上有一阵凉意蹿过。我怎么能连阿玳都想杀呢？他在心里责问自己。责问的声音回荡在他身体里，最终跑到了他的脑子里。那儿，那架一直被他引以为豪的机器听到了它，就冷冷地盯着它看。蓦地，小铲在幻觉中看到，他脑袋里的机器咆哮起来。它就这样咆哮着，向脑壳之外的世界扑去。它像一头巨兽，一遍又一遍地撞击小铲的脑壳，试图突破后者。从前，这架机器代表理智，它在，理智就在，且是非常强大的理智；现在，它似乎不那么易于被小铲操控了，它的存在，变成小铲的隐忧。小铲捂着脑袋跪在地上，双手握成拳状，拼命地敲打脑袋。他的双拳，和他脑袋里的那架机器，一里一外，共同捶击着他的头骨。

停！你给我停！小铲跪在贝当街上，一边用拳头捶脑袋，一边向脑袋里的机器发出严厉的指令。那架机器根本不听使唤，它更加疯狂地咆哮着，力度更大地在里面撞击小铲的脑壳。臆想中的撞击所带来的晕眩，令小铲有种身处末世之感。他待在家乡的最后三四年里，这种感觉曾一度笼罩着他生活的村子，他对它不可谓不熟悉。现在，它突然又降临到了他身上，令他害怕不已。求求你！停下来吧！害怕使小铲发出了哀求声。他捂着脑袋，扑倒在贝当街上，一迭声地对他脑袋里他想象中的那个物什哀求着。以前，你对我那么好，教我在大海上如何求生，在我刚到这个地方的时候教我怎么迅速立足，你还一再地教我怎么把一个面馆操持得与众不同，让它可以把我和嫫灵、阿玳还有我和阿玳的孩子养得好好的，现在，你怎么不但不教我了，还要向我找碴呢？小铲开始数落起那物什来。你是在报复我吗？报复我以前对你使用过度？我以后不使用了还不行吗？我让你好好歇着，你就别再祸害我了不行吗？小铲就这么数落着，哭了起来。在那一天，贝当街上的男女老少看到一个曾经那么聪明、漂亮、精细、周到的人，现在如此不顾体面地当街跪倒、哀哭，手舞足蹈，他们感到不可思议。他在跟谁说话呢？他在冲谁喊呢？他这到底是怎么了？是因为他的面馆不在了吗？他以前很有能力的啊，放在以前，面馆不在了，他还是有信心让自己东山再起的，断不至于像现在这样在街上失心疯啊。有两个人平时在小铲的面馆里混过吃喝，算是受过小铲的恩惠，这时他们看不下去，就走上前去询问小铲。你怎么了？小铲一抬头，看到了这两个突然出现在他眼前的人。但是在那一刻，他又在幻觉中看到，那架机器从他的脑中跳了出来。

现在，这跳出小铲身体的机器小人，一会儿跳到小铲对面左侧那个人的头顶上，一会儿又跳到右侧那个人的头顶上，又从右跳至左，就这样跳来跳去。它跑出来了！跑掉了！从他的脑袋里跑掉了！他终于摆脱掉它了。小铲瞪大眼睛，望那两个人的头顶，捂着嘴，狂喜地屁股当脚地后退。退了几步，他停了下来。不！怎么能让它就此逃走呢？小铲想。它逃得了今天，逃不了明日，它还会跑到身体里来的，只要它愿意。怎么能让它不再跑进他脑子里折磨它？只有一个办法，杀了它。想至此，小铲胳膊一支地迅猛地弹立起来，张牙舞爪地向那二人——他们头顶上的机器小人扑去。我要杀了你！杀了你！

在那一天，贝当街上的人全部可以看到：疯得没了人样的小铲向那两个先前好心过来抚慰他的人扑了过去。我要杀了你！小铲号叫着。那二人在小铲即将扑到他们身上时，向两个方向逃开了。扑了个空的小铲差点栽倒在地。他定了定神，站在那二人刚才站立的这个地方，搜索那机器小人去了哪里。看到了，就在前面，前面的马路上。此刻，它蹦蹦跳跳地在前面十几米远处的马路上欢呼着、旋舞着，勾着小手指，向他发出挑衅的大笑。那笑声尖厉、刺耳，令小铲感到天旋地转，仿佛整个世界都开始颠簸起来，到处都是厮杀和搏击的声音，世界变成了一处斗兽场。小铲捂着脑袋稳了稳自己的身体，而后盯准了那机器小人，像史上最勇猛的一个战士一样，向它奔了过去。

跑近它了，捉住它了，开始摔打它了，要把它摔碎了，它终于灰飞烟灭了。终于，小铲停止了狂扑乱打，站定了身体，四处望去。没有了，那机器小人没有了。小铲庆幸万分，失声狂笑。他笑着，笑着，笑出了眼泪，而贝当街上的人们看到的是一个失去行为控制能力的疯子。他们纷纷摇头，叹息。小铲笑到眼泪再也收不住了，他大哭起来，就在这个时候，那机器小人在空气中出现了，越来越清晰，颜色越来越深，质地越来越坚硬。猛地，它向小铲俯冲了过来。小铲惊惧地看着它，在满街众人疑惧的目光中发出"啊"的一声大叫。小铲的脑门被机器小人击中了。它钻进他的脑袋里去了。那是它的老巢。它再也不会出来了吧？当初，他来到这个地方，其实只需要一碗面而已，为什么后来变成了被机器掌控的囚徒？为什么？这是小铲倒地不醒前闪到脑海中的一个问题。

小铲在街上昏迷了十来分钟，等他醒过来的时候，摸摸脑袋，感觉里面那架机器睡着了，这个时候，他才意识到自己躺在大街上，正被一群人围观。像是才知道自己刚才有失体面，他一骨碌从地上爬了起来，尴尬地冲大家笑了笑，慌慌地拨开众人离去了。跑了几步，他赶紧又跑回刚才的人群，极有风度、极优雅、极有分寸地向大家一抱拳，解释了起来。我喝了点儿酒，喝多了才这样，请大家勿见笑，勿想太多。他必须为刚才众目睽睽下的疯癫行为解释，如果让大家觉得他疯了，他以后还怎么在广州湾混下去？

七

"一碗海鲜面"面馆从贝当街上彻底消失了。并非小铲怵于此地

178

驻扎的日军淫威不敢再开张，他要真想开，有的是办法，他不想开了而已。谁也没规定小铲必须靠开面馆生存，以他的智商，只是为了生存的话，可以干的事情可多了。现在小铲跟三个在西营商界有头有脸的人坐到了一家酒店里。这是一九四四年末的一个下午，北方已经冬天了，但亚热带的此地却恰好是气候最宜人的时候。小铲花了很长时间，跟那三个人陈述了自己的一个方案。这个方案的核心议题是填海造屋。简单地说，就是小铲想说服这几个人跟他合股一起来干这件事。广州湾最有名的商人许爱周就是靠填海造屋发家的，他许爱周能干的，小铲就不能干吗？当然能，小铲有这个自信。只不过，他需要资金，现在，这是他的短板，所以他需要说服面前这三个金主跟他一起来干这件事。

　　他们已经不止一次商谈此事了。实际上，一九四四年的整个下半年，他们四个人一直在商谈此事，该谈的其实都已经谈得差不多了，今天他们到这儿来，就是为了敲定最后一件事：合约细则。一切都进行得很顺利，却在关键时候发生了意外。就在小铲拿起钢笔，要在合约上签上自己的大名时，他脑袋里的机器向他发起进攻了。这一次，它学会了变身，成了一把匕首。小铲正欲签字的手抖了起来。他只好放下笔，对三位准合作伙伴说，你们等一下，等一下。说完这句话，小铲冲进了卫生间。在那儿，小铲把门紧紧拴牢了，一门心思地与脑袋里的那架机器搏斗。他捂着头，忍受着脑腔里尖锐的痛，希望它赶紧消停下来。然而它却没有。它愈演愈烈。最后，小铲在卫生间里疼得昏死了过去。三个人在外面等了很久，见小铲不出来，其中一个人就过来敲卫生间的门。敲了几下没动静，就把门砸开了。这个人被眼前的情形惊呆了，只见小铲的脸侧向下地埋

179

在地上，从他的嘴里持续不断地吐出来的白沫，与便槽里的粪便融为一体。

小铲有羊角风的传闻就是从那一天开始，在贝当街上传开的。这个传闻来自谁的口里，不言而喻。既然是那三个人制造了这样的传闻，那说明小铲已无可能跟他们合作，通过填海造屋发财的计划再也跟小铲无关了。他们怎么可能跟一个有羊角风的人去干如此重要的一件事呢？对！他们确信小铲得了羊角风，也或许，他们一开始就不相信小铲有打通各种关系的能力把那件事搞成，羊角风只是他们必须有一个理由摆脱小铲时突然来到他们心里的一个绝妙灵感。但是，谁说他们制造的传闻不是真理呢？小铲难道不是真的得了羊角风了吗？

小铲自然不认为自己得了羊角风。他逢人便主动解释羊角风的传闻。可无论小铲此后怎么向人解释，也没有人会相信他没有得过羊角风，也永远不会得羊角风的事实。怎么能凭着他嘴角流出来的一摊白沫就认定他得了羊角风呢？那简直太可笑了。小铲想。他怎么可能得羊角风？不可能的。可是谁又能相信小铲的解释呢？没有人信的，或者是，没有人愿意信的。小铲绝望透顶。

一九四四年末到一九四六年在贝当街上生活过的人或许记得，小铲是怎样变成西营最著名的笑话之一的。他似乎总在说服别人去跟他干某件事情。他走进这家店铺，走进那家店铺，敲开这家的门，敲开那家的门。一开始，人家大多是保持修养把他恭送了出去，到后来，有的人开始举起扫帚驱赶他。给我出去！滚出去！你这个成天想着骗别人钱的人！他们开始得到一个共识，这个成天找人游说这个游说那个的人，妄图用别人的钱来挣大钱，简直是想钱想疯了，不要脸！这种人，不是骗子是什么？一九四五年三月，日本解除了法国驻广州湾六百名军警的武装，将法国官兵集中管制，完全取代了法国人对广州湾的统治。这一年的八月，日本宣布无条件投降。这一年的九月，第二次世界大战彻底结束。不久，广州湾回到了中国人的手里，并改名为湛江。这一年的十一月，对小铲失望透顶的阿玳领着两个孩子跟着她的越南乡党回越南去了。外部世界发生了那么多的事，居然好像并没有影响小铲游说他人跟他一起做这个事那个事的激情。没有人能理解这个人到底是怎么想的。他必须游说成功一次，以便向自己证明，他曾经那么有能力来主宰这个世界？他不能接受自己曾经那么地充满能量，如今却连一个人都说服不了？他脑子真的坏掉了？

　　人们或许会记得或许不会记得小铲最后一次在此地公开露面的情形。这一天跟小铲初次从沙滩上爬起来，跌跌撞撞走向此地的那一天，看起来似乎没有太大不同。傍晚，小铲低着头，捧着一碗海鲜面，嘴里数落着什么，边吃边走。这碗海鲜面不好吃，比原先他馆子里的海鲜面难吃太多了。可是再难吃，他也得吃下去，不吃会饿死。如今他不是每天都能在这儿讨到一碗面吃的。他过得饱一顿饿一顿。原来人到头来只要有一碗面吃就可以，没有那么多别的讲究。他当初来到此地，原也只是想有一碗面吃、天天有面吃、想吃面就有得吃，谁承想后来他脑子里出现了一架机器，这架机器越来越疯狂、越来越嚣张，最后把他搞成了这样。真是人算不如天算。有个女人的声音突然出现在他耳畔。小铲！你是小铲吗？这个声音似乎很熟悉，又似乎很陌生，如同末世溃灭前天域里传来的某种圣音，令小铲如沐春风。咦！这是他家乡南通的方言？！小铲如今似乎不怎么会被乡愁这种东西烦扰了。家乡现在对他来说更像一个监视器。最近一两年，这个监视器只能令他心存惧意。他不想想起它，于是就在心里硬生生地把它屏蔽掉了。小铲心里面颤了一下，抬起头来。芹芝，没错，是芹芝。

芹芝变了许多，就像小铲一样，他们都变了许多。变得再多，他们还是一眼能认出彼此。小铲怔怔地盯着芹芝，与此同时，蛰伏在脑子里的机器醒了，这一次，它变成了一面镜子。现在，这面镜子在小铲的身体里滑动了起来，仿佛在找着什么。是要找他的灵魂吗？对，是找他的灵魂。小铲发出一声恐怖的叫声，飞快地扔掉了手里的面碗，转身狂奔起来。芹芝在后面追他，喊他。小铲！你跑什么呀？我千辛万苦找到了你，你怎么还跑起来了啊？小铲却跑得更快了。芹芝在他身后哭了起来。小铲啊！你别跑啊。你知道吗？民国三十年，你寄回南通一封信，可是上面没有具体的地址，只表明了你在广州湾，兵荒马乱的，我不敢出来找你，这几个月太平了些，我就出来找你了。我到这儿好些天了，才找到你，你怎么跑了啊？你不能跑的呀。

小铲只顾跑，离芹芝越来越远。那一年小铲初到此地时，曾把有朝一日体面地回到家乡、见到芹芝当成自己努力活下去的动力，但是现在他只有一个念头：必须从芹芝的视野消失。如果能在她的记忆里消失，那是再好不过。芹芝哪里知道小铲的这些想法，她就只是跟着跑，然而跑几步就跑不动了，就蹲在路上哭，呼天抢地地哭。小铲跑啊跑，他要一直这样跑下去，跑到那架机器不会跟他唱对台戏的任何一个地方去。那样一种地方，到底是什么地方呢？鬼才知道呢。有一点可以确定，那个地方，一定与小铲的家乡南通，与脚下的这个地方，与芹芝、阿玳和他的孩子，毫无关联。他已经不是当年在家乡时的那个小铲，他想回到那个小铲，但永远回不去了。他不能接受自己再也回不去了，唯一的办法，就是通过自己的努力让自己从爱他的、他爱过的这些人的记忆里消失，努力的方式，就是让他们永远不再能够见到他。他当然是自欺欺人。谁能忘记自己爱过的人呢？芹芝不会，阿玳不会，小铲和阿玳的子女不会，小铲自己也不可能真的忘得掉，兴许如今另一个世界里的嫫灵，都还在想着小铲呢。但是小铲现在管不了那么多了，他只想遵从自己的执念。小铲跑啊跑啊，迎面而来的风，像流动在岁月里的清水，冲刷着他蒙了重垢的心，他每加快一次速度，就感觉到那种被清洗的力度大了一些，人就更加清爽了一些。

（原载《十月》2019 年第 4 期）

乘歌声之翼

一

一九八四年秋天，我十二岁，刚读初中。学校是一所只有初中、没有高中的民办中学，附近的村民都喜欢叫它新远民中。这一年的新远民中出现了一个有意思的现象，多数老师和学生都喜爱唱歌。当喜爱变成了一种集体行为，奇观就诞生了：许多老师在自己的课堂上都会突如其来地叫学生起来唱歌。与之相匹配的，是学生们的兴奋、积极和踊跃。

"哪位同学愿意站起来给大家唱首歌提提神？"

"老师！我！"

"下面，由这位同学为大家倾情献唱。你是到前面来，还是就站在座位上唱？"

如果老师发出这样的提问，自告奋勇充当临时歌手的学生，多数都会选择站到讲台前去唱。与在课堂上回答问题常会出现的畏畏缩缩不同，对于唱歌，学生似乎很容易成为勇士，并无惧成为笑柄——毋庸置疑，唱砸了是会成为笑柄的。

需要指出的是，这样的即兴演唱会通常只持续三至五分钟不等，除非，那是一堂真正的音乐课。

什么原因造成那么多老师喜欢让自己的课身兼音乐课？身为农村学校的新远民中校风出了问题？绝不是！新远民中虽是农村学校，但"全国教育看江苏，江苏教育看南通"——在苏中平原上这个著名的教育之乡，就算是农村学校，也是很讲规矩的。

因为那一年前后港台歌曲开始猛烈涌入内地？因为那一年的五月南通被列为国家沿海开放十四个城市之一？因为彼时组成学校师资力量的主要阵容是刚刚从附近几个镇上高中毕业的年轻代课老师？都有可能，但原因绝不仅止于此。

现在转入一个相关话题：在歌声汹涌、嘹亮的那时的新远民中，谁是在课堂上唱歌最多的学生？这个问题应该没有争议。

我，是新远民中当之无愧的首席歌手。

那一年春天，我家先于许多农村家庭有了一台红灯牌收音机，此后，我疯狂痴迷上海人民广播电台的《每周一歌》节目。如此，我成为新远民中会的歌最多、最会唱新歌的人，首席歌手自然非我莫属。

"为什么我也爱唱歌，我家里也有收音机，我也爱死了《每周一歌》，我就没有你会的歌那么多呢？而且我基本上每首歌都有唱得不太对的地方。"那一年，我的同桌刘房经常问我这个问题。

刘房是个比我个子还小的男孩子，精明，滑头，有点仗义。他很羡慕我能经常被老师喊起来唱歌。

我没有回答刘房。那一年的我，没有心思向任何人回答我不关心的任何问题。我有自己特别关心的事。它们，夺走了我诸多的注意力。当然，答案我很清楚：刘房是也爱唱歌、是也有收音机、是也爱《每周一歌》——成为学校歌唱红人的三个条件他似乎都不缺，但他所欠缺的，除了他缺乏文艺细胞之外，更重要的是，在每首歌只播放一周、每次只播放短短几分钟的情况下，想尽一切办法把这首歌学会、学准确并一字不错地用笔记录下歌词的耐心和毅力，这小子似乎比我欠缺太多。

一九八四年，我几乎学会了春天之后《每周一歌》节目推送的每一首歌，并把每一首歌的歌词准确无误地抄录了下来。在此基础上，我抓住课堂上每一次唱歌机会，把学会的新歌唱给老师和学生听。我近乎是《每周一歌》在新远民中的传播者，是老师、学生不得不瞩目的学歌小能人。

然而，我在新远民中所获得的歌唱声誉，却从来不能打动我的班主任老师芸。以我对芸的观察，我觉得，她早已对我因唱歌而引人瞩目心存反感。

我的这位班主任兼语文老师那一年十九岁，长得健壮而跋扈，走路虎虎生风，跟学生说话经常辅以冷笑。不！不仅仅是跟学生，她对所有人都是这种态度，仿佛全世界的人都欠了她什么。上一年夏天，芸刚从西边一个镇上的文科班高中毕业。芸的姐夫是新远民中的校长，所以她刚一高中毕业就被安排到新远民中来当代课老师。芸是个五音不全的人，我想，这可能就是她反感我的主要原因。

二

刘房总是抄不全《每周一歌》里的歌词，他多次央求我在我还没有向大家公布歌词之前，先把歌词给他抄一遍。这怎么可以？每周二的音乐课上，兼任音乐老师的体育老师教完了歌，他会点几个学生来唱他刚教的歌，如果心情好，他会追加一个节目，就是把我叫起来，问我新近学会了什么歌，这时我就有机会完整地演唱上周《每周一歌》的歌。课后，一定会有同学过来跟我打听那首歌的歌词，我体会被追捧、被重视的感觉的愉悦时光就此到来了。对我来说，我所抄得的歌词，在某个时间节点之前就是一个机密，我怎么可能提前向刘房公布？

"我跟你交换，怎么样？"有一天，刘房这样说。

我并没有听到刘房的话。一九八四年秋天的许多时候，我会深入地沉浸到自我的世界里，跟人说话的时候极容易走神。

"我说我跟你交换，听见没有？"

我只好让自己听见了。刘房能拥有什么在价值上跟我的机密相抵的东西？

"我告诉你一个你肯定特别想知道的秘密，你就把歌词让我抄一遍怎么样？"

刘房这次想抄的歌词，是《阿里山的姑娘》。这首歌我特别喜欢，我想象我第一次向大家唱这首歌时，应该会比以前赢得更多的羡慕。我怎么可能提前向他展示这么重要的一首歌的歌词？

"我再跟你说一遍，这个秘密，你肯定特别想知道。换不换？"见我又要沉浸到自我的世界当中去，刘房掐了我一把，"是关于芸的。"

芸的秘密？我果然被刘房调动起了兴趣，从自我的世界里跳了出来。

刘房怕我再走神，追加了一句引人瞩目的话："芸的丑事。"

我跟刘房谈起过我所感觉到的芸对我的反感，也跟他说过因为她的反感我对她产生的轻微敌意。

"她怎么了？快说！"

"你答应跟我交换了？"

我想了想，点了点头。

"你先把歌词拿出来，我先抄完了再告诉你。"

我把歌词本拿出来，翻到抄有《阿里山的姑娘》的那一页纸，交给刘房。刘房很快抄完了，将我拉到新远民中东边的河岸下。

"芸老师喜欢我哥。"

刘房十九岁的哥哥刘帆是个邮递员。邮递员是国家公职人员，在乡村，凡吃国家饭的人都让人仰慕。不止于此，他还是个美男子。这就让大家对他的仰慕又多了几分。每天下午三点到四点钟之间的某个时候，刘帆会准时骑着自行车出现在新远民中临河的大土路上，去后排校舍的两间教室之间的老师办公室送信件和报刊。那一截土路加起来有两百来米。如果刘帆来送邮件时正值下课时间，正在土路上打闹、行走的学生就会纷纷向两边避让，给刘帆空出一条开阔的"迎宾"大道。刘帆骑车的速度是很快的，所以那个学生们前赴后继地闪出两百米阔道的场面很是壮观。如果刘帆是上课时间来送邮件的，靠土路那几间教室的学生都会在刘帆的身影出现在他们视野中时向他行注目礼，如果当时大家正在朗诵着什么，声音马上会变小，等他骑出他们的视野，声音又一下子重新变大。世上有注目礼的说法，如果还有声音礼的说法，那么，这就是。至少在新远民中的学生眼里，刘帆是神一样的存在。芸长得过于粗壮，作为女生，

188

她的性格似乎也没有多少值得男生喜爱的地方，最关键她同样是农村户口，她敢去喜欢男神一样的刘帆，属实的话，那确实是丑闻。

这有点不可思议，我不太相信。

"你是怎么觉得芸喜欢你哥的？你哥告诉你的？"

"我哥怎么可能告诉我？就算有人喜欢他，他也不会告诉我。而且，他一天到晚不爱跟人说话，他肯定也不知道她喜欢他。"

"那你又是怎么知道的？"

"你数学是怎么学的？根据已知条件推断出结论你不懂？"

虽然我数学成绩在班上名列前茅，但我确实不太喜欢数学。我喜欢音乐，一九八四年，特别是在秋天渐入佳境的这个时候，我的注意力全部在音乐上。与音乐无关的事情，我都不太留心。

"那你是怎么推断出来的？"

"就举一个例子。记不记得，有一次，从来不唱歌的芸突然自己在教室里唱了一首歌？"

我记得。这就是不久前的事。那也是芸第一次在教室里唱歌，唱的是《无人的海边》。这首歌轻柔、忧伤，是一个名叫黄仲昆的港台歌手唱的，比较小众，在一九八四年的新远民中，除了我和几个特别爱唱歌的老师、学生通过《每周一歌》学会了之外，没有人会唱。我当时还很纳闷，芸是怎么学会这首歌的。

其实芸并没有学会。她唱对的歌词不到二分之一，旋律更是错得离谱。她好像那天是为了唱而唱，用她能够发得出来但不破音的最大声音唱。她是在念一篇课文时，突然唱起歌来的。"我也来给大家唱首歌吧。"当时，她倒是做了这样一个开场白。我记得，那天，她突如其来的行动，让底下的同学们愕然。

"那首歌是她专门唱给我哥听的。

"她算好了我哥会在那个时间骑车过来，就唱了那首歌。你好好想想，是不是我哥刚在窗户外面出现的时候她开始唱的？是不是我哥骑过去看不到了的时候，她马上就不唱的?"

我能记得，确实是这样的。芸一定知道自己五音不全，也知道自己没有音乐细胞，可她却还用那样的方式唱歌给刘帆听，她真的喜欢刘帆？

可是芸喜欢刘帆跟我又有什么关系?

一九八四年秋天的某段时间里，我的心思全在唱歌上，我对别的任何事情都不关心。就在刘房告诉我芸喜欢刘帆的前一天晚上，睡觉之前，上海人民广播电台播出一则歌手大赛启事。我在暗中琢磨去上海参加歌手大赛。这个念头让我着迷，但我委实不敢付诸实践。我担心真的去参赛的话，我会沦为新远民中的笑柄，我害怕面对参赛后必然会遭逢的不可预知的一切。我连县城都没去过，一想到要去上海那么大的城市我就紧张极了，我在这些念头与想去参赛的冲动之间摇摆。那几天，我整个人紧张兮兮、魂不守舍，茶不思、饭不想，我上课听不见老师的声音，课间缩在一角，无法跟同学们打成一片地玩闹，回家后作业都没有心思做，放学路上小声练习某首我如果去参赛就会作为首选曲目的歌曲却又在感到身后有同学走近而赶紧停止——我的整个人都是不正常的。

三

我带着一种矛盾的心理艰难地度过了几天，在歌手大赛启事上规定的报名时间还差两天就要到的时候，我在晚上放学的路上跟到了芸的身后。要是去参赛，我首先得跟芸请假。芸住在她姐夫胡校长家里。胡校长家就在新远民中前方不远处。芸从教室走到胡校长家，其实就是五六分钟的时间。我必须在这五六分钟时间里拿定主意一定要去参赛，然后跟芸请假。不幸的是，直到芸即将走到胡校长家房后的时候，我还是没有拿定主意。就在我对自己感到懊恼的时候，芸转身看到了一直隔着十来米远跟着她的我。

"有什么事吗？"芸站在胡校长家房后的操场上，朝向我站着，问我。

她的态度少见的亲和。她还是笑着问我的呢。大概是她觉得这是课外时间，并且前面就是胡校长家，没必要也不方便对她的学生板着个脸说话。

"我……我……"芸罕见的好态度缓解了我的紧张情绪，我却因为不太确定要不要去报名迟疑了。

"到底有什么事？"芸蓦地收起脸上的笑容，像她经常对待我们的那样，恶声恶气，不耐烦地问。

我被她吓到，脱口而出："我想请假！"

"请什么假？"

"我……我就是想请个假。我想请三天假。"

"三天？"

芸笑了起来，笑得奇特。她细长的眼睛因为这笑，整体陷入眼眶。这使她看起来狡黠、狰狞。我连忙转头扫视四周。幸好我的视野里没有一个人。要是被人看到芸在嘲笑我我会疯掉。

"你什么事需要请三天假？"芸笑毕恢复了满脸带霜的表情，厉

191

声问。

她的整个气势和说话的语气，让我觉得她知道了我心里的秘密——她在笑话我的秘密。你一个农村小孩子，连县城都没去过吧？你要去上海比赛？就你？跟《每周一歌》学了些歌，在新远民中火了几下，就觉得自己可以去参加一个全国性的歌手大赛了？这太不能理解了，太难以置信了，太可笑了。

"我……就是想请三天假，可以吗？"我趁着心里的动摇还没完全摆向不去参赛这一边，带着哭腔轻声问。

"不可以。我连问你几遍了，问你为什么事请假，为什么还要请三天的假，你就是不说为什么，我当然不可以批准你的假。"

"不批准拉倒！"

我嘀咕了这么一句，转身就跑。这个时候，我已经在心里放弃去参赛的想法了，就只剩下了庆幸。我庆幸没有跟芸说我请假是为了去上海参加全国歌手大赛。如果她知道我要去上海参加这么大型的歌唱比赛，后果不堪设想。她会说出去的，就算是无意，她每天住在胡校长家里，课后那些闲暇时间，她会跟胡校长不小心说起这件事不是吗？在乡村，一个十二岁的小孩想去上海这样的大都市参加全国歌手大赛，这简直是奇闻，她没有可能不把这个奇闻跟人分享。说出去之后呢？整个新远民中都会知道我曾经有过这样的想法，接踵而至的，是有些坏学生会因此当面取笑我，等到我再在课堂或学校的集会上唱歌时，人们会在底下悄悄讽刺我。难以设想我让芸知道我想去上海参加歌手大赛的后果。我一口气从学校跑到家里，心有余悸。

几天后，我在收音机里听到这次歌手大赛报名情况的官方报道，我又开始后悔没有去参赛了。我在心里唾弃自己的怯懦和小家子气，为自己最终没敢突破心理障碍去参赛而后悔。但我曾经真的想跟芸请假的，这一点深刻地说明我最终排除了那种心理障碍，所以，其实是芸令我没有参赛成功，不是吗？

——在诸多的懊悔和不甘后，我下了这样一个结论。

这个结论将我从因为没有参赛而产生的诸多负面情绪中解救了出来。揣着这个结论，再在新远民中看到芸，我在心里甭提多讨厌她了。

四

刘房和我决定戏弄芸一次，就利用她喜欢刘帆这一点。本来我可以一个人来干这件事的，但是在我不小心把我的想法透露给刘房之后，这个鬼小子比我兴趣还大。也好，有机灵的刘房协助，我可以更加好好地捉弄芸一回。

"芸老师：你好！我是邮递员刘帆，我喜欢你很久了。三号晚上，七点整，我在新远民中东边的小河边等你，我们不见不散。"

这是我斟酌许久后以刘帆的口气写给芸的一封情书。作为一个跟喜欢唱歌一样也同样喜欢写作的人，我本想写得长一些，但一想写得越长越容易露馅，于是就尽量简短。我把拟好的情书稿给刘房审核，他摇头。

"这句话得删掉，我哥怎么可以跟芸说他喜欢她很久了呢？这样说太影响他的形象了。而且，我哥不会称芸为老师，就算出于尊敬，他也不会喊她老师，他看到胡校长都不喊他老师的。也不要说'我

193

们不见不散'，我哥应该是那种'你爱来不来'的腔调。对了，也不要'我是邮递员刘帆'，你让我哥这样自我介绍一下，倒好像是我哥在巴结她似的，我哥从来不巴结人的，不可以。就直接落款我哥的名字好了。"

我就把"我喜欢你很久了"和"老师"删掉。

"芸：三号晚上，七点整，我在新远民中东边的小河边等你。刘帆。"

情书定稿了，由谁来写呢？这是个问题。用什么样的方式让它到达芸的手里？这也是个问题。这两个问题同样重要。成败在于细节，这两个问题不解决好，说不定我们戏弄芸不成反遭她识破，那可就真是"偷鸡不成反蚀一把米"了。

先来解决第一个问题。芸每天看我们的语文作业，那么多的作业、那么多的字，作为语文老师，她仍然也会字字句句地看，就是说，我和刘房的字，她一看就知道是谁写的。那怎么办？我们也不可能真的叫刘帆本人写。有了，反正这个事届时需要观众配合，就从我们打算邀请的观众中找一个，由他来写。我们看中了新远民中北面村子里一个游手好闲的青年，给他买了包红梅烟，他痛快地答应写了。

再来解决第二个问题。用小纸条的方式把情书交给芸？在两堂连续的语文课的课间十分钟，塞到芸的备课本里？偷偷去学校办公室，塞到芸的办公桌的抽屉里？似乎都不太稳妥。那就用常规的寄信方式，但这也有风险，刘帆本人就是邮递员，他每天送的信件并不多，有可能会一一过目，万一他看出来呢？

"这样好了，我哥不是有的时候会让我代他把邮件带到学校里来吗？虽然这种情况很少，毕竟邮递员不亲手送出信件，这是违反规定的嘛。这次，我就软磨硬泡，让他答应我帮他往学校交一次信件。"

这个方案不错，我和刘房就敲定了。

两个问题都搞定了，这整场大戏的第一幕，等于说就落定了。这场大戏还有第二幕，也是最关键的一幕。我们打算在三号晚上七点之前，召集几名观众躲在小河边的庄稼地里，这几名观众里面当然包括那位替我们写情书的青年。届时，这些目击者将看到芸独自一人站在小河边等不到刘帆的情形，经同样在那庄稼地里观摩的刘房当场解说，这些观众就有了一个芸单恋刘帆却被刘帆用失约的方式予以残忍一击的故事，他们会很乐于在第二天之后的漫长时间里，一而再再而三地将这个故事散布出去。

我和刘房按照计划制作好了情节，又按计划把装有情书的信送到了芸的手中。千真万确，刘房是看准了芸在学校办公室的一个时候，将那天的信件递交了过去，刘房也亲眼看到了芸将信拿走。

"太好玩了！"三号到来了，上午晨读的时候，刘房不停地利用同学们诵读声的掩盖，和我咬耳朵，想象晚上芸被玩到的一幕幕，他笑得咯咯出声。

眼看着离晚上七点还有一个来小时，下午五点半，放学了，同学们都走了，芸突然把我一个人叫住了。

"你留一下，我有话跟你说。"

芸叫我的时候，刘房刚好走到教室门口。他忍不住回头向里张望。难道事情败露了？我看到刘房脸上惊慌的表情。他想赖着不走，看看到底是怎么回事。但是芸凶巴巴地瞪了刘房一眼，他吓得连跑带跳地离开了。

"我知道你的秘密了。"芸用研究的目光看着我。

我吓得心脏都要跳出来了。芸肯定知道我和刘房怎么策划捉弄她了，现在她要搞死我。

"你那天跟我请假，是想去上海报名参加全国歌手大赛，是不是?"

我有点蒙，脑子一下子转不过弯来。等我意识到芸在说什么，我悬着的心一下子落地了。但是一个新的疑问立即横亘到我的脑子里，她是怎么知道我要去上海报名参加全国歌手大赛的?

"你作文上写的。"芸说。

作文?我努力地回想了一下，我的每篇作文都是用心写的，所有的内容我都记得，我没有哪篇作文透露出我要去上海报名参赛的事啊。

"我把你的每一篇作文放到一起分析，发现了你的这个秘密。"

我恍然大悟。这是有可能的，作为一个不擅长掩饰心思的初一学生，我极有可能用一篇篇作文慢慢地将那个秘密全部泄露出来。

"为什么不跟我说实话?要是知道你是想去上海报名唱歌，我肯定准假。说不定，我还会请胡校长让我陪你去上海，差旅费由学校出。"

芸的这几句话，大大出乎我的意料，特别是最后那句话。要知道，新远民中的诸多老师都鬼使神差地喜欢把他们的课改成音乐课，这一状况是特别令胡校长讨厌的。在胡校长看来，升学是顶顶重要的事，那些没用的歌，是升学率的对立面。胡校长经常会突然出现在某间教室外，这时，里面的歌声戛然而止，将这堂课临时改成音乐课的教室里的那位老师，其形象很可能会被胡校长降分。芸居然想到过去请求胡校长陪我去上海报名歌唱比赛，还打算说服胡校长报差旅费，这是何等的令我感动啊。

但我不能过多地沉浸在感动中，我的内心更多的是一种担忧的情绪。坏了！晚上那些观众都已经通知了，他们会躲在那个庄稼地里看芸的笑话，而芸肯定也准备好了一个小时后要去"赴约"了，可是我错怪了芸啊，我完全不应该组织这样的事情。

"你是一个有理想的孩子。"芸继续说着，"没有理想的生活是不可思议的。有理想是一桩好事，希望你坚持心中的理想。这次唱歌比赛错过了，下次还会有这样的比赛，到时提前跟老师说明情况，老师应该会让你参加的。"

接下来芸说的这段话，我已经听不清楚了。我的脑海里充斥着关于如何对这件事进行补救的思索。最终我决定，将错就错，等到了七点钟，我把按时来到庄稼地的观众支开，就说这是个误会，再让刘房过去跟芸解释一下，比如，"我哥今晚有事，他不来了，让我帮他过来向你道个歉"。

七点钟到了，我和刘房与几名观众如期躲到了庄稼地里，可我们等了两个小时，直到那个帮我们写情书的青年开始打瞌睡、骂娘，芸还是没有出现。这当然是我最想看到的结果。我向那几个人好好解释了一通，意在说明这一切皆为玩笑，大家便各自回去了。芸今晚为什么没有来呢？我百思不得其解。

五

这个答案终究会水落石出。但在它到来之前，刘房需要先为他配合我冒刘帆之名给芸写信付出代价。这天早上，在去往新远民中的一条必经土路上，一些途经此处去乡上赶集的村民，还有几名较早去学校上学的学生，都目睹了刘房被挂在路边一棵桑树上的情形。

半年前，同样是早上，一名去乡上赶集的村民经过此处，看到有个人吊死在这棵桑树上。死者是刘家园的一名二十出头的男青年，因常年与家人争吵而常感生活压抑，最终寻了短见。当天上午，在死者家人不情不愿地过来将死者解下、带回家之前，新远民中的众多学生聚集在学校东侧的河边，远远眺望直线距离六七百米开外的这棵树。那人把自己吊得很高，站在这儿，能模糊看到树上挂着一个人。这天过后，人们经过这棵树下，都加快脚步，尽可能地绕开一点。

得有多生气，刘帆才会把弟弟大清早地挂到那棵树上去。

"真是把我吓死了！你知道吗？他是大不亮的时候把我绑到树上去的。我挂在树上足足有半小时，才有第一个人经过。我央求这人把我解下来，他怕这棵树，吓得赶紧跑掉了。前前后后经过十几个人，才有一个胆大的人爬到树上把我解下来。"上午第一节课后，刘房将我拉到一个僻静处，愤愤地向我回顾。

当时，刘房上身穿着一件宽大的邮电职工的旧工作服。据我所知，这是刘帆淘汰不穿的工作服。这对兄弟有一对节俭的父母，很长一段时间里，他们都鼓励刘房穿哥哥的旧衣服，刘房在这一点上坚决对抗父母，非专门买给自己的衣服不穿。

"他知道我最讨厌穿他的旧衣服，故意给我穿了他的旧工作服。他是不但要把我吓死，还要让我丢够人啊。"

我想象早上被高高绑在树上、惊恐万状的刘房颤声央求树下的行人赶紧把他解下来的场景，下意识地笑了起来。刘房生气地推了我一把。"你还敢笑？我哥要是知道这事是你起头的，不把你干死才怪。知道吗？我没把你招出来，我只跟他说，是我发现芸老师挺喜欢他的，想撮合他俩，就这么干的。是我一个人的主意。"

我自然是不敢笑了，赶紧向刘房道歉，又向他道谢。刘房冲我摆了摆手，一副"这点小事不值得道歉，也不值得道谢"的潇洒派头，仿佛他已化身为港片中的黑帮老大。他开始向我回顾刘帆事情的始末：

是刘房自己藏不住秘密。换句话说，他太想要跟哥哥分享那个秘密了。把我与他如何以刘帆之名给芸写"情书"，又如何组织人马去河边当观众的事情告诉刘帆后，刘帆非常生气。如果刘房知道哥哥会那么生气，绝对有能力藏住秘密。他实在是太不懂刘帆这种成年大男孩的心思了。

"你怎么可以冒充我给她写信？还约她见面？还要约在晚上跟她见面？你疯了是不是？让别人知道了该怎么看我？到时候，人家都在背后对我指指点点的，我还怎么这儿那儿地送信？"

很显然，在刘帆看来，他给芸写信，这对他来说是一种污辱。为什么是污辱呢？大概问题出在芸的外形上。芸长得实在太不敢叫人恭维。如果换了我们乡最出名的美女，在乡政府当临时工的赵红秀，刘帆肯定不会生气。

"你有两个选择：一个，你找到她，就跟她讲，信不是我写的，我根本没有约她出来的意思，是你找人以我的名义写的；另一个，半年前吊死人的那棵树，对！那棵树！你喜欢那棵树吗？你穿着我那件掉了三粒纽扣的旧工作服，挂到树上，给过往的人现个丑。"

199

这真是两难选择，特别是第一个选项。让刘房向芸自首，后果简直难以设想。最大的可能，是壮硕的芸放学后把刘房单独留下，冲他咆哮，怒骂，甚至揍他。此后，任何一次芸的课，刘房都有可能被芸叫起来回答他根本不可能答中的问题，以便得到让他站整整一堂课的依据，期末的成绩单上，芸会用最刻薄的语气给刘房写评语——她擅长这样对待她看不上的学生——这些评语必将被刘房的父母看到，因为开学时刘房必须带着父母的签名将成绩单交给班主任芸……而这些都不算最坏的可能，最坏的可能是，芸告诉她姐夫胡校长，之后，一贯脾气大的胡校长很可能给刘房安个可怕的罪名，将他从学校开除。

　　权衡再三，刘房接受了另一个选项。

　　"还好，看到我挂在树上的人不多，五个路过的大人，七个我们校的学生，学生里面，没有一个人是我们班的。"讲罢事情经过，刘房如此这般地自我安慰。

　　我比刘房还意外，刘帆竟会如此生气。而刘帆的生气，居然让我对他心生不爽了。刘帆觉得如果他对芸表达好感那是对他的羞辱，而对芸的看法大为改观的我觉得刘帆的这种心态才是对芸的侮辱。这就是我对刘帆不爽的心理逻辑。

　　"你哥真够讨厌的，他以为他是谁啊？"我直截了当地把我的心思说了出来。

　　刘房讶异地看着我。我知道他在讶异什么。瞧我的口气，仿佛刘帆生气的原因跟我毫无关联似的。

　　"事情是你起的头，我是应你的请求帮你忙。现在事情搞成这样了：在我哥那儿，他变成了一个约过芸还被芸拒绝的男人；在芸老师那儿，我哥对她有意思。这两个人后面绝对要出大事。要真出了事，我不管，你一个人去挡。"

这时上课铃响，刘房把该说的都说完了，白了我一眼先行跑向教室去了，留下我站在河边惊恐难安。

六

芸身上出现了一个突出的变化：她开始抹口红了。要知道，在一九八四年前后的苏中平原，特别是乡下，是绝少能看到女人抹口红的。就算结婚，抹口红的新娘子也并不多。芸为什么抹口红呢？答案不言而喻。然而，芸显然以前从来没有化过妆，缺乏化妆的能力，所以，她给自己涂的口红，在旁人看来，总是别别扭扭的。

邮递员刘帆来新远民中送信的时间极有规律，通常都是每天下午三四点之间。有几次，这个时间点正好是芸的课。不仅仅是我和刘房，我们教室里的每一个学生，都可以看到芸明显的变化。那时候，芸开始气息不匀，胸膛醒目地起伏，让底下的学生们再也无法忽略她过于健硕的胸部。她念错课本上的字，拿粉笔在黑板上写字的手抖得厉害，突然莫名其妙地咬一下嘴唇，然后脸红了，无声地笑起来……我和刘房心惊肉跳地看着芸这种种奇怪的反应，有几个瞬间，我冲动地想站起来，告诉芸事情的真相。当然，出于胆怯，这一切最终都没有付诸实践。

但是，如果不赶紧把刘帆对她根本没有意思并且还抵触着她的事实告诉她，我真的难以想象接下来会发生什么惊心动魄的事。以芸的勇猛，兴许某一天她当着众学生的面向刘帆表白也说不定。果真那样，刘帆一定会当众让芸下不来台。

我确定，刘帆一定会让芸下不来台的，看他这段时间的表现就知道。

原本刘帆到新远民中收发邮件，都是去中学老师们的那间办公室。办公室就在学校最后一排校舍中间。我们初一班在它之前最东侧，连着新远小学的校舍。刘帆先要经过我们班东侧的大路，再去往那间办公室。但是自刘房被挂到树上的那天过后，刘帆不再从学校东侧的大路上骑行而过，他改从西侧的小路上去新远民中办公室。这样一来，他就减少了在我们初一班视野里出现的时间。毫无疑问，他想尽可能地减少芸看到他的机会。

不过，芸三四点钟的时候正好在我们教室里的情形，其实并不多见。多数时候，这个时间点，芸就在那间办公室里。所以，刘帆此举作用不大。这就更证明他躲避芸的意愿有多强烈了——明知不必为而为之，不是那意愿强烈到某种地步，是绝不会那么干的。

问题是，芸对刘帆的内心世界一无所知。所以，许多个下午三四点钟的时候，我和刘房越过初一班后排的窗户，总会看到，当刘帆的自行车在办公室门外停下时，芸踊跃跑出来取送邮件的情形。那些个时候，刘帆往往低着头，一言不发地将学校的一沓邮件交给芸，又快速接过芸递上来的待发邮件，而后更加快速地骑上车走了。

有一次，刘帆显然是尿急，收发完邮件后向厕所跑去。厕所在学校最后一排校舍后面。等刘帆回来时，芸还没进办公室，兀自在刘帆的自行车旁站着。我坐在教室里，清清楚楚地看到刘帆走到自行车旁时讶异地看了芸一眼。芸好像立即跟他说了句什么。

"你自行车停在这儿，我帮你看着点。"我想象，芸是这么说的，为自己的滞留寻找一个冠冕堂皇的理由。

也可能说的不是这句话，而是一句当下她极有必要让刘帆知道的话："那天晚上，我没有去，是因为我自卑。"

没有赴约，总是需要解释的，而除了这个理由，我想不出她还有什么理由。在我看来，芸不赴约，只能是因为她不自信、不敢。当然，这只是我对她的揣度。本质上讲，她这种大女孩的心思，我这种小男孩是难以猜中的。

那天，在芸向刘帆说了句什么之后，刘帆显得有些恼怒，对!坐在教室里的我，能明确地感觉到他的恼怒。这是他激烈地上车、更加激烈地骑车的这一系列动作反映出来的。

次日，刘房向我透露昨天下午芸向刘帆说的那句话。

"她跟我哥说，她居然跟我哥说：'我不喜欢你!你再不要给我写信了，我也不会答应你的约见。'"刘房用一种难以置信的语气，继续道，"昨晚我哥气炸了，把我揍了一顿。上次他都没揍我，就把我挂那树上去了，吓唬了我一下而已。这次他揍我了，可见，他这次比上次还要生气。"

万万没有想到，芸根本没有不自信，根本不是不敢，她自信得很呢。她那晚没有赴约的原因，居然是她不喜欢刘帆?!太让我意外了。

"你知道三十六计里面有一计，叫'欲擒故纵'。她哪里是不喜欢我哥? 她这是在用计呢。"刘房撇着嘴说，"这是我哥说的。他还说，一想到她还对他用这一套手段，他就更加讨厌她了。"

听罢刘房转述的刘帆对芸的分析和判断，我觉得自己真是长见识了。万没料到，芸看似粗莽，却还有这等复杂、婉转的心思。看来，只要是大女孩，心思就不可小觑。

我觉得事态愈发严峻了，再发展下去，会出大事的。刘帆一定越来越生气，直到某一天，他当着众人的面，怒斥芸。果然到了那一步，芸就成为新远民中的一个笑话。

必须阻止这事继续发展下去。我听到心里一个急迫的声音：这事是我起的头，把它掐灭，也应该由我来。

七

除了对芸坦诚相告事情的来龙去脉，还有别的办法让芸知道刘帆对她的真正态度吗？好像并没有。至少以我十二岁的智力，想不到。果然要去向芸自首吗？如同刘房不敢自首的缘由一样，给我天大的胆子，我也不敢啊。有了！有一个办法，可以既让芸知道刘帆对她的真正态度，也可以不把我和刘房暴露出来。什么办法？写作文。

芸不是善于分析学生的作文吗？而我，又那么善于写作文。事实上，最近这些时日，我对写作的兴趣已远远超过唱歌，我也不像往常那样中午趴在饭桌上抄录《每周一歌》的歌词了。在充满活力、拥有无限可能的一九八四年，我是一个充满变数的我。

芸善于分析学生作文，我善于写作文，两相结合，我就顺利让芸得到她不该钟情刘帆的信息。

一九八四年深秋，我成了一个用作文传送密钥的情报分子。同音乐课一样，作文课也是一周一堂。在紧随而至的一堂作文课上，我假装错误意会身兼语文老师的芸的命题要求，把她布置的散文写

204

成了小说。这是我此生第一次写小说，但感觉上还挺得心应手。我的这篇小说，大致内容是这样的：

村里有个人闲来无事，他看到邻村有个姑娘长得漂亮，决定戏弄她一番。这个人假借邻村一个帅小伙之名，给那姑娘写了封情书，并想约见姑娘。姑娘收到情书后，如期赴约。到了约定地点，她见到的却不是那帅小伙，而是邻村那个无聊之人，以及他特意招来的几名看客……

写完小说，还没把作文本交给芸，我就已经轻松了许多。毋庸置疑，最近这段时间，我常因为芸被我和刘房设计而自责。这种自责，鞭击着我的良心，鞭痕逐渐结成一块厚茧，让我感觉身体淤结、沉重。我的这篇作文有明显的倾向性，即，我同情那个姑娘，但唾弃那个无聊的闲人。这样一来，这篇作文就具备了自我反省的功能。我通过一个虚拟之人的身体接收到了我对我自己的唾弃，由此我心中的自责部分得到宣泄。

芸要是知道这篇小说还是一篇自省书的话，她会怎么看我？她会知道这一点吗？

带着这个问题，我惶恐地来到了那间办公室。芸把我叫过去的。

"你怎么想到写这篇小说的？"

时间是在下午放学后，别的老师都走了。芸的语气颇为冷峻，听起来，这又不像是审问。我还发现，一贯周身散发着一种硬朗气息的芸今天显得有些疲惫。这两点，让我觉得，芸怀疑我的概率极小。如果她对我有一点点怀疑的话，只要我立即自圆其说，这点怀疑一定马上从她心里烟消云散。

"我就乱想……其实我也不知道怎么想到这样写的。"

这个解释其实是最自圆其说的，比别的更具体化的解释要好。实在说，我这个小说写得很没有创意，芸给我们班订的《故事会》里，这样的故事比比皆是。正因为它老套，会让芸觉得这篇小说的灵感来自我的阅读，而非身边有人物原型。

"你是《故事会》看多了吗？写这么俗套的小说。"芸批评道。果然，我的自圆其说成立了。"以后写小说，要有自己的想法，不要学那些俗里俗气的故事。再有，我布置什么，你就写什么。我布置的是散文，你就不要写小说。你们这个年纪，很多事情不懂，小说这种东西太复杂，你写不了。等初二，我会试着布置小说作业。天快黑了，回去吧。"

我就这样过关了。有一个问题，这篇小说所担负的传送情报功能，这一方面实现得怎样？以我当时与芸谈话时对她的观察，我确定，她接收到了我要传输给她的信息。

知道了那信是他人借刘帆之名写给她的，芸接下来对刘帆的态度会有什么变化呢？我对此颇感好奇。次日上午，我把写作文及被芸叫去谈话的事告诉刘房，这小子同样对此好奇。

下午到来了，时间推进到三点多钟。如我们日复一日所见，刘帆骑着自行车出现在新远民中办公室的门口，这时正好是芸给我们上课，我和刘房越过教室后排的玻璃窗眺望刘帆，又把目光落到芸这儿。芸始终没有往刘帆那儿看一眼。但正是因为她看起来没看过刘帆一眼，我深信，她在刘帆出现到离去的那段时间里，一定有着比平时更为丰富的心理活动。

芸对刘帆的反应，是接下来的一天我通过刘房之口得知的。就是当天傍晚放学时，与芸向同一个方向回家的刘房被身后的芸叫住了。

"你回去跟你哥说，叫他晚饭后到我家来一趟。"她说的"我家"，当然指的是胡校长家。

入夜，刘帆如约去了胡校长家见了芸之后回到家中，向刘房讲述与芸见面的经过。

刘帆来到胡校长家后，芸立即出门，刘帆便跟着她走。拐了个弯，他们来到了胡校长家侧面的一条小路上，这样，胡校长家的人就看不到他们了。天已经黑了下来，割过稻的田地光秃秃的。二人突然一前一后停下。芸从兜里掏出一张纸，正是当日那张我和刘房假借刘帆之名约见她的信。

"这是你写的吗?"芸将信交给刘帆，全神贯注地察看刘帆接信后的反应。

刘帆接过信。他当然知道这信的存在，不过，当他真的看到了这信，还是有点好奇。他很是深入地看了看信，末了，笑了起来。"我的字写得比这好看。"

"你原样把信上的字抄一遍，这样我就知道到底是不是你写的了。"芸从另一边兜里掏出一个崭新的练习本和一支钢笔，又翻过练习本的封面叠到后面，连同钢笔交给刘帆。

"这么黑，怎么写?"刘帆的声音里带着点嘲讽的意思。

他话音未落，芸打开手电筒，照着刘帆手里的练习本。"写吧!"

刘帆无奈地快速写了起来。才写了几个字，芸制止了他。"你不用写了，我知道了，不是你写的。"显然，刘帆的字确实比字条上的字漂亮太多。怪只怪我和刘房当时想得不周密，找了个初中没毕业的帮凶。

207

芸抢过信,撕了,扔到地上,用脚踩进泥里。又将刘帆手里的练习本和钢笔取回去,关掉手电筒。沉思片刻,她说:"有人冒你之名寄了这张纸条给我,你知道这件事吗?"

她可真是个直性子的姑娘,一点都不懂得拐弯抹角。关键是,听者是对她完全不感兴趣的刘帆。不感兴趣,她很普通的一句话都容易让刘帆感到不舒服,何况,芸这时多少显得有点颐指气使。刘帆突然就炸了。

"知道又怎么样?不知道又怎么样?这事本来就与我无关。"刘帆戗道。

"知道,却不告诉我,说明你是个伪君子。不知道,那你现在知道了,别得意。至少,我可以再次明确地告诉你,我不喜欢你。"

刘帆放声大笑,笑声里的意思昭然若揭:"你不喜欢我?简直太好笑了。全世界的人都知道你喜欢我,你却还要来强调不喜欢我,这不是'此地无银三百两'吗?你可真有意思。"芸迅速解开了刘帆笑声里的全部意思,她打开手电筒,用强光照耀刘帆的眼睛,以此来表达愤怒。

"我对天发誓,我从来没有喜欢过你。我只是喜欢你身上的邮电员工作服,只是喜欢你的邮包。再说一遍,我只是喜欢看你的工作服,喜欢看你的邮包,听明白了吗?"

八

新远民中新来了一个男代课老师,比刘帆、芸小一岁,十八岁,叫陈卓兴。正常情况新代课老师会在新的学年开始时加入教师队伍,芸就是两个月前新学年开始时来到新远民中的。此时期中考试已过，陈卓兴的到来不合常理，颇有些蹊跷。

我们在陈卓兴来到新远民中的第二天，就弄清了这蹊跷的来龙去脉。据说，陈卓兴七月份高考落榜后不几天，就与几名同样落榜的同班同学去了深圳。他们与这一年来自全国各地的成千上万的青年会集到一起，成为这个南部城市的打工族。陈卓兴长得俊俏，唱歌好，被一家歌厅录用。同去的同学也各自找到了适合自己的工作。让人意外的是，陈卓兴的那几个同学留在了深圳，唯独看似最适合在外漂泊的陈卓兴在中秋节那天背着行囊回到了南通的乡下家中。

关于陈卓兴的意外归来，传言很快给出了说法：

"他被一个歌女看上了，可那歌女是黑道老大的情人，于是他被黑道老大派人追杀，逃回了老家。"坚持这个说法的人最多。

另有一个稍小众的说法："他本来就没想着要去外面常待，他的计划就是在外面晃一圈，满足一下对外面世界的好奇，再回来老老实实地当代课老师。"

后一种说法太绕，我这种十二岁的小男孩听不太懂。与多数人一样，我相信前一种说法。陈卓兴眼角隐约有一条一厘米多长的疤，同样从县中毕业、高他一届、去年就来新远民中代课的周光芒老师暗中告诉别人，陈卓兴以前没有这道疤。那么，他被追杀，是确凿无疑了。

陈卓兴头顶波浪卷，上身穿高领紧身毛衣，下身穿包臀喇叭裤，他的鞋跟至少三厘米，但显然不是女式鞋。他右手轻握，让人感觉拳心握着麦克风柄。他轻移脚步，在前面的讲台上左右游走，偶尔，他游走的区域也拓展到讲台下课桌间的两条过道。他的歌声沙哑、低沉、伤感。他唱歌时目光总在寻找凝视他的人，以至于人人都低下头来，因为无人敢与他动情的目光对视。

他唱道："你到我身边，带着微笑，带来了我的烦恼……"

他又唱道："我心里埋藏着小秘密，我想要告诉你……"

他最爱唱的，居然也是黄仲昆的《无人的海边》："在无人的海边，寂静的沙滩延绵。海浪拍打着海面，问你是否怀念去年夏天……在无人的海边，往事历历在眼前，我期待你的出现，一遍又一遍。"

同样唱这首歌，芸唱起来让人再也不想听任何人唱这首歌，陈卓兴唱起来谁都想马上去把这首歌学会。

入职新远民中的陈卓兴包揽了所有胡校长认为不太有必要的课：地理、历史、生理卫生、音乐、体育——先前的体育老师兼初二班班主任辞职去外地打工了——当然，陈卓兴有理由让任何课上都流淌他的歌声。就是这样，他在中学三个教室间来回奔波，用歌声与他带着远方气息的装扮让新远民中的很多人折服。就连我这个长期自诩为歌唱天才的人，也不得不承认，他才是真正的歌神，与他相比，我是在唱歌，但人家是歌唱。同样两个字，颠倒一下顺序，段位天差地别。没有办法，谁叫他有如此丰富的故事加身，而我这种小男孩经历贫乏呢？没有故事的人，是唱不好歌的。但我也不曾因为不再是新远民中第一歌手而自卑，我身上不还有作文天分垫着吗？再说，他一个老师，我跟他比个什么劲？我在这样的自圆其说中，开始安心成为陈卓兴的迷弟迷妹之一。

迷弟迷妹向陈卓兴表达痴迷的方式很丰富，最常见的方式，是在陈卓兴在教室里秀他的歌声与身段时，随着他的演唱声情并茂地哭泣。多次，陈卓兴唱着唱着，教室里不少学生已泣不成声。当然，这些随歌声应运而生的哭泣，主要来自女生。向陈卓兴表达痴迷的最朴实的方式，是放学后去替陈卓兴打开水。新远民中给陈卓兴等三名离家超过五里路以上的代课老师提供了一间宿舍。打开水的是几个男生。有几个年纪较小、有早熟倾向的女生喜欢给陈卓兴送东西，主要是些吃食，馒头干、炒蚕豆或花生之类自家做的农村小食，也可能是生活用品，比如一块毛巾、一个茶杯、一个牛皮套的笔记本、一条羊毛含量略低的手工围巾。一九八四年新远民中几乎都是穷孩子，如果稍稍富有，相信这些女生不会送这些廉价之物。如果当时有苹果手机，肯定有女生送陈卓兴这个。这些给陈卓兴送东西的女生中，有一个最为大胆，她在陈卓兴回家的路上拦截他，请他专门教她唱歌，抑或他单独唱歌给她听。当然，这样的事只发生过一次。因为那次陈卓兴批评了该女生，后来她再也不敢了。陈卓兴很清楚，师生在路上搞这一套不成体统。

我万万没有想到，芸也成了陈卓兴的迷妹。没想到，是因为老师痴迷老师，按我们这些学生的思维，是不可思议的。最重要的原因是，芸不是喜欢刘帆的吗？对！尽管芸对此否认，但我和刘房还是更倾向于认为她言不由衷。我更加没有想到，芸居然效仿那位拦截陈卓兴的女生，把陈卓兴堵在了街上。

这是冬天一个周日的上午，街，是本乡农贸市场外面人流密集的那条大街。上午，是这街上最繁忙的时候，全乡二十个村里都有人来此处赶集，大家多数都互不相识。芸在许多陌生人之间拦住陈卓兴。

"深圳好吗？给我讲讲呗！"据说，这是芸的开场白。

我们之所以后来对他们的这场对白知道得一清二楚，是因为当时街上虽然绝大多数人不认识芸和陈卓兴，但仍有个别人是认识他俩的，那是来自新远民中附近的两个村民。就是这两个村民，观摩了芸与陈卓兴的对话全程，此后，他们稍做努力，这场对话，就成为新远民中风靡一时的新闻。

　　"挺好的！"陈卓兴礼貌又不失分寸地回答芸，"这么巧，你今天也来赶集啊？你忙，我去那边看看。"

　　芸再次拦住陈卓兴。"我几个高中同学，还有校友，也有出去的，上海、浙江、福建、广东，还有北方，都有去的，去深圳的也有一个，不知道你认不认识他，他叫……"

　　不待芸说出名字，陈卓兴就打断了芸："深圳太大了，去打工的人太多，我肯定不认识的。我还有事，学校见！"

　　"那你为什么要回来呢？"芸在密集的人流中追赶陈卓兴。

　　"说你被黑道上的人追杀，是真的吗？"芸眼看着追不上陈卓兴了。

　　"下星期天，去你家玩，给我讲讲！"芸踮起脚尖，目光越过许多人的脑袋搜寻陈卓兴的踪迹，大声嚷嚷道。远处，陈卓兴浓黑的卷发最后在芸眼前闪了一下，不见了。

　　"胡校长的小姨子真够猛的，大街上跟男的没话找话。"新远民中周边的村民听到这则故事后，如此评判芸。在他们看来，这是一次尴尬的女追男搭讪事件，作为事件女主角的芸，有点不要脸面。

　　如我这样尚未成年的新远民中学生，是如何看待芸的呢？说实话，我不愿相信传言。果真如传言所说，芸有点不可思议。但我不得不相信传言，因为，当日在场的两个村民，其中一个是我家的亲戚。这个人说话很有分寸，跟有些喜欢夸大其词的村民不一样。

"她喜欢上陈卓兴了，你怎么看?"一天，刘房这么问刘帆。这小子，算是在挑事儿了。

"一个花痴，喜欢谁都正常，关我鸟事!"刘帆一脸的不耐烦。

一九八四年末快要接近一九八五年的那段时间，芸被新远民中周边不少村民归为花痴。刘房还悄悄告诉我：刘帆最终认为芸对陈卓兴的所作所为是为了让他吃醋。胡校长勒令他的爱人跟自己的妹妹谈了一次话。谈话的内容不得而知。我能想象，胡校长是想借助爱人之口告诉芸：为人师表，且又是我的小姨子，你还是要多注意自己的言行举止。

九

一九八五年春节过后，才开学不久，新远民中发生了一件事，令整个新远民中的师生蒙羞。初二年级一个年纪略大的女生怀孕了。虽然年纪比多数同班同学大，但仍属于未成年人。此事立即被公安部门立案。女生被发现怀孕时，孕期已接近三个月。如果不是她的家长警觉，这事是不会被发现的，因为该女生自己那时并不想把这事告诉任何人，包括她的家长。谁是该案罪魁祸首呢? 女生当然清楚，但她就是不说。公安人员怎么问，她都低头，紧闭双唇，一副誓不交代的架势。就只好推理了。

一番推理过后，陈卓兴被列为三大重点怀疑对象之首。依据是，该女生曾经给陈卓兴送过东西，还在放学过后去过陈卓兴的宿舍，而据陈卓兴同宿舍的两名代课老师称，那一天他二人都没有住在学校里。此外，该女生写过一篇日记，大意是陈卓兴多么像她心目中的白马王子。女生的家长在陈卓兴第一次被隔离审查后，就一口咬定是陈卓兴干的，但他们和公安人员一样，没有任何真凭实据。

陈卓兴拒不承认。审了一个多月，没有任何进展，只好解除陈卓兴嫌疑人罪名。

公安那边解除了陈卓兴的罪名，不等于民间也认为这事跟他无关了。新远民中周边的村民都开始众口一词地认为陈卓兴就是那个诱奸犯，大家都不想看到他再在新远民中为人师表。胡校长迫于民间压力，只好找到陈卓兴，要他写辞职报告。陈卓兴大概是觉得，在眼下这个激情澎湃的年代里，除了当代课老师，可供他选择的职业太多了，三两下他就把辞职报告写了，交给胡校长，准备当天卷铺盖走人。万没料到，半路上杀出个绝不相信陈卓兴犯罪的芸，就在陈卓兴在宿舍里收拾东西的那天晚上，芸在胡校长家中与胡校长大肆辩论。

"陈卓兴是无辜的，不能开除他。"芸很生气，"如果他被开除了，等于坐实了那事是他干的。"

"是不是他干的，群众的眼睛是雪亮的。"

"群众的眼睛不一定是雪亮的，公安部门的眼睛才是雪亮的。公安部门最后认定此事与陈卓兴无关，我们得相信公安部门的结论。"

"你这么积极帮陈卓兴说话，倒是挺有意思。"胡校长揶揄芸。

芸更加生气了。她知道姐夫的言外之意：正如外面的传言，你喜欢陈卓兴，被爱情蒙蔽了双眼。她凛然瞪着姐夫，大声道："你不要打岔，说陈卓兴的事情，不要说到我身上来。"

"我们就是在说陈卓兴的事情啊。"胡校长想了想，问道，"你坚信陈卓兴是无辜的，有什么证据吗？"

这话问得有点可笑，有罪推定是最不可取的。芸却没有指出胡校长的思维问题，迎着他这句逼问，她思忖片刻，用不很肯定的语气说："陈卓兴连深圳都敢去，怎么可能干这种事?!"

胡校长吃惊地看着芸。一边旁听的胡校长爱人也同样吃惊。这是什么神逻辑？去过深圳就不可能是诱奸犯？简直是疯言疯语。胡校长摆摆手，往一边去了，不愿再与芸辩论。芸追上他，变得审慎地说：

"我承认，这是我的直觉。我的直觉告诉我，陈卓兴是个干净的人。"

闹了半天是直觉，胡校长嗤之以鼻，不再搭理芸。芸无法继续辩论下去，竟跑到了学校。陈卓兴刚收拾完，正把东西往自行车上捆，见芸跑过来，他有些诧异。

"你不要走！你走了，你这辈子就毁了。"芸把陈卓兴的车锁了，钥匙揣到兜里。

陈卓兴更加诧异。"你弄清楚，不是我要走，是我不得不走。"不过，陈卓兴还是被芸的仗义和好心感动了。"把钥匙给我吧，很快这里的人们会忘了我，我也有新的生活，那就等于这里好的、坏的，一切，在我的人生里都一笔勾销了，所以，我走了，我根本不会毁掉。"

"那你看着我的眼睛，认真、大声地回答我的问题，这事是你干的吗？"芸紧盯陈卓兴的眼睛。

陈卓兴毫不回避芸的逼视，大声道："当然不是我干的。"

芸笑了："就知道不是你干的。现在我更加相信我的直觉了。"

芸揣着钥匙走了，留下陈卓兴万分不解地站在原地。自行车没法骑了，陈卓兴只好暂时留在学校里，尽管这种滞留对他来说是种煎熬。几天后，一桩神奇的事情发生了，芸找到了真正的强奸犯。

按照后来公安部门的卷宗显示，芸是这么找到强奸犯的：她把那个女生约了出去，独自与她说了一天话，傍晚快要分别时，女生自己招出来了。她肚子里的孩子，是乡上一个小流氓的。去年暑假一天，她去邻乡的小姨家玩，傍晚骑自行车经过乡上，遇到那小流氓，被骗到了他家，给糟蹋了。之后几个月里，那小流氓又找过该女生十几次。之所以先前她拒不配合公安部门说出真凶，是因为她遭到了那小流氓的威胁。"你要敢把我们两个的事情说出去，我把你家人全灭了，灭门！懂吗？"这是小流氓的原话。

为什么公安部门花了那么长时间，费尽心力，都撬不开那女生的嘴，偏偏芸单独跟她谈了一天，她就招供了呢？关于这一点，真实的解释我们不得而知。有一种说法：芸知道该女生喜欢陈卓兴，便以此为突破口，夸大她的隐情不报将对陈卓兴的一生带来多么致命的影响，女生因此突破了恐惧，将实情和盘托出。

也有一种说法：该女生在一天天的自责中早就绷不住了，那几天，正在做着最后的心理斗争，看要不要去找公安部门坦言相告。芸在这个时间节点上找到了她，算是让她得到了一次强有力的助推。

有件事是我目睹的，不可能有半点虚构。这发生在芸跟女生密谈的第二天。当天是周日，芸与陈卓兴带着女生来到乡上，藏身于小流氓回家的必经之路。入夜，他们等到了小流氓。由那女生出面，将小流氓骗到了新远民中。在那儿，早有我和刘房、刘帆兄弟在此等候——刘帆是主动要求加入这次由芸策划的行动。关于他为什么那么迅速地与芸冰释前嫌，是因为在他看来芸能查到真凶很了不起。

芸、陈卓兴、刘帆开始审问小流氓。这坏种起初百般抵赖，还威胁芸、陈卓兴、刘帆，要告他们非法拘禁。刘帆提出一个建议，把此人绑到那个吊死过人、吊过刘房的树上去。这个提议不严肃，加之刘帆是笑着说的，没有立即得到芸和陈卓兴的赞同。我和刘房年幼无知，单纯就被一种看热闹的心理支配，被这样的提议吸引，积极附和刘帆。最终，集体同意这项决定。

我们将此人双手反绑，高高绑到那棵树上。此人不解我们为何将他转移至此，加之这个缺乏法律意识的半文盲从不曾意识到他对那女生所做之事多么恶劣，居然他也在这过程中感觉到好玩来。陈卓兴不会爬树，刘房手脚笨，也不算会爬，就我和刘帆爬树利落，仅凭我们二人，要将活蹦乱跳的这人弄到树上去并牢牢捆绑，是挺困难的。所以，我们能将这人绑上去是因了他的配合。

"你们把我绑到树上去也没用啊，我没干就是没干。"这人嬉皮笑脸地提醒我们。

"这可不是一棵一般的树，这棵树吊死过人。"等我帮着刘帆在树上将这人绑牢了，再爬下来，芸抬头冷笑着说出这个让这人意外的信息。

"当我是傻子？编这种瞎话吓唬我？谁这么拎不清，跑到这路边吊死？我要是上吊，绝对会找个隐蔽点儿的地方。"那人咋咋呼呼地说道。

听得出来，他根本不相信这棵树上吊死过人。他说得有一定的道理，死是一件隐秘的事，跑到这么醒目的地方自尽，不可理喻。但是他忽略了一点，他是活人，难以理解一个死人的心理。

217

"信不信由你！"芸打开手电筒，立即有一柱光找准了这人的脸，定格在那儿。

趁着那人被光照得睁不开眼，陈卓兴悄悄打开他去年从深圳带回来的录音机，按下按键，将录音机藏到树下的麦田里。春天来了，麦子已经及膝高了，我闻得到麦子的清香。

"那好，我就陪那吊死鬼在树上睡一觉。"这人还是不相信。他居然真的闭上眼睛，佯装睡着，还夸张地打起呼噜来。

"那你好好睡，陪吊死鬼在这儿睡一整晚。"刘帆笑道，"这是条小路，通常夜里没人从这儿走，你们不太容易被人打扰。"

"对，我们就不打扰你了。"芸接了刘帆的话茬，"我们走，让他一个人在这儿陪吊死鬼。"

我和刘房以及那女生正自纳闷，芸、刘帆、陈卓兴各自拉着我们一人，打算离开。这时刘房想起应该把小流氓的嘴堵上，因为电视里的香港武侠片在这种时候一定会有这么一下。刘帆便问谁身上带了手帕，芸从不带手绢，我、刘房、陈卓兴都带了。我们三人都把手帕拿出来，最终刘帆选了我的，因为我的这块较厚，其他两块都太薄，单独一块堵不牢小流氓的嘴，两块团到一起体积又略大了，只有我这块将就。

刘帆拿着我的手帕爬上树将小流氓的嘴堵住，之后我们一起走至离这棵树几十米的一个草垛后，就着星光往那儿打量。那人始终没有动静，仿佛真的在树上睡着了。当然，他只是在用沉默的方式跟我们耗。过了足有半个小时，一对村民夫妇远远走过来。我们赶紧躲到草垛一侧，直到他们走到那棵树下。

"哎！你抬头看一下，这树上是什么？"我们看到这对夫妇放缓了脚步，能听得清清楚楚，女的声音有些发颤地问男的。

"大晚上的，你胡扯什么啊，赶紧走赶紧走！"从我们这儿可以看到，星光下，那男的拉起女的，加快了脚步。

"树上真有东西……好像是一个人。你倒是抬头看一眼啊。"那女的声音变大。

"别胡说八道了，赶紧走！"

"你不敢看，刚才我可是看了一眼。这树上吊着一个人，一动不动的。去年这树上吊死过一个人，不可能今天又吊死一个，难道是……"女的惊呼起来，"乖乖！遇鬼了，快跑啊！"

夫妇二人拔腿跑了起来。

小流氓先前显然在树上装睡，这时他呜呜叫唤起来。这声音在寂静的夜里颇为瘆人，说它不是人声也未尝不可。那对夫妇受到百般惊吓，跑远了。

我们从草垛后走出来，刘帆问陈卓兴和芸："这对夫妻是你俩安排的吗？"

陈卓兴看看芸，芸又看看陈卓兴，二人都摇摇头，显然这不属于剧情安排。我们六人快步来到树下。

小流氓见我们来了，含混不清地喊："放我下来！放我下来！"

我们抬头清晰地看到，树上的小流氓在发抖。刘帆爬上树，将小流氓嘴里的手帕松开一点。"现在信了吗？"

"信了信了信了！"小流氓一迭声地说，"你们可不能再走了，我一个人在树上会吓死的。要玩，大家一起在这儿玩。"

"除非你跟我们说实话。"芸说，"是不是你干的坏事？"

我不记得接下来芸、刘帆、陈卓兴到底是怎么撬开小流氓的嘴的，因为接下来的审讯费时过长，我熬不过去，躺到路边睡着了。只记得半夜有人将我推醒，是刘房。

"醒醒！醒醒！"刘房的声音里有欣喜，"你怎么那么爱睡？推了你好几次推不醒。"

我迷迷糊糊地睁开眼，看到那女生在抽泣——她从始至终只知抽泣——芸搂着她，坐在路边。小流氓已经从树上转移到地面了。此刻，他双脚着地，被绑在树上。陈卓兴在旁边看着他。刘帆不知所踪。刘房冲我耳语：

"他招了。我哥去乡派出所喊人去了。"

不远处的路头上，几个人骑着自行车往这儿来。近了我才看出，最前面的是刘帆，后面是一老一少两个民警。陈卓兴把录音机捡起来交给民警。

十

虽然芸、刘帆、陈卓兴，还有我和刘房两个孩子，因擅自审讯小流氓遭到了派出所民警的批评，但毕竟我们立了大功，私下里，我们还是受到了派出所所长的表扬，他以个人名义请我们去乡政府食堂吃了一顿饭，其间，他提出，他要向上级申请给我们奖励。除了芸，我们都不以为意，芸却说：

"你是真的这么想，还是开玩笑的？"

"当然是真的，我这么大一个人，怎么可能跟你们这些孩子开玩笑。"所长笑着说。

芸思忖了片刻。"他们怎么想，我是不知道，我反正不要奖励。"

220

想了想，又说，"真要给我奖励，我看这样，我一直想到吕四去看海——我从来没看过海嘛——去吕四的路费，能不能给我报销？"

"那么点儿路费，报销！"所长说。

芸的提议不可谓不特别，我听到她这么一说，连忙抢话："我也想去吕四看海。"

令芸和我惊讶的是，刘帆和刘房也对去吕四看海表现出极大的兴趣，兄弟二人也提出用同样的方式奖励他们。只剩下陈卓兴了。陈卓兴在这一方面跟我们四人不同，我们从没看过海，对海的好奇心要多强烈有多强烈，陈卓兴见过世面，海他当然见过，深圳就有海。但陈卓兴因为我们都对去吕四看海表现出如出一辙的兴趣，也对此产生了兴趣，遂也向所长提出用同种方式奖励他。所长分外支持我们，当场垫支了路费。就这样，一九八五年春天的一个早晨，我们五个人在乡上坐公共汽车，直奔吕四去了。

大海果然如我们想象的那样广袤无垠。脚踩进海水里，十二岁的我想到自己简单、苍白的人生经历，差点哭出来。刘房更不争气，早就激动得掉眼泪了。芸也好不到哪儿去，明显可以看出，她跟我们一样激动。这时陈卓兴唱起了《无人的海边》，他才唱了两句，芸就跟着唱了起来。当然，她的五音不全干扰到了陈卓兴的发挥，唱着唱着，陈卓兴笑场了。

"我唱得好好的，你别乱唱好不好？"陈卓兴笑叱芸。

"我就要唱，就要唱！"芸唱得更大声，"在无人的海边，我呼唤着蓝天，呼唤你的名字一遍又一遍……"

芸唱得乱七八糟，却令气氛变得欢快。从不唱歌的刘帆也跟着瞎唱起来。作为陈卓兴到来前新远民史上最火爆的歌唱小能手，我当仁不让，也加入了合唱。刘房本来唱着别的歌捣乱，最终他单薄的歌声无法与我们的合唱抗衡，只好也一起唱这首歌。

我们唱啊唱啊，把这首歌唱了一遍又一遍，有那么一个时刻，我第一次意识到，站在我们身边的三个刚成年不久的人，芸、刘帆、陈卓兴，其实也还是孩子。我忽然有一个冲动，要向芸坦白去年那个事是由我策划的。大海让人变得放松和无所畏惧，我任由这个冲动支使，当着所有人的面，把在心里积压了许久的事实和盘托出。刘帆、刘房兄弟颇感意外，也有点尴尬，特别是刘帆。我快说完的时候，芸不动声色地瞥了刘帆一眼，那眼神里的意思昭然若揭：刘帆，你早就知道两个孩子策划了这件事对不对？刘帆讪笑着，跑远去了。陈卓兴刚开始都没听明白我在讲什么，等听明白后，他摇摇头，笑着叹了口气。只有芸这个当事人，却一副事不关己的样子。等我终于说完，她淡漠地说：

"其实我早就知道了。你今天主动告诉我，我倒是挺高兴的。你做得好！"

过了许多年我才听说芸是怎么知道的。芸在看完我那篇小说作业后，就知道我在暗示什么了，她找到胡校长，让他辨认信上的字迹。胡校长有一个能力：他带过的学生，谁的字他都认得出来，而这周边村民组绝大多数三十岁以上的人都曾经由胡校长教过数学，包括我当时找的那个初中没毕业的"帮凶"。胡校长稍加辨认，就认出了写字的人。当日，芸就找到了此人，此人自然没必要隐瞒，将我如何找他代笔写信，他如何应我与刘房之请于当日七点前躲到河边树丛里蹲守，如此这般，悉数告诉了芸。

芸那天晚上喊刘帆出来说话时，当然早就知道了我与刘房的所作所为。她想要弄清楚的是，刘帆有没有通过刘房之口，知道我和刘房的作为。刘帆知道是一回事，不知道又是另一回事。芸很看重这一点。她很希望刘帆不知道。但按她当晚对刘帆的观察，刘帆是知道的。这让芸对刘帆大失所望。至于芸为什么已经知道信不是刘帆写的还让他当场写字对照，那只能说明芸的缜密吧。

幸亏我与刘帆都是多年后才知道芸心里的这些秘密，如果那天在吕四海边我们就知道了这一点，不知道刘帆会怎样，反正我会无地自容。

过去三十多年再回想起去吕四那天的情景，我就理解了那天芸对刘帆的挑衅。那天，芸让刘房把刘帆喊回到我们这儿，对刘帆说："刘帆，我不管你信不信，我还是想跟你说，我是真的没有喜欢过你的。"

芸如此直白，刘帆无法立即想到合适的反应，就很尴尬，我、刘房、陈卓兴陪刘帆尴尬着。这时，芸已把矛头掉转向陈卓兴。

"还有你，陈卓兴，你现在还在自以为是地想，我帮你做了这一切，是因为我喜欢你对吧？可能大家都是这么认为的，我帮你去查真凶，是因为我喜欢你。陈卓兴，我现在告诉你，我没有喜欢过你。陈卓兴，刘帆，你们听好了，我不是花痴。刘帆，你到学校来送信，我喜欢往外看，看你，甚至还对你唱过歌，我真的是因为喜欢你的工作服、你的邮包。至于我为什么那么努力地去帮你陈卓兴去查真凶，那是因为我觉得我能查到，我觉得我应该去查。"

芸说着说着，大声哭了起来。我和刘房几曾见过自己的老师如此脆弱的一面，都吓坏了。刘帆与陈卓兴也不知所措地彼此对视着，用目光讨论安抚芸的办法。显然，像芸这种平时比男孩子还男孩子的女生，真要哭了，是很难安慰的。事实正是如此，刘帆和陈卓兴分别做了些努力，试图让芸停止哭泣，但都徒劳。最终，还是因为芸意识到在她的两个学生面前哭不太体面，自行恢复了平静。

"好啦，我没事了。"芸笑了起来，先自在海滩上欢快地跑跳起来，我们跟着她来到另一处海滩。芸坐下来，难得用非常有女生样的表情看着刘帆和陈卓兴，说："你们大概没有听说过我的事情。我姐夫是不会说出去的。他不说出去，新远民中还有周边的人，是没有人知道的。今天我想跟你们说。如果我再不找人说一说，我会憋疯掉的。"

仿佛是为了补偿先前在她脆弱时我们都没能安慰到她，我们四人异口同声地对芸说："快给我们讲讲！"

芸花了半个小时讲她想跟我们讲的事情。

去年七月，芸高考落榜不久，便与一男一女两名同样落榜的同班同学说好去深圳打工。那二人是一对情侣。芸兄弟姐妹六人，她排行老六，是父母最疼爱的孩子，去深圳的想法遭到了父母的反对。芸出门远行的意愿极其强烈，才不管父母是否同意。不再与父母争辩，芸偷偷买了去上海的船票——他们打算从上海坐火车去广州再去深圳——在说好的时间与那对同学出发了。她是在正要上船的时候被两个姐姐和一个哥哥抓回去的。这之后，家里人把她看管起来。芸还逃出去过一次呢，但还没跑到南通港，就又被抓了回来。越是不让她远行，远方对芸的吸引力越大，她远行的意愿就越强烈。同样，芸的反抗越强烈，家人就越觉得她太孩子气了，就对她越不放心，越不能答应让她出去。如此对峙到去年八月末，由他们家中最有威信的芸的大姐夫胡校长出面调停，最终达成一致意见：芸先到新远民中代课一年，一年后，芸实在还想去外地，家人不再阻挠。

芸的大姐嫁给当时还没当校长的胡校长之后，芸的父母就已经替芸想好了，如果芸高中毕业考不上大学，就当老师。在两位老人看来，老师是一个多么体面的职业啊，有胡校长这层关系，芸更容易成为一名能胜任教师职业的人，这个工作对她来说就越保险，芸就更应该当老师了。

芸说完之后，我和刘房面面相觑。眼下，一个学年就要过去了，这意味着，芸与家人的约定到期了。芸把她身上的这个事情跟刘帆、陈卓兴讲，是可以理解的，但她丝毫不避讳我和刘房这两个她的学生，这说明什么？

看来，她已经拿定主意，等接下来的暑假来临，她就会从新远民中彻底消失。但我还是不太愿意相信，芸真的会像新远民中曾经出现过的多个代课老师一样，代了一阵子课，就离开了？我一直觉得，她是胡校长的小姨子，她不会像别人那样说走就走的。

"你真的只当一年老师吗？"我问芸。

芸没有直面我的问题。她皱了皱眉头，说："我姐夫，胡校长，也太自信了点。他以为，我当了一年老师之后，就不再会去想出远门的事情了。实际上，这将近一年来，我一点儿都没有放弃过这个念头。"

我失望又失落地看着芸。现在看来，芸每天比我们任何人都渴望见到刘帆，最重要的原因，是芸在等待那对同学的来信——在芸刚才的倾诉中，她说过，她与那对同学中的女同学一直保持通信，平均半个月一封。而芸曾经在看到刘帆时唱起了《无人的海边》，原因只是，那一天，刘帆的到来，勾起了她对远方强烈的渴望。如此说来，她是真的从未喜欢过刘帆吗？同样，也很容易找到逻辑，得出她也不喜欢陈卓兴的结论，果真是这样的吗？

"不过，当老师也挺好玩儿的。"在我们收拾东西准备离开海边时，芸笑着对大家说，"要不是当老师，我还不知道小孩子会那么鬼。"她看了看我和刘房，"要是不当老师，我也不会知道，知道别人的秘密，但别人不知道我知道，这多有意思。其实当老师也挺好的，要不是我实在太想去深圳，我真的可以留在新远民中当老师当到死。哈哈！"

说到这儿，芸突然看向陈卓兴："你都出去了，为什么又会回来呢？"

"很简单啊，外面其实也就那么回事儿。"陈卓兴说完这句停了片刻，又补充道，"等你出去过了，就知道了。"

陈卓兴的话，让芸变得若有所思。

十一

距离我们去吕四看海那天一个来月后，暑假到来了。芸与家人约定在新远民中只教一年书的情况，是我们几个人之间的秘密，谁也不会说出去，所以，新远民中除我们之外的师生，都不知道这一点。我和刘房把过年的压岁钱拿出来，加在一起有两块多钱，我们用这笔钱买了一个漂亮的化妆盒，在快要期末考试的一天下午放学时郑重地交给芸。我们无端就觉得，深圳是个很了不起的地方，在那种地方，女人们不会像我们这儿的女人那样压抑化妆的欲望，所以，芸去深圳前，应该学会化妆。芸接过化妆盒看了好一会儿才看出这是化妆盒，她笑了，脸红了。终究，她很感动，让我和刘房留下来。等教室里只剩下我们三个时，芸告诉我们一件事：

"我说服了胡校长，他答应考试完，发成绩单的那天，学校搞一次唱歌比赛。"芸说完，还刻意地专门对我说，"去年你没去成上海比赛，现在我们学校自己来场比赛，多少也弥补一下你的遗憾。"

芸这么一说，竟让我觉得，她是为我特意向胡校长申请这次比赛的。当然不是。最多，我去年留下来的那个遗憾，只是芸的动机之一。事实也正是如此。芸在据理力争说服胡校长举办比赛的过程中，拿我做例子：我班上有个学生当时想跟我请假去上海比赛，是去上海啊，这个学生连南通市都没去过，却敢去上海——虽然，最终他并没有去成——可见，他是多么想参加歌唱比赛啊。芸向胡校长如是说。

据芸所言，其实她还没举我的例子时，胡校长就已经被她说服了。仅她说的如下这个理由，胡校长就能认同办一场歌唱比赛——芸说：这两年，学校里那么多老师和学生喜欢唱歌，可见，办一次歌唱比赛，大家都会很高兴的。考完试，用这种方式让大家都放松放松，何乐而不为呢？

正如芸向胡校长提出的那样，这一天，等三个年级全部发完成绩单后，师生们都集中到操场上，开始了比赛。参赛的通知是最后一门考试结束后由班主任通知各班的，通知完毕，只给同学们五分钟的思考时间，然后速战速决地统计参赛名单。考试完需要三天时间让老师批阅考卷，这三天学生休息，这段休息时间里，参赛者正好做参赛准备。毫无意外，我是初一班隆重推选出的五名参赛代表之一。

新远民中要举办歌手大赛的消息，在老师批卷、学生休息的这三天里，传遍了学校周边的几个村子，这一天，有许多村民前来观看我们的比赛。

比赛由陈卓兴主持，各年级的参赛选手一一登场。由于我相对知名的歌手身份，我被安排最后压轴献唱。考虑到芸和陈卓兴都喜欢《无人的海边》，我选了这首歌做参赛曲目。然而，包括我自己，谁都没想到，轮到我上去唱的时候，我居然紧张了起来。真是太意外了，按说我在教室里被喊起来唱了那么多次歌，从来都不知道紧张为何物，这一天，我居然紧张了。还没走到前面，看到操场边围着的村民，其中有两个人是我家的亲戚，我突然就迈不动腿了。鼓足勇气来到前面站好，还没开嗓，我就乱了方寸。一开嗓，我就把音唱破了。这次比赛，我这个新远民中最著名的歌手，居然没有拿到任何名次。

"你在那天之前，大概没有意识到，你已经到了变声期了。"过了许多年，我与芸相见，说起了多年前的这次歌手大赛，芸笑着给了我一个迟来的台阶。

其实我们都很清楚，那天我就是单纯的紧张，没有任何别的原因。

很奇怪，当听到陈卓兴宣读完最后一个获奖名单，得知我没有获奖时，我居然长舒了一口气。我记得，我当时居然想起了去年初秋差点去上海报名参加全国歌手大赛的事。幸亏当时没有去，要真是去了，不但要缺课，浪费了差旅费，还要丢人。

暑假期间，我、刘房和刘帆去芸家里找芸玩儿时，我把我当时的心情告诉芸，芸惊呼说她没想到我是这么想的。稍后，她又仿佛是在自言自语地说：

"不管怎么说，做过了，就不后悔了，没做过才后悔呢。"

这种有感而发，显然不是针对我了。她针对的是她自己吧。果真是针对我有感而发，似乎应该这样说：不管怎么说，你还是参加了一次歌手比赛，多少还是满足了心里念念不忘的那个想头。

一九八五年的那个暑假，因了我们知道芸要离我们远去，我、刘房、刘帆、陈卓兴多次去芸家里找她玩儿。芸的家离新远民中有十五里路，我们是骑着自行车去的。到了芸家里，芸也骑上她的自行车跟我们一起出去。她家离一个镇子不远，我们就在镇上玩儿。有一天，芸忽然提议：

"老在我们镇上玩没意思，去你们乡上吧，我们可以去赵红秀家玩儿。"

这个提议颇有深意，刘帆听罢颇不自在。那天，陈卓兴没有去。

暑假这些天来，芸与刘帆的关系变得颇为特别。芸可以随便开刘帆的玩笑，但一贯骄傲的刘帆居然从来都没恼过。我偷偷问过刘房，难道是刘帆喜欢上芸了？不可否认，芸虽然外形没有优势，但其他许多方面都比一般的女孩强。刘房连连摇头。

"怎么可能？我哥好不容易读中专当了邮递员，成了国企员工，怎么可能跟芸谈恋爱呢？你又不是不知道，芸跟我们大家都一样，是农村户口。"

过去许多年后，我想明白了当时芸与刘帆的关系——大概恰恰是他们二人深知不可能成为男女朋友，相处反倒放松了，用现在的话讲，他们处成了闺蜜。

芸不知从哪里听说，刘帆喜欢赵红秀，这就是那天她提出这样

229

一个建议的原因。但刘帆矢口否认他喜欢赵红秀，反对芸的提议。芸认为刘帆这个反应只代表他喜欢装清高而已，他肯定是喜欢赵红秀的，本乡多少大男孩喜欢赵红秀啊。赵红秀是居民户口，那么多人喜欢，却只有英俊、作为国企员工的刘帆配得上她。芸好像执意要撮合刘帆与赵红秀了。

刘帆却还是反对。"要去你去！我不去！你去跟赵红秀好算了。"他这样怼芸。

最终还是芸的软磨硬缠，使刘帆答应了去赵红秀家。赵红秀那天坐在自家门口的井边洗衣服，对于我们的到来，她有点摸不着头脑。但她是个有教养的女孩，而且，她显然认识邮递员刘帆。她停下洗衣服的活计，专门陪我们聊天。我、刘房、芸很明确地看出来，赵红秀对刘帆是很有好感的。

我们在赵红秀家玩了整整一个下午才离开。在乡上的岔路口分别时，芸模仿那种年纪很大的女人的口气对刘帆说："把你交给赵红秀，我就放心去深圳了。"

让我难以理解的是，芸的话居然让刘帆生气了，都不跟芸打一声招呼，他率先骑车冲进了去往他家的岔路。我们还没回过神来呢，刘帆又骑回来了，大声冲芸吼道：

"我妈都不敢安排我去相亲，你倒是敢！"

十二

一九八五年暑假过后，我上初二了。很神奇的是，上一年蔓延在新远民中的师生对歌唱的集体迷恋突然不见了，再也不能轻易看到有人在非音乐课的课堂上唱歌。过去很多年后，我试着在心里寻找解释，我就拿我自己做参考。上了初二之后，我对写作的狂热远远超过唱歌，有一阵子，大概有两个多月吧，我完全没有收听过《每周一歌》，等有一天我去收听，居然一时无法准确调到正确的频道。我想，别人大概也跟我一样吧。只不过这次碰巧了，大家同时喜欢上了一件事，又同时对一件事丧失了兴趣。这中间，对这一集体事件发生作用的，是那个叫作氛围的东西。

一九八五年暑假过后，我的人生迈入了初中二年级。因为知道芸不会再在新远民中出现，因为知道我们的班主任老师将不再是看似凶悍实则对学生充满爱意的芸，因为对没有了芸而增加了不确定性的初二生活的畏惧，开学第一天，我拖拖拉拉最后一个到达学校。来到新教室的门外，我看到一个健硕的身影背对着教室门口。这不是芸吗？她没有去深圳，她留下来了，她还是我们的班主任，为什么没有去？为什么她留下来了？我欣喜若狂的脑子里飞快地闪过这些问题。这时芸转过身来，看到了我，她向我招了招手：

"这位同学，大家都到了，就你到得最晚，罚你今天放学后一个人打扫整间教室。"

熟悉的凶巴巴的脸，原汁原味的霸道，一切都回到了原样，我感觉到心里对未来的惶恐迅速遁于无形。我装作跟绝大多数学生那样跟芸很不熟的样子，装作很狼狈的样子，跑到自己的位置上坐下。在此期间，抬了一下头，正好与芸的目光相遇。她依然不动声色，但我可以确定地说，她的心里在向我笑。

要不了几年，我只需到了三十出头一点，就能知道芸为什么放弃了远行，回到了教室。是她与我们这些学生产生了感情，而远方

231

虽然美妙，但终究不能跟感情相比。是感情打败了向往，将芸留在了新远民中。而感情有时可能来自偶然，来自他人的设定，来自一些并不一定美妙的经历，但它，能超越这世上许多许多的事物。

"我是行李都打包了，船票都买好了，最后还是决定不走了。"二〇一五年，我回到老家参加芸孩子的婚礼，芸向我回顾当时她的心境，"我舍不得你们这些孩子啊，真是舍不得，就不走了。"看吧，我是懂她的。

芸结婚的时间，对照我们那边当时女孩子的普遍结婚时间，算是不早不晚，结婚的时候，她二十一岁。算起来，她与刘帆是恋爱了两年就结婚的——没错！刘帆是芸的爱人。也许从一九八四年的某个时候起，刘帆对芸就开始有感觉了，而芸呢，也许在一九八四年暑假过后她来到新远民中上课的第一天，在她越过教室的玻璃窗户看到外面骑行过来的邮递员刘帆，就对他一见钟情了，那首《无人的海边》果然是芸专门唱给刘帆听的？这是芸自己心里的秘密，也许，就算后来很快成为她爱人的刘帆，也不能让她敞开这个秘密吧。

从那个年代过来的人都该想象得到，刘帆与芸的恋爱会经历多少波折。最难突破的障碍来自身份。当年，刘帆是国企员工，芸是一个农村户口的女孩。按当时的国家政策，小孩生下来户口跟母亲而不跟父亲，所以，如果芸跟刘帆结婚，他们的孩子将是农村户口。在那个年代，农村户口与城镇居民户口，可是两种人生啊。刘帆好不容易初中考上邮电中专跳出了农门，他父母当然不想让刘帆的孩子重回农门。刘帆差点跟父母决裂。如此英俊的刘帆却找了如此不好看的芸，别人看他的眼光，像是看外星人。一度，芸与刘帆的婚姻是我们那边的奇闻。

刘帆和芸于一九八七年暑假期间结婚。那一年，芸刚刚转正为民办老师。那时候，民办老师就是民办老师，是不可能成为国家公职人员的。谁也没有想到，在芸三十多岁的时候，按照国家新出台的政策，芸转成了公办老师。这下芸与刘帆都是国家公职人员了，他们的孩子也可以转成居民户口了。而事实上，再过去几年，比如现在的二〇一九年，农村户口与城镇户口的差异越来越小，大家都对户籍这种东西已经不在意了。

当然了，后来落实国家政策转成公办教师的芸一度也被人羡慕过，羡慕她的主要是二十世纪八九十年代短暂在新远民中当过代课老师、离开学校后混得不如意的人。"如果我当时能坚持下来，就不会像现在这么……谁知道啊……"这是另一个话题了，不在这儿说了吧。

二〇一五年，我回老家参加芸与刘帆孩子的婚礼那次，芸与刘帆过来给我敬酒，刘帆第一句话就是："说起来，你和刘房算我们的媒人呢。你们两个人，当年就是个小不点儿，怎么就学会给人做媒了呢？真是人小鬼大啊。"

我们都笑了，不约而同地想起了那年弥漫在新远民中的歌唱氛围。那真是个有意思的年代啊。

心灵重镇

阿　七

月白色的墙面随时可以成为镜子。指尖轻触任何一处墙面，她就能在其上看到当时的自己。只要她想，就能把"镜子"里的图像保存下来，闲时慢慢地欣赏、把玩，还有吐槽。她非常闲。

闲，似乎是她的宿命。跟"镜子"们说话，看自己说话的视频回放，反复做这两件事情，简直可以视为她对宿命的抗争。

她对自己，以及自己单调的生活心存疑惑。在一个她保存下来的视频里，可以看到，她正躺在床上，皱着眉头，忧心忡忡地说话。

"我叫阿七。我今年十一岁。我有一个漂亮得不得了的家。里面最漂亮的房间，是我的卧室。看到了吗？喏！这就是我的卧室。"

她开始向镜头展示她的房间。这确实是一个美得甚至有点失真的房间。到处都亮晶晶的。床、枕头、灯具、床头的闹钟、那些个象形玩偶，所有的物品都在发光。

"它们都是镶了钻石的。其实我并不知道钻石是什么东西，是爸

234

爸让我知道钻石的价值。当然，这些物品上面的钻石，都是爸爸弄回来、亲手一粒一粒地镶上去的。我有一个非常爱我的爸爸。他会把世界上他认为我会喜欢的东西当作礼物送给我。他把讨我欢喜当成是他的使命！哈哈！使命……对！他认为我会喜欢钻石。"

在另外一个视频回放里，她在用那种带点崇拜的语气介绍她的爸爸。那是这房子的另一个房间，里面的物品井然有序的程度，能让人联想到表格文档。

"我的爸爸叫十三，他是一个非常美的人。"

她从这个房间里的一个方形台面上取走一个绯色相框，向镜头展示里面那个"非常美的人"。

如果不是因为她口中的"爸爸"这个称谓，仅以外貌论，相框里的这个人并不能被确定为男性。他没有喉结、胡须之类明显的男性第二性征。但也不能因此就说这是位女性。那些标志性的女性外部特征，这个人也没有。简单一句话，这是一个外表没有性特征的人。确实，他非常美。仿佛，他是被一台机器按人类所能想象的美的规范打造出来的。因为太美，他也显得不真实。

"我和爸爸十三是一年前认识的。这之前的十年里，我住在一个叫'蛹'的大型建筑里一间编号为'七'的格子房里。'蛹'里有十几个像我爸爸一样美的人，他们都叫我阿七。"她停了一下，嘟囔了一句，"我的名字来自房间号？"又过了一小会儿，她才接过自己的话茬，"在那十年里，我认识的人，几乎就只有他们。后来，爸爸出现了，他把我从'蛹'带到了现在这个房子里。我到这儿之后，很少去别的地方。也就是说，我人生的前十年住在'蛹'里，余下来的这最近一年，我住在这个房子里，这两个地方之外的任何地方，我几乎都没去过。"

以上这段话来自另一段视频回放。视频里的她已不在先前两个房间里。现在的这个空间比较开阔。无疑，它是这房子的客厅。这个视频里的她眉头皱得更紧了，脸上缀满了疑惑。她转过身去，来到这房子的大门处，她伸手抓住门把手，用力拧了一下，然后失望地转身面对镜头叹了口气。很显然，凭她的力气，是打不开门的。

"我的爸爸非常爱我。他想尽一切办法讨我欢喜，给我找来他认为我会喜欢的这世上最好的东西，悉心管理我的一日三餐，给我吃最有营养的食物。无论我多么任性，他都不会对我发脾气。我感觉得到，他对我的爱发自真心。但是奇怪得很啊，为什么先前，他和那些跟他长得几乎一样的人要把我关在那个叫'蛹'的地方？后来，又为什么要把我关在这儿？"

她眼睛里有了惊恐。

"八天前，那个叫皱纹的人告诉我，十三并不是我的爸爸，他是一个机器人。而我，是十三和他的那十几个同类培育出来的那种在生物学上被称为人类的人。先前我待了十年的那座叫'蛹'的房子，就是他们的培育基地。这儿，是爸爸的家，也……是我的家？皱纹还以一种确凿的语气告诉我：其实，我是爸爸领养的一个宠物。"

她眼里的惊恐变成了茫然。褐色的眼珠里仿佛装满了星云，它们在顺时针旋转，时而扩大，时而缩小，最后变成无数个你中有我、我中有你的环形旋涡。

"皱纹的意思是：我是一个宠物人，被一个名叫十三的机器人领养的宠物人。"

她离开客厅，向自己的房间走去。视频里她的背影越来越单薄、渺小。孤独感深深地嵌入这个还没长开的瘦小背影。

在她的卧室里，她坐在她的床上，手里拿着一个象形玩具。她开始生气地把玩具上镶嵌的钻石一粒一粒奋力地拔掉，向地上摔去。她整个人被悔恨的情绪扼住了。

"我不该一而再再而三地跟爸爸说，我总是待在这个房子里太孤独了，太无聊了，我快被孤独和无聊折磨疯了，这样，爸爸就不会产生去找一个弟弟或妹妹、哥哥或姐姐、叔叔或阿姨、爷爷或奶奶来陪我的念头。如果是这样，我就不会认识皱纹。如果不认识皱纹，我什么都不会知道。如果我什么都不知道，就什么都不会发生。我会和爸爸，我们永远地、安宁地生活在这个房子里。现在，似乎有什么东西变了。我能感觉到，我变了。"

皱　　纹

现在是八天前。十三拽着阿七的手穿过一条密封的长通道，走向一扇大门。在此期间，阿七总是左顾右盼，盯住笼罩着通道的环形屏障。可惜，它是不透明的，阿七无法看到屏障之外的世界。

阿七的生活里到处都是阻隔视野的屏障，在"蛹"里、在十三的或者说是她的房子里，都有同样的屏障阻止她看到二者之外的空间。阿七脑海里所有关于"蛹"和家之外的外部世界的画面，都来自想象，想象则来自视频。在"蛹"和现在的家中，同样月白色的墙面上，都可以随时播放事先保存下来的那些外部世界的图像：高山、大河、漫无涯际的绿色草地、暧昧的城市夜景……阿七看过很多。

237

十三和阿七的脚步现在停在了大门口。

"你确定想有一个弟弟或妹妹在家里陪你吗？也有可能，是一个哥哥或姐姐。不，叔叔、阿姨、爷爷或奶奶，都有可能。"十三温和地问阿七。他的声音是男声。这大概就是他是"爸爸"而不是"妈妈"的原因。

阿七想跟十三说，她并不确定。从来她都没有向十三要求过让他再带一个人回家来陪伴她，那只是十三自己觉得她有这种需要。其实阿七内心里最渴望的一件事情，是能去"蛹"和现在的家这二者之外的地方多走走。阿七觉得十三其实能洞悉她的真正需求，但他并不想带她去"蛹"和家之外的任何地方。给阿七找一个玩伴，其实是十三变相满足阿七真实心愿的一种方式。

"我确定，爸爸，我很确定！"

阿七听到自己很大声地回答十三。这个回答自然是违心的。站在门口的阿七此刻对那道门产生了好奇心。门后有什么？是她在墙上看到过的群山、河流与城市吗？阿七听到自己心里的提问。如果不那样回答十三，阿七怕十三马上拉着她的手原路返回。阿七现在迫切地想突破这扇门。

门被打开了。

阿七将永远不能忘记，接下来她是怎么被门里的那个世界震撼的。阿七跟着十三轻柔的脚步向门里走去，穿过一条不长的甬道，进入了一个螺旋形的走廊。螺旋形走廊所囊括的，是一个巨大的腔体。与腔体相比，此刻站在走廊上的阿七与十三像两只渺小的蚁类。阿七拽着十三的手不自觉地抠紧，像是担心自己一不小心掉入这腔体里去。掉进去会是什么样的情景？像一块陨石划破空旷无垠的夜

238

空，划啊划啊，然后不知所踪？阿七正自心惊胆战，突然响起震耳欲聋的声音。阿七赶紧捂住耳朵，紧闭起双眼。等她重新睁开眼，她看到先前包裹着腔体的即她所置身的这条螺旋形走廊的外部，现在被打开成了一间间大小均等的房间。总共有多少个房间？那根本就数不清楚。每一个房间却都很小，只有她和十三家中最小房间的二分之一那么大，却住了好几个人。现在，阿七看到所有房间里的所有人都扑到了房间与腔体之间的那道网格状护栏上，冲着阿七和十三呼喊、挥舞手臂。太多的声音汇集到一起，形成一股排山倒海的、听不清楚任何具体音节的声音的巨浪。就在阿七震惊得眼都不敢眨一下的时候，她忽然感到后背被人触碰了一下。阿七紧张地一转身，看到身后离她不到一米的最近的那个房间里，一个满脸皱纹的女人一只手推搡着她的几名室友，一只手使劲地从护栏的网格里伸出来，试图抓到她。阿七还看到这个女人竭尽所能发出最大的声音，在向她叫喊着什么，但是她的声音完全被声浪吞噬了。

"她在说什么？"阿七问十三，"她想跟我们说什么？爸爸，你快问问，她想说什么？"

十三没有按阿七的要求去问这个女人，他仿佛对一切都了然于胸，对一直跟在他和阿七身后、送他们进来的那个与他形貌逼似的机器人使了个眼色。这位名叫一一九的机器人随即向这个皱纹很多的女人看了一眼，点了点头。

现在，十三领着阿七，跟随一一九行走在螺旋形走廊里，不时打量近旁房间里的人类。

"你喜欢谁，就把他指出来。"十三吩咐阿七，"我们可以挑三个人，让他们出来，从里面选中你最喜欢的一个，带回家。"

不知过了多长时间，十三、阿七、一一九，以及包括皱纹在内的三个人类或非人类，进入了一个空无一物的房间。山呼海啸般的声浪被阻隔在隔音功能极佳的房门之外，现在这个清冷的空间显得特别安静。十三仔细打量与多皱女人站成一排的另外那两个人，二者皆为男性，都很与众不同。一个有着高加索人种最优异的形体、五官，头发却是浓黑的，浅褐色的皮肤上面没有一点瑕疵，他大概十七八岁；另一个，六七岁，是那种人类当中标准的智障者长相，他始终盯着自己的手掌，似笑非笑地自言自语。

"选我吧，你们选我吧，我是最值得你们选的人。"

多皱女人突然冲出候选者的队列，向十三和阿七靠近，使劲地推销自己。

事后，阿七得知，在她与十三到来之前，一一九已经提前告知这里所有的人类，当日将有一位机器人会带着他的宠物人前来这个叫作人类中心的巨型建筑里，遴选一名人类带走。看起来，成为一名机器人的宠物人，对这里的每一个人来说，都好像是件极好的事情。

现在，阿七看着这位积极主动的多皱女人。从站到人类中心内部的螺旋形走廊的第一刻起到进入这个空房间之前，阿七一口气看到了数不清的人类，这时分她还没有完全驱散心里的惊愕。所以，她看多皱女人时，目光是空洞的。多皱女人却只看到阿七在专注地凝视着她，她由此断定阿七才是她今天实现愿望的最好突破口。她冲到阿七面前，阿七甚至闻到了她身上的老年人特有的体臭。

"我会各种各样的表演，我可以每天表演给你看。每分每秒的表演都不一样，你想看什么，我就可以给你表演什么。我现在就表演给你看。"

多皱女人无须指令就卖力地表演起来。她先把一只脚举起来，单腿直立直到把那只脚掰到了她的脖子后。她应该至少有四十岁了，如此高龄却能做这么高难度的动作，是惹人惊叹的。她保持着这个动作，发现阿七和十三并无反应，旋即开始另一个表演。现在，她把舌头吐了出来，手指捻着舌尖慢慢地将舌尖拉到鼻尖上。发现阿七和十三仍然无动于衷，她苦闷地坐到地上思考了片刻，眼睛一亮。接下来，阿七看到的是一个蹦跳、匍匐、扭动无所不能的多动人，这些动作配合她分别完成了对豹子、蛇、孔雀等动物的模仿。

"我们回去吧。"阿七把目光从这位表演者身上移开，拉了拉十三的手指头。

"回去？"十三低下头来看着阿七，"你不打算把她带回去吗？她很有趣，你们一定可以相处得很愉快……你不喜欢她？那你也可以选另外两位中的一个。他们两个，你也不要？"

阿七在十三说这些话的时候，只是不时地拼命摇头。现在，她谁也不想要。那个多皱女人太聪明，给阿七带来一种莫可名状的不安。那个俊美的少年孤傲、寡言，深不可测，阿七担心与他天天待在同一个房子里终有一天会被他吓死。那个弱智的孩子倒是可爱，但阿七看出十三同样喜欢他，阿七怕把他带回去后原本一直专属于她的爱会被夺走。

"我想回家了。"阿七先自向门口走去。

十三便跟着也向外走。那个多皱女人气急败坏地看着阿七和十三的背影，目光里似要喷出火来。不过，她好像有了新的主意。

"等一下！"

阿七应着多皱女人的声音转过身来，看到这女人笑容可掬地站在原地，向她招手。

"过来！我有话跟你说。"

阿七看到多皱女人眼里闪着诡异的光，一种奇怪的感觉指引着阿七向她走去，十三拉她也没有拉住。阿七来到多皱女人面前，听到了多皱女人用只有阿七能听得到的音量快速说出来的那一番话：

"你脑子里肯定有很多关于自己的疑问，我能帮你解答。我现在告诉你，你是一个宠物人，你的爸爸是一个机器人。你只是他的一个宠物。如果你还想知道更多，就把我带回去。我们人类的故事，全在我脑子里，你想知道什么，我都可以告诉你。"

阿七没有把她带回去。这个自称为皱纹的女人不是阿七能信赖的人。

十　三

十三一动不动地站在一架银色微型飞行器旁。此刻它停在一个狭长的山谷中间一段相对宽敞的平坦之处。山和这谷地的表面，看不到任何植被，能看到的，只有黢黑的岩石和龟裂的褐色风化物。一场突如其来的核灾难之后，地球表面只用了几十年的时间就变成了这样一副样子。一个手指肚像指示灯一样由黄色跳到绿色，这说明十三身体所需要的电量已经充够。十三把脚从充电桩上移开，走入驾驶舱。太阳在他右上方六十度角的位置发出强光。按人类计算时间的方式，现在是下午四五点钟光景。机器人从人类手中接管地球之后，这种计时方式暂被沿用。

现在，十三手指触碰自动驾驶感应台，飞行器如离弦之箭冲向山谷上方的天空。等飞行器冲过最高的一个山峰，十三将它调整为水平飞行态势。阳光显得更加刺眼，十三别过头去，向舷窗下方眺望。明亮的阳光下，大地寂寥、静穆、苍凉。一座山背对太阳的那一侧形成一大片纯黑色的阴影，使它周遭的景物看着颇具荒诞效果。十三将目光收回，落到操控台面上。他要开始正式工作了。他手指在一个键区连续点了几下，飞行器底部一个盖子自动打开，紧接着，那个位置开始喷洒某种液体。

这就是十三的工作。十三是一名空气再造师。在眼下的机器人社会里，再造师是一种特别常见的职业，如同处于农耕文明时期的人类社会的农民，空气再造师、土壤再造师、水源再造师……被摧毁的地球迫切需要被重新塑造。不过，据十三了解，所有的再造师加起来，整个地球上也就一万多个机器人。空气再造师，只有五十名，十三是第十三名。

核化后的地球环境如此恶劣，十三和他的族群为什么不去别的星球建立社会？答案其实很简单：当下的机器人社会，跟人类文明结束前一样，仍然没有实现登陆月球之外的任何星球的愿望。

这其实是十三的推断。

在眼下的机器人社会里，十三是一个再普通不过的公民。从前的人类社会里，越高级别的阶层越能占有更多的资源，比如金钱。机器人社会，等级越高，功能设置就越优质，数据库里存贮的信息就越多。十三最多属于劳动者阶层中境况较好的那一类公民，总体讲仍然是底层，十三这个阶层的机器人数据存量有限。

一万多个机器人中，有一万个机器人被固定设置到十三这个阶层，剩下的零头，确切数目十三无从知道。既然金字塔结构是阶级社会最完美的设置，那么，这"零头"可能就是几百个机器人。机器人社会没有阶级提升的可能，这是他们与人类社会不同的一点。从出厂的第一刻，他们在社会上的层级就已固定。

现在，十三从他的数据库里调出了一首舒缓的乐曲，是莫扎特的《安魂曲》。要不是有播放记录，十三不能相信他已将这首曲子听了几万遍。也难怪，十三的数据库里只存在三首曲子，除了《安魂曲》，还有两首是贝多芬的《欢乐颂》和舒曼的《梦幻曲》。

按自身系统的提示，十三工作时首选播放的音乐是《欢乐颂》，但十三不顾系统提示，最近在工作时都选择听《安魂曲》。近几年来，有一种病毒在机器人之间传播。据说，只要传染上这种病毒的机器人，就会痴迷于自杀。

自杀对机器人来说既容易，也不容易。

现有的机器人被极其刻意地设计成必须及时充电才能存活。如果机器人断电后在规定时间里未及时充电，就会报废。若想自杀，就找一个既没有充电桩又无法获得备用电池的隐蔽处，静静等待电量耗光。所以，机器人想自杀是容易的。

这个病毒流行后的几年里，有几百个机器人用这种方法自杀，成功者却很少。原因在于，机器人社会专门设有一种医生，他们每天的工作，就是探查那些因断电而休眠在某处的机器人，找到后及时为其充电。所以，机器人的自杀也是不容易的。

这种既易又难的自杀方法，揭示了一个事实：那几百个有过自杀行为的机器人，他们的自杀之意并不决绝。

如果够决绝，办法多的是。譬如十三，若真想自杀，完全可以

244

工作时从飞机上跳下来。粉身碎骨是最彻底了断自我的方法。机器人也有热爱生命的本能啊，跟人类一样。

事实正是如此，特别是十三所处阶层的机器人，都兢兢业业地活着，为了能够顺利地生存下来，按照他们自身程序的设定，每天干满八个小时的工作量以便挣到足够的充电机会。

十三和他的机器人朋友们一样，是多么怕染上自杀病毒啊，不幸的是，去年这个时候，十三发现自己染上了它。

统计数据表明，感染自杀病毒的，几乎都来自十三这一阶层。

幸运的是，这种病毒并不是无药可治。

"蛹"里面的宠物人，就是抗击该病毒的特效药。宠物人之所以能成为该病毒的特效"药"，是因为机器人的根本缺陷：机器人没有心灵。人类最大的长项是他们拥有一种叫心灵的东西。这东西看不见，摸不着，但可以感知。它能给人类带来丰沛的情感，表现为多变的情绪和丰富的表情、动作。宠物人基因中的愤怒、悲伤、仇恨等负面情绪已尽可能地被剔除，因此，他们有极强的愉悦机器人的能力。宠物人的存在，可以让机器人愉悦，只要有愉悦存在于身体里，病毒就会自动休眠，药理就在于此。

不幸的是，得到一个宠物人，必须付出高昂的代价。购买阿七后的这一年来，十三不得不让自己原本每天工作八小时、休息十六小时，每周休息两天的生活规律改为一周只休息八小时，此外的时间全部用于工作。

一个未经证实的传言，说那病毒是上流社会里的某些机器人想出来的歪点子。当然，在他们那个阶层的人看来，可能是金点子。先前，宠物人在机器人社会完全是作为奢侈品存在的，虽然价格昂贵，但十三这样的劳动者根本没有购买他们的必要，所以再昂贵也跟十三他们这些普通阶层的机器人无关。大概是作为宠物人生产商的那些机器人不满足于宠物人作为奢侈品带来的微弱销量，为了提高销量，只能为机器人社会的大多数——十三他们这样的劳动者——输入使用宠物人的必要性，那病毒便应运而生。

应该指出的是，如果染了病毒的机器人不愿意购买宠物人，那他很快就会自杀成功，这样的结果，违背病毒研发者与制造者的初衷。但是这没关系，机器人社会正好需要控制人口，那些选择任由该病毒在身体发作的机器人，就成为机器人社会调节人口数量的牺牲品。这病毒居然附带了调节人口的作用……照此推测，这病毒难道是最上层的机器人团队研发出来的？可能，亦不可能，万物万事皆有虚玄和迷障。

有一点可以确定，奢侈品之所以能成为奢侈品，定有其与众不同之处。宠物人之所以一度在机器人上流社会中流行，而不是像人类中心的那些自然人一样被机器人嫌弃，自是因为他们身上没有自然人还保有的那些劣质品性。有了阿七后的这一年来，十三逐渐爱上了阿七。他对阿七的宠爱，不可用言语来描述，他只知道，阿七要什么，他都竭尽自己所能满足他。阿七想要看到更多的外面的世界，这个十三无法办到，因为核化后的地球上的空气，分分钟就能把阿七杀死。但十三在得到程序提醒阿七有想找一个玩伴的心愿后，第一时间就决定带阿七去人类中心替阿七选择一个玩伴。

哪怕，十三深知，人类中心里的那些自然人是危险的。哪怕，十三很清楚，阿七只要一涉足人类中心，就有可能被污染。"蛹"里培植出来的人，不但在培植前已经进行了基因优化，为了确保他们的愉人功能，出生后到售出前的那段时间里，他们也会被禁止与别的任何物种接触，以确保他们的内心和头脑洁净。用宠物人生产商的话说，被污染的宠物人就和自然人没有区别了，也不再有价值。当然，宠物人售出后是否被污染，那不关生产商的事，宠物人的主人有决定宠物人是否被污染的权力，至于被污染后所产生的问题，生产商概不负责，谁叫主人本人不遵守宠物人使用说明书里的守则，要让宠物人去承担被污染的风险比如带宠物人去人类中心呢？是的，宠物人使用说明书里的第一条警告就是：

切勿带宠物人去人类中心，如因此被自然人污染，概不负责。

如果十三不是一个普通机器人就好了，如果十三的身份再高贵一点，哪怕只是高一个层级，他也许就有能力去"蛹"那里再给阿七买一个宠物人回来。以十三目前的能力，他做不到这一点。目前，他只能去人类中心选一个在机器人看来比宠物人劣质的自然人，来做阿七的玩伴，那些自然人，价格比宠物人低廉许多。

四　　十

人类中心里这个空旷无比的大房间专门用来接待机器人和他们的宠物人。每个月，都有几个机器人来到人类中心为他们的宠物人在这里的人类中选一个玩伴。他们通常单独过来挑选，个别机器人更宠爱自己的宠物人，会带着宠物人一起来。

一个机器人出于为自己的宠物人挑选玩伴的目的来人类中心，大多会来多次。这是一个必须慎重的决定。有不那么慎重的，来一次，就把人选走。这种情况很少。通常，不慎重的恶果很快就会出现：要不了几天，他们选走的人就会被退回人类中心。

每一个跟着主人来人类中心挑选玩伴的宠物人，都可能在这里迅速被污染。污染的程度，全看他们自己的运气。人类中心里多的是像皱纹这种渴望逃离此处的诡计多端的人，他们中的有些人，如果没有如愿以偿被机器人选走，马上会采取报复行动。"我得不到，你们也别想得到。"当时他们就是这么想的。报复的方式很简单，只要把关于这个世界的庞杂真相告诉没被污染的宠物人哪怕只是一点点，就足以打破那个宠物人内心世界的宁静。此后，他们可能会对自己的主人产生厌恶感，可能会对装满了自己同类的人类中心产生好感，主动要求离开主人的房子，来到人类中心生活，最终死于人类中心无所不在的残酷争斗；亦有可能，因为不能接受自己被机器人当作宠物的事实，而选择自杀。

现在走进这空旷大房间的，是那天被十三和阿七作为候选对象带进来的那个少年和人类中心的最高管理者——那个名叫一一九的机器人。一一九把少年带进来之后，就走出房间，来到螺旋形走廊继续巡视。人类中心十分巨大，但只需十一名机器人管理，原因仅仅只是，离开了人类中心，人类绝无存活的可能。

皱纹今天没有被带进来。她刚刚被那个低智男童杀死。低智男童则刚被一一九杀死。

低智男童谋杀的动机自然也很简单：消灭一个竞争对手。

过程很简单，一一九领着皱纹、少年和低智男童穿行在螺旋形走廊去往这个房间时，低智男童突然出手，将皱纹推下走廊。伴随着惨叫声，皱纹被那庞大、深邃的腔体吸了进去。

在人类中心，如果硬要列举几件寻常之事，死是其中之一。所以，没有人在意这起刚刚发生的谋杀案。走在低智男童和少年前面的一一九，甚至都没有因为突然出现的惨叫声回一下头。

不过，他停了下来，背对着低智男童，伸出手来，将其推入腔体。

这明亮、寂静的房间里，少年正在回想刚才的两幕。按照一一九的吩咐，他还要在这儿等几分钟。在阿七的要求下决定再次前往人类中心的阿七和十三，此刻正在来到此处的飞行器上。因为今天没有竞争对手，少年在十三和阿七没有到来的这段时间里难得有机会放松心情，回想自己的某些过往。

往前推七八年，他也是"蛹"里一个待售的宠物人，他当时住在四十号房间里，自然就叫作四十。这之后的几年里，四十被一名在机器人社会应该阶层较高的机器人购买，并和他一起住在一幢漂亮的房子里。有一天，主人发现了四十身上出现了性特征，主人几乎是不假思索地就对四十进行了化学阉割。

无论主人后来多么宠爱四十，都无法让四十不厌恶主人和那幢封闭的、看不到外面世界的漂亮房子。四十来到人类中心是一件必然的事。他再也不会取悦主人，主人终究失去了耐心。

人类中心里，被机器人主人遗弃的前宠物人，还存活着的，不止四十一个人。

四十并不认为他有被另一个机器人收养的必要。他不相信再次被收养后，不会再次被送回人类中心，这样的事情发生得太多了。如果十三这次真的要将他带走，他会拒绝。

一一九

　　一一九站在螺旋形走廊里，他身后的房间里，传出响亮而嘈杂的人类的声音。一一九所处的层级比十三他们那一万个机器人要高一级。界定机器人阶层的不同，主要看他们内部的芯片设置，还有其他，比如，到了某一个级别的机器人，就不需要靠充电桩充电，当然还有更多不为人知的设计。一一九被设置成比十三他们性能更适合当管理员的机器人，比如，一一九的听力远超过十三他们。十三他们被设计成性能更适应被掌控的机器人，他们的听力被设置成与人类相当。一一九的听力，被设置成可以听清五百米以内人类的说话声，哪怕是人类之间的耳语。现在，一一九听到一个人在说人类与机器人之间发生的某些事情。他是这样说的：

　　"最新消息，最新消息，我也是刚知道的，你们过来，我说给你们听。"

　　一一九保持背对着那个房间的姿势，暗暗调试自己手心的听力按钮，对这个人的声音进行锁定，而后将自己体内的内置扩音功能调到最大。那个人像是刚刚得知宇宙并非起源于一场大爆炸这样的新闻，在用一种按捺不住兴奋的急促语气说道：

　　"原来，我们人类并没有真的被机器人打败。事实上，当前世界上的这些机器人，都是被另一拨人类控制的。这一拨人类，现在住在海平面下面的一艘超级潜艇里。潜艇里，有他们所控制的机器人中最聪明的一个，而这个机器人一直充当着地球上所有机器人的主机的角色。"

一一九鄙夷地笑了。类似的说法，他不止一次听过。这大概是人类中心里流传最广泛的一个传说了。一一九不用听也能猜到，接下来，这个人会说类似这样的话：

"机器人社会的顶层，有三个人。这三个人，是机器人中存有信息最多的。机器人不是按信息存量的多寡来决定聪明程度，而聪明程度又决定他们的等级吗？那三个人，是机器人世界里的顶层管理者。当然，这些信息，是海底潜艇里那个机器人分配到他们三者身上的。为了防止机器人社会被单个机器人独裁，被分配到那三名机器人身上的等量的信息中，有绝少一部分信息，是不重合的。而这不重合的部分，恰是这个宇宙的最高机密。由于这些最高机密被分成三个部分被三人掌握，三个人不得不平起平坐，共同管理机器人世界。当然，海底潜艇中那个作为全体机器人主机的机器人，身上存有全部的宇宙最高机密。"

有一次，一一九还听到了更夸张的说法：

"我们当然知道，机器人上层为了控制下层的机器人，发明了很多办法。其中一个办法，就是研制并向机器人社会投放病毒。据说，两个关系很好的机器人一度发现了他们的上层用病毒控制他们以便把他们当奴隶使的秘密。这两个机器人一番密谋之后，想出了一个解决办法。这个办法，就是去控制那三个机器人。他们也做到了。当然，如你所知，控制了那三个机器人之后，他们也由此知道了原来还有一个更聪明的机器人，他在海中那个超级潜艇里被人类当成人质。这个新得到的信息让他们进一步知道，要想解决病毒这个问题，必须去往那艘海中潜艇，找到人类首脑，要他们通过那个最聪明的机器人向机器人世界传输杀毒程序。这两个朋友果然去寻找那艘超级潜艇了，居然还被他们找到了。但是，找到了并不等于能如愿以偿让超级潜艇里的人类首脑答应他们的要求啊。这个时候，他们发现，人类首脑中最大的那个首脑，居然是机器人社会里那些宠物人的精子提供者，也就是说，机器人社会里，散落着他的许多子孙。这个发现给了两个机器人灵感，他们找来了一堆宠物人，将他们带到超级潜艇里那个人类首脑中的最大首脑面前。可谁知道，又有新的情况发生了，原来，让最大首脑成为精子提供者，是他最亲密的幕僚的一种设计，至于为什么做这种设计，且听我慢慢道来……"

一一九不再想听下去了，他知道这个人会源源不断地说下去。人类中心苦闷无比，无尽的岁月让这里面的人个个变得想象力超群，他们最大可能地发挥各自的脑力，编造了一个又一个关于他们自己过去和未来的故事，当然，故事中的一些，与他们这些机器人有关。

故事是不是真的，对这个巨大隔离物里的人类来说，已经不重要。他们需要故事，这一点，才是重要的。

手掌上一个负责警报功能的指示灯亮了一下，一一九知道那个叫十三的可怜的染了病毒的机器人，和他的爱宠——那个一个月前刚刚受了些许污染的宠物人，他们的飞行器已经停在了人类中心的外面。现在，他们正等着他过去，领着他们走过幽闭的甬道，来到这儿。

食　物

死亡是世界对人类的一种羞辱方式，为了反抗这种羞辱，人类

252

发明了时间，用来鞭策自己。从原理上讲，机器人可以永生，他们可以抛弃人类最珍视的这一发明，但是并没有，反而他们行事有着极其明确的时间概念。

分秒不差，时间刚好到达约定的时刻，十三和阿七到达人类中心。现在，一一九领着十三和阿七穿过幽闭的甬道，来到那个空阔的房间。那儿，叫四十的少年正深沉地枯坐在大理石材质的长桌后。桌上一个硕大精美的果盘，四十呆呆地看着它。

果盘里盛有十几样水果：葡萄、苹果、桂圆、芒果、荔枝、山竹……四十很久没有吃过水果了，被送至人类中心后，再没吃过。水果，是如今世界上最奢侈的食物之一——比钻石珍贵多了，在眼下的机器人社会，钻石不比大地上的任何石头有价值——在四十还是宠物人时，四十的主人让他吃过几次水果。对水果的记忆，是一抹藏在四十脑海深处的甜香。原以为整个人类中心里，就只有令人难以下咽的食物，没承想，四十却在身为管理员的机器人一一九的房间里与水果重逢。这说明在当下的世界里，生物学上的人类，地位在机器人社会最低层级之下。这是一个机器人主宰的世界，一个被机器人操控的世界，一个机器人决定着"原人"的世界。——出于提高交流效率的需要，机器人内部将生物学上的人类简略地称作"原人"。

这些道理，在"原人"的内部是常识，四十当然清楚地知道。四十深知自己的不堪地位，在一一九离开房间的这段时间，他凝视着这些水果，心潮澎湃。未得到机器人的允许擅自行动，会受到惩罚。最严厉的惩罚，是被推入腔体——这个去往极乐世界的通道。

看透一切的少年四十，却从不认为遵守机器人制定的规则有何必要。在人类中心待得愈久，他就愈将生死置之度外。在一一九领着十三和阿七进入房间之前，四十从容地伸出手，选中果盘里的那只苹果，动作优美地将它送到嘴边。唇齿接触到苹果，四十愣住了。这是一只可以以假乱真的硅胶苹果。

机器人不需要吃东西，这些水果，只是一一九的摆设而已。四十这时才明白这一点。当然，四十是到了人类中心之后，才得到机器人不吃东西这一认知的。四十缓缓将苹果送回果盘，看着苹果身体上的齿痕慢慢消失，就在这时，一一九他们进来了。

"你好！"不是这儿的管理者一一九，而是阿七——这个在四十看来满眼好奇的小女孩率先说话了——礼貌而兴奋地向四十打招呼，"又见到你了！"

四十懒得理会阿七。他在人类中心不是没有遇到过阿七这样的小孩。小男孩、小女孩，他们在专属于自己的遗弃日到达人类中心时，是一个个好奇心强烈的孩子。等他们在复杂、险恶的人类中心待过一阵子之后，等到他们发现自己此后只能待在复杂、险恶、人满为患的人类中心后，那个叫作好奇心的东西，会彻底从他们身体里消失。

"上次你们是三个人见的我，不是吗？"阿七问道，"那位……老奶奶呢？"

四十散乱的目光落定到阿七脸上。不知为何，他觉得阿七的这个问题冒犯了他。他答非所问："你想吃什么？苹果，还是葡萄？还是……"他指着桌上的果盘，冷冷地问阿七。

"你先告诉我，老奶奶去了哪儿。"阿七撒起娇来。她在家中跟十三撒惯了娇，在她的意识里，她跟任何人撒娇都没问题。

"你是说那个生前是瑜伽师的老奶奶?"四十深沉地问。

"她是瑜伽师?什么叫瑜伽师?"阿七天真地激动起来。这激动显然来自对瑜伽师这个职业的好奇。不过,阿七迅速意识到刚才四十那句话里更重要的一个信息。"你刚才说什么?生前?她……死了?"

四十迎接着阿七脸上转瞬即逝的笑容,点了点头。

阿七愣住了,将脸转向一一九,用目光求证。一一九面无表情。在阿七看来,这就是默认。阿七目光里先前一直闪烁的那团火不见了。今天,到达人类中心之前,她心怀忐忑,怕遇到皱纹,怕皱纹再向她强塞那些她不愿知道的信息。真正进入人类中心之后,她却急不可耐地想见到皱纹,想与皱纹进行未完的交谈。我真的是宠物人吗?真的是机器人十三收养的一个宠物人吗?她迫切想知道答案。

今天,她央求十三再次带她来人类中心,并非为了重复上次的行为——为她自己物色一个玩伴。她真正的动机,是找到皱纹,向她确认自己到底是不是宠物人。

"我知道她对你说了什么。"四十站到阿七身边,对她耳语。

说这话的四十,是一个比皱纹还要狡黠的人。仿佛,狡黠才是四十身体里最本质的东西,那副酷酷的、与世无争的样子,是他竭力伪装出来的假象。

阿七眼睛里那团火又亮了。对呀!皱纹知道的,这里的人们一定都知道,皱纹死了,但那些她想知道的故事,那些这里的人们共享的故事,并没有死。问眼前这个大男孩,不也一样吗?

"我吃。"阿七讨好地对四十说。她决定听从四十的指令,以交换他嘴里的信息。

四十却抓住了她伸向果盘的手。"我没说让你吃，我说的是——让他吃。你拿给他，他吃。"四十用另一只手指了指十三，同时，更加靠近阿七，"只要他吃，你马上就会知道，你到底是不是宠物人。"他更加小声地对阿七耳语。

　　他果真知道皱纹跟我说过什么！阿七凝视四十，心中的惊骇变成了一团模糊不清的东西。这东西很丰富，不能一言以蔽之。这就是所谓的感染——原本心性简单至极的阿七正慢慢滑向一个复杂的情绪综合体。

　　"你怎么不吃？"四十去敦促十三了。

　　阿七也去看十三，好奇地问："爸爸，你会照他说的……'吃'吗？"

　　吃，始终是阿七与十三之间的一个话题。机器人是不需要进食的，他们没有人类的消化系统，也不需要有。他们外观上跟人类一模一样，内部构造依阶层不同有区别，但不管他们之间内部构造的差别大小，都不可能跟人类有任何相似之处。人类需要进食，他们不需要，那么，他们又如何让人类认为他们跟自己是同类呢？对人类中心的人类，他们没办法做到。但对宠物人，他们做得到。很简单，宠物人一出生，就被教育：人类在进食这件事情上分为两类，需要进食的人和不需要进食的人。阿七是需要进食的一类人，十三是不需要进食的一类人，这就是阿七直到现在还保有的认知。

　　现在，阿七提出质疑："爸爸，你是不需要吃东西的人啊。"

　　十三和一一九面面相觑。此时，十三才洞悉到，面前的这个少年，心里揣着某个阴谋。一一九听得到人类的耳语，十三听不到，所以，十三先前不知道四十到底对阿七说了什么，自然也无法洞悉四十的诡诈。如果知道四十如此诡诈，十三也不会静静地站在一旁，放任他与阿七密谈。

一一九先前自然听到了四十对阿七的耳语，对四十的诡诈了然于心。他只是为了配合十三，没有做出任何反应而已。事实上，一一九在非同类面前，随时可以充当一下冷酷的杀手。机器人在出厂前都进行了基本的性格设置，像十三，他的性格基调就被设置成温柔，一一九的主体性格则是冷酷。现在，一一九用深邃的目光看着十三，他能看得到十三此刻的全部心理活动。

是啊！温柔的机器人十三现在已经意识到四十的阴谋是什么了——四十想向阿七戳穿她是宠物人的事实，想戳穿十三是机器人的事实，想戳穿阿七和十三并非同一种人的事实。一个机器人在收养宠物人后，几乎都会选择竭力维持他们是同一种人的假象，因为他们深知，人类曾是世界上最骄傲的生物，一旦他们得知自己是机器人的宠物，会无法接受，机器人再想与他们保持亲近的关系，怕是很难。一般的机器人，都不愿冒这个险。

"你会吃吗，还是我现在就杀了他们？"看穿十三的一一九，故作无意地将手搭在十三肩上。十三立即接收到一一九传输给他的这段信息。

无论四十还是阿七，都是一一九可以随意杀戮的被管理对象。尽管，形式上，阿七现在还是十三的私人物品，一一九并没有处置同类的私人物品的权力。人类中心太多人的生杀大权掌握在一一九手上，使这个冷酷的机器人潜意识中会认为自己有权决定所有"原人"的生死。

十三推开了一一九，同时在与其接触的刹那，将自己的回应传

257

输给一一九。"我不许你杀他们。"

"那你打算怎么应付他们无礼的刁难?"一一九冷笑着再次拍拍十三的肩。他对同类尚算友好。当下机器人世界的创世人设定了机器人之间不得自相残杀的规则。如果不是这样,以一一九的基本性格,他已经对十三动了千万次杀意。一一九打心眼儿里瞧不起那类被宠物人绑架了情感的机器人。

一一九的问题,也正是四十心里的疑问。事实上,四十已经对此急不可耐了。"这世界并没有不用吃东西的人,只要是人,就必须吃东西。不需要吃东西的,根本就不是人类,甚至连生物都不是。不是吗?猫啊狗啊鸟啊虫啊都吃东西,只要是生物,都需要吃东西。"

阿七震惊地看着四十。"不是你说的这样,人可以吃东西,也可以不吃东西。不吃东西的是一种人,吃东西的是另一种人。你连这个都不懂吗?"阿七说着说着就不高兴了。她走到十三身边,紧紧倚靠着后者,反感地看着四十。"你这个人,太无礼了。你让我爸爸吃东西,本来就是无礼。我还以为你是想让我爸爸表演吃东西。在家里,他确实向我表演过吃东西。我还以为是这样,就答应了你。没想到你来了这么一段歪理邪说。算了!我什么也不想知道了。"阿七拉了拉十三的手,"爸爸,我们回去吧,赶紧回去吧。这个地方太可怕了。"

"你怕了?"四十嘲讽地瞪着阿七,"真相就在这里,就在你的眼前,你怕了?你就想像以前一样,活在你的机器主人给你精心设计的谎言里,就想掩耳盗铃地活着吗?我告诉你,你已经做不到了。你今天重新来到这儿,就说明你内心里是想知道一切的。就算你今天因为害怕逃回去，已经种到你心里的好奇，很快还会把你带回到这儿来。"

"别说了！不许你再说了！"阿七惊恐地哭泣着，用力拉着十三往屋外逃去。

四十突然扑向十三，咬住了十三的胳膊。他咬得十分用力。十三当然是感觉不到疼痛的。待十三意识到要装出疼痛的样子，四十的嘴已经脱离了十三的胳膊。

"你看好了，我咬坏了他的手，但是，他并没有流血。"为防止十三揍他，四十跳开一步，指着十三胳膊上被咬伤的部位，冲阿七嚷嚷。

阿七飞快地抱住十三的胳膊，看着那咬痕。她的眼睛里面开始聚集海量的惶恐和不安。"爸爸，你真的是……不！"她忽然跑到四十面前，给了他一记耳光，"我不知道你想告诉我什么，但我现在告诉你，人分为两种，一种是会流血的人，一种是不会流血的人。"

四十大笑。"可怜的孩子！这可不是你的主人灌输给你的思想，我确定。为什么呢？因为，我也当过宠物人。人分为流血的和不流血的，是你此时此刻为了欺骗自己临时编出的屁话。此时此刻，就连你自己，也不信这话吧？"

被拆穿的阿七心里稀少的悲伤和愤怒的情绪被激发了出来，她捂住眼睛，伤心地哭泣。"我不想听，我不想看，你不要再说了。"她忽又停止了哭泣，"爸爸！他说得不对！不是吗？你不是机器人，我不是你收养的宠物，对吗？"

十三无措地看着阿七。他能理解阿七此刻的感受。一个被娇生惯养的孩子，突然有一天获知，她只是一个宠物，附属于某个机器人的宠物，这无疑是一个晴天霹雳。十三深刻地意识到，这一刻，他与阿七的关系，有可能即将发生质的转变。他不要这种转变，不要阿七在这一刻之后对他产生嫌隙，他必须维护他们此前那种亲密无间的关系。

"我会吃东西！我可以吃东西，我证明给你看。"十三语无伦次地对阿七说道。

他已经因为慌乱，忘记了如果他去吃东西，就证明以前在进食这件事上，他对阿七扯了谎。他对阿七扯了这谎，就间接证明四十现在所戳穿的，正是事实。他已经因为担心失去阿七，而恐慌到失去简单逻辑能力的地步了。一个机器人，逻辑能力本来是他的强项。

现在，这个暂时失去逻辑能力的机器人，忙不迭地从果盘里抓取了先前四十咬过的那只苹果，快速啃食。他的牙齿非常有力量，一口，就切割掉一块"果肉"。慌乱使他忘了看一眼被咬的苹果。他没有味觉的口腔里的牙、舌、腔壁，开始合力做出咀嚼、蠕动的动作。

"好吃！真的太好吃了！甜！真甜！"

"甜吗？"四十冷笑着反问十三。

十三这才意识到不对劲，低头看了一眼手中这只残缺的苹果，这才意识到他口腔里是一块硅胶。他却已经把它"咽"下去了。当然，他并没有咽部，吞咽这种对人类来说极其容易的动作，对他来说非常艰难。就在前一刻，他几乎集中了全身力量，才将那块硅胶吸到了口腔之下他身体内部的某个空隙里。吸进去的同时，他还在想，过会儿他该怎样把这块东西从身体里弄出来。要知道，异物进入身体，对一个机器人来说，是一件十分危险的事。很有可能，这块异物，会瞬间导致机器人系统崩溃。

一一九，这个十三的同类，担忧地看着十三。"你到底在干什么？"一一九过来拍打十三的背，"赶紧低头，张嘴，我帮你将里面的东西拍出来。"他向十三传输这样的意思。

十三拒绝了一一九的好意。他躲开一一九，固执地看向阿七。令人最不想接受的事情发生了，阿七从他手里抢过那只残缺的苹果，瞪着那咬痕。阿七眼里的悲哀显而易见。

"这不是真的苹果，你却说它好吃。"阿七悲哀地啜泣着，难过地看着十三，"你是个骗子！你一直在骗我。原来，我真的就是你的一个宠物。"

说完，阿七向房间外跑去。四十见状立即追向阿七。等十三反应过来，阿七和四十已经跑出房间了，十三忙追了上去。他的步速，远远超过阿七和四十这样的"原人"。所以，三两步他就跑到了阿七和四十身后。这时，他们已经跑到螺旋形走廊上。十三伸出手来，要将阿七抓住，但他感到，身后一双有力的手控制住了他。是一一九。他不允许十三追上阿七。这个冷酷的机器人已经看清了十三与阿七的某种宿命——被污染的阿七，会给十三带来灾难。

出于维护同类安全的考虑，一一九必须让阿七进入人类中心，成为其中的一员。

十三花了长达数分钟的时间，与一一九撕扯、推搡、搏击，在此期间，他咳掉了身体空隙里的那块硅胶。终究，十三摆脱了一一九。这之后，十三向着阿七和四十先前奔行的方向追去。十三的眼前，只有螺旋形走廊周围那些房间及房间里躁动的人类，哪里还有阿七的影子。

261

心灵重镇

阿七与四十屏息静气地躲在一个钢质雕塑之后，同时，这里也是摄像装置的死角区。人类中心到处隐藏着摄像装置，有的甚至隐藏在管理员的掌心里。

这是人类中心内部外沿的某个所在。人类中心有两个螺旋形走廊，一个在内部，一个在外沿。眼下，阿七与四十所置身的这一个螺旋形走廊的外侧，是一圈透明的钢化玻璃。透过玻璃，能看到外面的天空和大地。阿七紧盯着玻璃，眼珠子根本就转不动了。她从来没有真正看到过外面的世界。震惊如她，甚至没有发现追奔而来的十三。

十三在雕塑旁停了一下，迅速离开了。他没有意识到，阿七和四十就躲在雕塑后。四十却看到十三从这儿跑过。不过，他眼下最大的意愿，是不让十三找到阿七，理所当然，十三在雕塑旁逗留时，四十没有提醒阿七将目光从玻璃上挪开。他甚至轻悄地移动了一下身体，适时地挡住了阿七可能看向雕塑另一侧的十三的目光。

"原来世界真的像那些视频里的一样，那么辽阔啊。"阿七的目光牢牢地粘在玻璃上，她在用记忆中视频里的那些天空、大地，来核对着玻璃墙之外的世界。她持久地向外张望，喃喃自语。她眼睛里那团叫作"好奇"的火焰，现在变成了一团火球。"我好想去外面看看。"

四十面带讥讽地默默看着阿七，仿佛看到了来到人类中心第一天的自己。那一天之前，世界就只有他与主人的房间那么大，而在

262

那一天，他知道了世界除了"蛹"、他与主人的房子这两幢建筑外，还有最后载他前往人类中心的那架飞行器中的狭小空间——如十三一样，四十的主人为了防止四十看到外面的世界，那天把飞行器客舱窗户上不透光的挡板都拉下了，并将四十单独关在客舱里，他自己则独自在驾驶室。后来，四十被主人遗弃在了人类中心，那一天之后，四十才知道，人类中心玻璃外墙外面的世界如此广袤无垠。

"你不可能去外面，就死了这条心吧。"四十讥诮地说。

"为什么不能去外面？"阿七眼睛里的火团内部嵌入了哀伤。

面对这个与当初的自己一样无知的小女孩，四十内心言说的冲动被大量激活。他想将他在人类中心获知的一切一股脑儿地告诉阿七，但这需要太多时间。四十忍住说话欲，心里产生一个意愿：留下这个无知的小孩。

必须说，四十此前对阿七所做的一切，是源于对阿七的嫉妒和想捉弄阿七的冲动，也源于对他无趣生命的抗争。它是非理性的。现在，四十对阿七有了一个深刻的理性动机。不仅如此，四十脑海中甚至闪过一个念头：把她培养成我的宠物。

怎么不可以？人类连做机器人的宠物都可以，成为彼此的宠物，再可以不过。

"只要你愿意留在这里，我就告诉你为什么我们不能去外面。我不但会告诉你我们为什么不能去外面，我还会告诉你很多很多的事情。不！我每天都会给你讲故事，不停地给你讲故事，给你讲千千万万个故事。只要你留在这儿，我会让你的生活变得非常有趣。你再也不会无聊到要到这儿找一个人带回去做伴。这儿的所有人，都可以跟你做伴。你再也不可能无聊。无聊这种东西，会永远跟你绝缘。"

作为一个过来人，四十怎么可能不了解阿七眼下最迫切的心理需求？阿七眼下最厌恶的，就是孤独和无聊。在她的认知里，这个世界上最痛苦的事情，莫过于孤独和无聊。一如四十所料，阿七兴奋地看着四十，激动地说："真的吗？只要我留在这儿，你每天都会给我讲故事？"

四十慎重地点点头。

就在这时，他们听到了由远及近的脚步声，紧接着，他们偷眼看到，先前的来路上，出现了一一九的身影。"出来！我听到你们的声音了。"一一九就在离雕塑几米远的地方，停下了脚步。

他的一侧，是关着人类的房间，另一侧，是那个雕塑。那些房间里自然是充斥着声音的。一一九停在那儿，是因为他判断阿七和四十就躲在他身旁的这个房间而不是其他房间里。

这个房间的门上写着这样的字，"聪明A"。皱纹生前就被划定为这个房间里的一员。人类中心里的人类，分门别类地居住。特质相同的人，住在同一个房间里。人类被机器人划分为几十种重要特质：聪明、狡诈、圆滑、虚伪、善良、凶狠、愚蠢……如果某一种特质的人数量庞大，就再分成聪明A、聪明B、聪明C……那个先前被一一九推入腔体的孩子，生前住在被标注为"愚蠢"的房间里。那个房间标注的为何仅有"愚蠢"？"愚蠢"的后缀呢？对！没有后缀。人类中心，愚蠢的人太少。反观聪明和狡诈，它们是人类中心里最多的两类人。也就是说，聪明、狡诈这两种特质的人，在如今得以存活于世的人类中，拥有最大的基数。四十跻身的那个房间，门上标注的是"狡诈K"。

这个拥有五百四十个房间的巨型建筑，不但是人类难民收容站，而且是用来研究人类情绪的研究所。机器人需要研究人类各种各样的情绪，以便为他们的进化提供有效数据。若要说机器人有哪一个方面明确劣于他们所称呼的"原人"，那就是"原人"拥有心灵，机器人没有。机器人只有单一的机械感情，比如，像十三的系统里，只被注入了善良、爱、忧伤这三项情感指令，一一九的系统里，只被注入了冷静、同情这两项情感指令。两三项情感指令的注入，并不能给机器人带来真正的心灵世界。真正的心灵世界，是繁复无比的。当然，繁复也带来了弊端，这也正是人类走到今天这种绝境的根源所在。

机器人世界里那些不知身在何处的创建者，那些长老，不会重蹈人类的覆辙，他们会找到人类心灵世界里有利的部分，为他们所用。人类中心里面的几千人，是机器人世界的长老们从人类末世存活的几十万人中精心挑选出来的研究标本。这几千人，与普通的人类相比，拥有更极致的情绪。

当然，在选拔进入人类中心的人类标本时，人类中的精神疾病患者，是首先被排除在外的。繁复不等于混乱，精神混乱的病人是反逻辑的，反逻辑的事物对机器人来说没有价值。机器人的长老们需要找到构成人类心灵的各种密语与逻辑，从而重新构架一个优质的心灵世界，注入机器人世界每一个个体的系统中。

这幢巨型建筑，是机器人通往人类各种心灵世界的重镇，担负着研究机器人心灵的重任，可谓机器人世界里一个极其重要的科研基地。

此刻，标注为"聪明 A"的房间里的七八个人，都抱着头俯身蹲在里面——这是他们见到管理他们的机器人的习惯性动作。一一九用手掌感应门上的感应伐,门应声打开。一一九快步进入,踢着里面的人,使他们一个个抬起头来供他查看。挨个看完,发现没有阿七和十三,他快步走出了这间房,去往别的房间检查。由于焦躁,他忘了锁这间房的门。

一一九没有发现,就在他进入那个房间并在里面检查时,阿七和四十偷偷从这雕塑后跑开,躲到了与一一九行进方向相反的另一个雕塑之后。在一一九进入另一个房间后,阿七和四十又迅速从敞开的门跑进了那个房间。

整个过程,阿七和四十的行动,附近房间里的人类全都看得一清二楚,但没有一个人类提示一一九。人类中心的人,都将机器人视为敌对对象,所以,在这样的时刻,大家只会助阿七和四十一臂之力,哪会给非同类的一一九通风报信。

阿七和四十进入这房间后不久,一一九的身影出现在这间房外。这一次,一一九的身后跟着焦虑的十三。理所当然,两个机器人没有对这个一一九刚刚检查过的房间起疑,二人从房门外一掠而过。

"我们去下面那些房间看看。"听得出来,一一九已经领着十三检查完了这一平面的所有房间。"不过,我还是建议你,就算我找到了你的宠物,也不要带她回去。她已经不再是原来的她了,你带她回去,只会害了你。"一边走,一一九一边提醒十三。

"我必须带她走!我绝不能把她留在这个地方!"十三的声音由近变远,房间里的阿七和十三听得清清楚楚。

"我要出去找我爸爸!"阿七小声而急切地对四十说。

四十连忙捂住阿七的嘴。先前,四十不知道一一九听得到他们

266

的声音。现在，脑子足够好使的四十已经分析出一一九听力超出人类。为了顺利将阿七留下来，四十要阻止阿七出声。待到十三认定自己无法找到阿七离开人类中心后，他才能让阿七出声。四十确信，不需要多少时间，十三就会沮丧地离开人类中心。只要十三离开，一一九便不会再搜寻阿七，四十早就看清了这一点。

运算能力

人类中心的五百四十间房，要逐一检查完，得花多少时间啊。四十和"聪明 A"房间里的那七人，确信一时半会儿十三和一一九不会来到他们的房间。有些房间里的人类到目前为止还没判断出一一九有监听能力，但聪明如这个房间里的人，他们是早已确知这一点的。但他们现在还是选择放开嗓门谈论阿七和四十这两名不速之客。他们如此释放自我的原因在于：他们确知一一九具有监听功能的同时，也确知已远离这个房间的一一九的听力首先关注的是自己附近的声音，他根本听不清这儿的声音。

"两位客官，打哪儿来？"

四十和阿七同时转过身来，看到发问的是一个精瘦的中年男人。这人长得奇形怪状，这意味着，他是自然人。在人类中心寄居着的，主要是自然人，还有个别的宠物人。自然人身上都带有人类末世时核辐射的后遗症，所以每个人都长得奇形怪状。而宠物人，则维持着人类的正常长相。

四十又迅速将房间里的另外六人逐一打量了一下，发觉他们都是自然人。

"嗯？客官？"见四十沉默，中年男人再次发声。

这人的语气戏谑，遣词造句极为装腔作势，不知道他采用的是人类何种时代、哪个地方的措辞。四十下意识地将阿七拉到身后，警觉地瞪着此人。只消打量两眼，四十就认定，此人是这房间的头领。

在人类中心，任何一个房间，都会有一个头领。物竞天择，能成为头领的，必定是房间里最强悍的人。四十想起刚才进来时看到的门上的标注——聪明 A，他意识到，眼前这房间里的七个人，是此时人类中心智商排名前七的人类，而这个中年男人，是七个聪明人中最聪明的，也就是说，此人是人类中心最聪明的人类。

四十当然不想在这个不属于他的房间逗留，他在一一九离开之后就想离开这房间，带着阿七去往他的房间，在那个叫作"狡诈 K"的房间，他是头领，那里，他说了算。当然，四十成为"狡诈 K"房间头领的历程，是一个传奇的故事，用一天一夜的时间都讲不完。

此刻，面对这个人类中心里最聪明的人类，四十的脑子在飞速运转：我该怎么骗过此人，把我的宠物带离这个房间？

这个人，还有这房间里的另外六个人，一定不会轻易放过四十和阿七。至少，他们要好好戏弄一下四十和阿七，将他们的聪明淋漓尽致地展现一番后，再放人。而曾经一再发生过的情况是：等他们戏弄够，来者已死。为什么那些被遗弃的宠物人中的大多数，到达人类中心第一天就死了？是他们首先遭逢的那个房间里的人——也许就是现在这个房间，也许是别的房间——把他们玩儿死的。这也正是人类中心只余有四十几名宠物人的原因。只有天资极高的宠物人来到人类中心后才能存活。

四十看不出来阿七天资有任何过人之处，但他不会让阿七死在这儿。阿七的到来，使他刚刚找到一个活下去的理由，他怎么可能让作为他存活理由的阿七死在这儿？他要赶紧把阿七带离这个危险的房间。

"我先不告诉你从哪儿来。"四十不动声色地回答这中年男人。说完这句话，他抬头看了看屋顶角落里的摄像头。立即有人心领神会，这个人取下假发套，罩住摄像头。

"为什么不告诉我你从哪儿来？"头领沉默地看着四十，用目光质问四十。其他六人同样沉默地看着四十。聪明人才不随便说话，爱说话的不是演说家、政客、精神病患者、骗子，就是傻子。四十看着眼前七张沉默而沉静的脸，他能想象七个脑袋里正在进行怎样的思维风暴。这场集体风暴也许在酝酿一场指向阿七的谋杀，如果这些聪明人性格里还带有暴力底色的话。

四十效仿七位屋主的沉默，与他们对视。过了许久，四十慢慢地数起数儿来。每个数字之间，要隔好几秒钟。"十、九、八、七……"一边数，一边假装认真地看着墙上的一只手工制作的钟，一只外形粗糙的钟。不消说，这只钟，是这些聪明人亲手制作的。这不足五平方米的屋里，地上躺着的，墙上挂着、粘着的，有成百上千出自这几人之手的发明，它们堆满了房间，使房间拥挤不堪。这些发明的材料，就是每日食物中的那部分干垃圾。地球仪、台式相框、台灯、抱枕、托盘、自动笔、牙刷、指甲刀、象形玩偶……在人类社会最欣欣向荣的时期，一个供人居住的房间里该有的一切，这房间里都有。这一定是人类中心物品最齐全的一个房间。人类中心禁止从外面带入任何人类世界的物品，如果人类中心某个屋子里的人没有发明能力，那么这屋子里将一无所有。事实也正是如此，几乎所有人类中心的房间里，除了寄居的人类外，什么都没有。四十终于数到了"一"，然后，他高深莫测地说："好了，我们进来已经有三分钟了，我的目的已经达到了。"

哪有什么目的，这只是四十的战术。这些聪明人，如何看不出这一点。头领看看那六个人，六个人看看头领，都摇着头无声地笑了。他们倒要看看，四十想玩什么阴谋诡计。

"现在我可以告诉你，我们是打哪儿来了。"四十轻声对头领说。他加大了音量，加快了语速。"她，从外面来。"四十指了指阿七，又指了指这房间外不远处的玻璃墙，"你们已经看出来了，她是个宠物人，被她的机器人主人遗弃在这儿的宠物人，但你们不知道的是她为什么会被她的主人遗弃。"

"为什么?"头领装作饶有兴味的样子问四十。

"她从她和她主人的家里逃了出来。在外面，她待了整整一天。"四十接下来的一句话，加重了语气，"她是被核辐射过的人。"四十的脸上开始有得意的表情。"为什么我要过至少三分钟才跟你们说出这个事实呢?因为，这个被核辐射过的宠物人，自然也变成了辐射源。辐射源要有效地向这个房间里的人产生辐射，需要时间。三分钟，辐射应该已经开始了吧。当然，她在这儿待的时间越长，这房间里的一切，受到的辐射就越多。"

四十的动机昭然若揭。人类中心里的自然人，全都是曾经深受核辐射之害的人类。他们永远无法忘记自己曾经怎么被那核灾害辐射，又怎样在人类中心成为少数成功控制了核辐射危害在身体里继续发展的人类。他们最痛恨、最害怕的就是刚刚被辐射过的人，这种人身上携带新型的辐射物，人类中心也未必能救治得了他。一旦

270

被感染，很可能就是死路一条。四十利用的，就是人们对核辐射根深蒂固的恐惧。

这房间里的聪明人不需要用到他们脑力的百分之一，就能得出结论：眼前的这个少年在说谎。但聪明人的脑子都是精密的计算器，现在这七个人类中心最精密的"计算器"面对显然在扯谎的四十，开始进行一场集体高速运算。他们中甚至有人闭上了眼睛，专注地投入计算中。

他们首先要熟稔地运用概率学进行计算。尽管他们面前的这个小女孩是辐射源的说法，毫无疑问来自这个少年的杜撰，但凡事不都有个万一吗？有万分之一的可能，小女孩真的被辐射过。他们现在所面临的问题其实很简单，是漠视只有万分之一可能性的危险，放任他们想戏弄这小女孩的玩心；还是把安全摆在第一位，抱着"宁可信其有，不可信其无"的态度，放弃那份促狭心。聪明人做事太考虑利弊了，他们当然不例外。满足内心里那份戏弄弱者的欲望，其实也不能给自己带来实质的好处，况且，欲望这种东西，本来就可以用自我抑制的方式消化掉，他们要为了不会给自己带来好处的事情，去承担那万分之一的风险吗？当然不。

像是在内部被共同设置了定时器一样，几乎在同一时刻，"计算器"们得出了同样的结论。头领看看那六个人，六个人看看头领，七个人同时点了点头，达成了一致意见。

现在，头领将目光落到了四十脸上。

"恭喜你！你可以带她走了。"

四十暗自舒了一口气。刚才是一场惊心动魄的战斗，看起来，最终获胜的是他。是狡诈战胜了聪明吗？不，狡诈和聪明旗鼓相当，

271

若单打独斗，难分伯仲。刚刚过去的这场战斗，并非狡诈和聪明的单打独斗，懦弱和恐惧也参与其中，七个聪明人身体里对危险的恐惧，也参与到了这场战斗，这是一场混战。最终，懦弱、恐惧战胜了聪明。如此说来，刚刚过去的这场战斗，主要战场在这七个人的身体里。四十只是用他的狡诈，给了他们的身体一次战斗机会而已。

聪明人更容易变成懦夫。七个聪明人，同时也是七个懦夫。四十微笑起来，这个狡诈的少年，确信自己和他的准宠物阿七在这房间里不再有任何危险。他俯首看了看阿七，她在刚才四十与七人对垒时始终一副不明所以的憨态。

"他们叫我们走啊！"阿七的语气里甚至有一些遗憾。也许，刚刚四十与七人对垒的过程太奇怪了，极大地满足了她的好奇心。看得出来，她对这房间还有所留恋。四十从她的眼神里甚至看出，她已经不再急于想见到她的"爸爸"了。

四十向这些聪明人索要了两顶他们自制的手工帽子，和两条沉重的垃圾毯子。抛弃了戏弄欲望的七人变得友好，爽快地将帽子和毯子赠予四十和阿七。四十和阿七用帽子和毯子将自己裹得严严实实，离开了还没来得及关闭的"聪明A"房间。现在，人类中心里无所不在的摄像头已对他们失去威胁。也许已经得到一一九指令寻找四十和阿七的另外十名机器人管理员，现在即便眼睛一眨不眨地盯着摄像头，也无法判断谁是四十，谁是阿七。

人性图标

四十与阿七各戴着一只奇形怪状的帽子，各披着一条杂色的毯子，快步行进在外围的那条螺旋形走廊上。人类中心所有房间里的人，都有自己房间感应伐的密码，但这些密码不与其他房间里的人共有。人类中心的人绝不会离开这幢建筑，理由不必赘述，所以，管理人类中心的一一九等十一位机器人，赋予他们进出自己房间的权利。但对于活动范围，仍然有严格的规定：房间里的人可以到螺旋形走廊上走动，甚至可以跳入腔体，但绝不允许进入别人的房间。

人类一切争斗的本源，似乎可以归结为观念的相左。要杜绝擅长斗争的人类发生争斗，这是不可能的，只能尽可能地将争斗控制在最小范围之内。杜绝这些被分门别类圈禁的人类相互串门，算是机器人想到的唯一有可能控制人类争斗的方式。

现在，行进在螺旋形走廊里的四十和阿七，经过身边的房间时，免不了会与进出其间的人类照面。虽然人类中心的人穿着千奇百怪，但四十和阿七还是因他们眼下更为奇特的穿戴引起了所有人的注意。四十深知长时间暴露在螺旋形走廊里，会增加他们被摄像头后的机器人发现的可能性。四十需要赶紧进入一个房间，去里面待会儿。

待个十到二十分钟，再从那房间里出来，迅速地穿过螺旋形走廊，进入另一个房间，待十到二十分钟，穿过螺旋形走廊，再选择另一个房间进去……大概需要在三到四个房间里待一下，加起来会花约莫一个小时的时间，这之后，就算摄像头后的机器人发现了他与阿七，他们也不会被抓走，因为那时，阿七的主人十三已经离开了这里。

四十现在分析得出的结论是：十三最多有耐心在这儿找阿七一个小时。一个小时内找不到阿七，他会失望地离开，再也不会过来。

该先去哪个房间呢？四十边走边快速思考。当然不能去位于四

273

十所置身的楼层之下七层远的他自己的房间，那房间如今一定是机器人监控的重点。

他们要去的这个房间，必须是对阿七来说危险性最小的房间，对阿七杀意最弱的房间。那只能是房门上标着诸如"善良""快乐""豁达""宽容""忍耐"等词汇的房间。这类房间里的人类，他们的特质以美德作为基调，来自他们的威胁会很小很小。

标注为"优雅""谦卑""执着"这种词的房间，最好不要进去。这些词引发的不全是美德，危险性可大可小，难以预估。

最要杜绝进入的，当然是标注有"残忍""暴躁""无耻""淫邪"等词汇的房间，可是……四十和阿七现在刚好经过"淫邪 B"房门，并且被已经在他们身后跟了十几米远的一个壮汉拦在了房门口。

"看啊！今天来鲜货了。"

这壮汉大声冲里面的人嚷嚷。显然，他是这里面的居民了。里面的人蜂拥而出，围住了四十和阿七，当然，他们的眼里，只有阿七。这里居住的淫邪的人类，平时很难见到阿七这样洁净的孩子，激动令他们瞬时丑态百出。他们开始向阿七吐露污秽的心声，做出令人作呕的下流动作，他们所形成的包围圈越来越小。

四十愤怒地冲他们咆哮起来。他模仿狮子的动作和声音，想把他们吓走，想从他们的包围中找到一个突破口逃出去。令四十感到愤怒的是，阿七完全不知这几人在表达什么意思。她仍然扮演着一个称职的好奇者，她目光灼灼，看看这个人，又看看那个人，兴奋得说不出话来。

真是个傻子！四十在心里叱骂着阿七，产生了立即弃阿七而去的念头。但是，他迅速否定了这个想法，开始竭尽全力保护阿七。他将阿七拖到自己身后，面对着组成包围圈的几个淫人，身体敏捷地转来转去。包围圈更小了。有一个人的手，甚至伸到了阿七脸上摸了一下。四十急中生智，大喊一声："残暴者来了！"

残暴者指的是居住在门上标注有"残暴"二字房间的人类。人类中心有二十个残暴者，分居于三个房间。他们，是其他所有房间里的人都避之不及的人类。听到四十的呐喊，包围圈迅速解散，淫邪者们争抢着跑回自己的房间，等他们意识到上了四十的当，四十已经拉着阿七跑到了他们隔壁的隔壁的房间门外。他们没有追出去，因为他们知道，那个房间里的人不好惹。

那个房间的门上标着"暴躁D"。由于跑得太急，四十和阿七在这儿撞到了一个刚出门的人身上。

"你向我说对不起！必须向我说对不起！"那人拉住四十和阿七，怒吼道。

"对不起，我不是有意的。"

"说对不起就完了？你刚才把我撞疼了，这账怎么算？"

这名暴躁者，用人类历史上最拙劣的街头话术，对四十和阿七纠缠不休。暴躁往往也是无脑的代名词。一如先前，阿七对这人依然表现出了好奇。真是奇怪，人类的好奇总是愈满足愈丰沛。在人类中心待得越久，阿七越好奇，她大概全然将她的"爸爸"抛到脑后了。四十不能想象，如果没有他的保护，她此刻还能不能有如此丰沛的好奇心。不可能的，她一定早已被分尸了，分成一小块一小块的，然后被吃掉。人类中心的食物，最好的是人类粮仓里贮存的麦子和大豆，最差的是垃圾再生的食物，这里的人类肠胃里最缺乏

275

的是蛋白质，阿七不被他们马上吃掉才怪。

该怎么摆脱这个处于无脑状态下的暴躁之徒？如果与他争执，他会变得越来越无脑，很可能会不计后果地与四十干一架。四十飞快地四下察看，他看到前方相邻房间的门上标注着"自私G"，同时，一个人从他们身边经过，向那房间走去。有了！四十运足嘴上的气力，向过路人的后背吐了一口唾液，而后，四十高声喊道："他向你吐口水了！"

那人停下脚步，并把手伸到后背，摸到了唾液，之后，她生气地疾步走向四十身边的这名暴躁者，给了他一记耳光。"你有病吗？"这女人呵斥道。

四十悄没声儿地拉着阿七，屈身从这二人之间的空隙跑出。四十确信，这一男一女将会吵很久很久。一个自私的女人，通常不惹别人，一旦有人冒犯了她，她绝对要对方好看。而且自私者对吵架这门技术是精通的，时常让自己处于无脑状态的暴躁者绝不是她的对手。四十偷偷地笑着，从"自私G"的门外一掠而过。经过时的短短一秒钟里，四十偷眼看到，"自私G"五平方米的房间被里面的几名居住者划分成均等的几份。四十完全能够想象，这房间里，一定每天都会上演因同居者侵占区域而与其大加争执的事。如此说来，这女人一定是人类中心的几个吵架高手之一，真替暴躁者担心。不过，四十也替女人担心，万一暴躁者吵不过直接动手，她就完了。人类中心的管理者对圈禁在其中的人类之间的自相残杀，是睁一只眼闭一只眼的。每天，这里都会发生同类相残的事。

四十才不管那一男一女是否自相残杀，谁死谁生，都是自找的。四十现在忙于自己的行动计划。他拉着阿七在螺旋形走廊里狂奔着。

276

"太好玩了！这儿真的太好玩了！这儿的人都太有意思了！每天这儿都这么好玩吗？"阿七兴奋地向四十倾吐着心声，"我都不想回家去了。我都不想找一个朋友回去跟我一起住了。我想住在这儿，可以吗？"

　　"当然可以！"四十大声地向阿七承诺着。他也高兴起来，为这个他中意的私人宠物现在主动提出留在人类中心而高兴。至少，在接下来的时间里，他不用担心她会逃走。"你叫什么名字？"四十温柔地问。

　　"我叫阿七！"

　　四十猛地站住了。阿七？她是"蛹"里的七号房培育出来的，七号房的基因来自莎士比亚。四十吃惊，是因为他先前觉得阿七太蠢了，觉得她一定是玛丽莲·梦露亲戚的基因培育而成的。没想到，她身上居然带有他喜欢的莎士比亚的基因。四十对阿七的好感倍增。

　　"蛹"是机器人社会里专门用于生产宠物人的单位，为了确保宠物人的优质，用于培育宠物人的基因，都来自人类历史上的伟人或名人，比如爱因斯坦、牛顿、林肯、莎士比亚、孔子、贝多芬、肖邦、比尔·盖茨、巴菲特等，要找到这些人的基因，机器人费了太大的劲，真的是刨坟掘墓的事情都做出来了。即便这样，有一些伟人或名人的基因还是难以取得，只好退而求其次地用他们亲戚的后代的基因取代，玛丽莲·梦露的基因就没找到，"蛹"里代用的，就是她某个亲戚的后代的基因。

　　关于宠物人的基因来源，四十也是来到人类中心之后，综合各种亦真亦假的信息，推理出来的。他还推理出，先前生产他的四十号房，基因来自于希特勒。他对此颇感自得。原来，他历经艰险成

277

为少数在这儿存活下来的宠物人之一，得益于他基因里的阴毒，得益于他是天才的阴毒者。

"你会朗诵话剧对白吗?"四十快活地问阿七。

"会啊!"阿七高兴地说,"我喜欢莎士比亚的一部戏剧,里面一个女孩叫朱丽叶。她有一段台词,我读给你听?"

果然是莎士比亚基因的延续者,四十欣喜地把阿七拉紧了一些,他更加不想她被她的主人带回去,更加不想她死,更加不想她被这儿别的人类抢走了。但是,他不要听阿七朗诵,如此惊险的争分夺秒逃跑的时候,他哪有心思听她朗诵?

"你叫什么?"见四十没有接她先前的话茬,阿七便懂事地转移话题。

"你可以叫我……主人。"四十试探地说道。

他不知道阿七现在是否识字。从前,他做宠物人时,是不识字的。机器人最怕宠物人识字,就算再宠爱自己的宠物人,也不会让其识字。文字是最益智的事物,不管是否爱他的宠物人,机器人都选择不让他识字。他们希望宠物人保持一点傻气,这样会显得比较可爱。为了确保宠物人的傻气,他们会让宠物人看视频,主要是一些动画,偶尔会有一些从人类世界保留下来的比较戏剧化的影视剧。视频和文字不同,视频虽然可以愉悦宠物人的生活,丰富宠物人的见识,但不容易让宠物人变得有知识。文字则不同,文字最大的功能,就是把过去的知识成果运输到阅读者的脑中,这种运输简单、直接、高效。

四十是来到人类中心之后才识字的。当然,凭借特殊的基因,他很快让自己变得极有文化,甚至无所不知。

"主人"是什么意思，她的那个机器人主人，一定是最忌讳告知她的。所以，她一定不知道这个词的真正意思。

"好吧，主人哥哥！"阿七开心地说。

她不知道"主人"的意思。果然，她不识字。

现在，四十愉快地拉着阿七跑到先前楼层以下三层的一处所在了。四十记得，这一层有一个标注为"善良B"的房间。他要去那个房间。摆脱了几次险情，四十终于领着阿七进入了"善良B"房间。

这房间里有六个人。四十和阿七进来的时候，他们正围成一个圆圈，或蹲或盘腿坐着，他们的面前，是一个小时前传输器送来的餐饼。传输器与各个房间里面的门相连。对了！每个房间是有两个门的，一个对着外侧的螺旋形走廊，一个对着内侧的螺旋形走廊。

一个小时过去了，他们今天的用餐还没结束。是因为他们的谦让，耽误了用餐。

"给你吃吧，我不饿。"四十看到一个人将盘子里的一块饼推让给他身边的另一个人。

这个人微笑着，又推让给下一个人。"我也不饿，你吃吧。"

那个人又推让给其他人。

难以想象，这样的推让，在这六个人中循环了多少次。他们一个小时内就一直在重复这样的循环吧？他们每天吃饭都这么推来让去的吗？四十这样想着，忽然觉得，这也许是这房间里人们的一种智慧。人类中心的人们每天只能吃一顿饭，推让可以拉长用餐的时间，间接使大家觉得，他们一天吃了不止一餐，从而减少对当下食不果腹的生活的埋怨。一定是这样的，一定是这些善良人的智慧。

从善良到达智慧是最近的。

四十带着崇敬走向他们，随后立即意识到自己错了。他们面前的这块餐饼上面布满了霉斑。哪里是什么智慧，原来是大家都不想吃这块发霉的餐饼而已。人类中心给每个人的食物都是定量的，如果一个人这一次没吃够量，下一次就可以多吃。他们推让，是想把有限的用餐机会，留给没有发霉的食物。四十正在为自己心里先前涌现的崇敬感而羞愧时，六个人忽然同时欣喜地看向四十和阿七，几乎是异口同声地说："孩子们！快来吃饼！"

四十急忙拉住阿七反身就要走，有人眼疾手快，一把拉住了阿七，将她拽到了他们的人圈中，四十也只好步入人圈。

"我们不吃，我们比你们更饱。"四十马上发出这样的声明。"我们迷路了，找我们的房间找了很久，找累了。我们只是想在这儿休息几分钟。"四十又迅速说明来意，"你们用你们的餐，我们就静静地待在一边，不打扰你们。"四十说着，要拉阿七去屋角。

哪里容得了四十做主，已经有人将那块餐饼向阿七的嘴里塞去。另一个人默契地配合此人，用力抓住了阿七的双手，防止她挣扎。但从二人嘴里流淌出来的却是甜言蜜语："不用客气啊，想吃就吃吧！我们都是大人，你是孩子，孩子不用跟大人客气。"

四十惊恐地看着就要碰到阿七的嘴唇的餐饼，他不能让这变质的食物碰到阿七。刚刚脱离养尊处优生活的宠物人，是不能吃人类中心的食物的，这些垃圾再生品会使宠物人过敏。食物过敏，也是来到人类中心的那些宠物人死于非命的原因之一。需要经历很长时间，宠物人的身体才能适应人类中心的食物。四十可不想阿七死在这儿，可是，该怎么拒绝他们？六个人，六张嘴，他们两张嘴，何况阿七的这张嘴形同虚设，怎么能说得过他们？四十忽然感到悲愤。悲愤的原因有二：第一，是他想起那些设法让自己适应这些食物的艰难时光；第二，他知道自己除了替阿七吃掉这块饼，没有别的办法。

"我来吃!"四十抢过这块可以说是垃圾中的垃圾的餐饼，吞食起来。他把眼泪都吃出来了。这泪不是内心痛苦所致，是口腔受到强烈刺激后的正常反应。好在，四十终于把它吞进去了。"我吃完了！现在，我们俩可以在这儿待几分钟吗？"

"当然可以啊。你们想待在这儿，我们是没意见的。"一个人快速回答四十，"但是你肯定也知道，人类中心有人类中心的规定。人类中心不允许串门，要是让管理员发现你们到我们这儿来串门，对你们不好。"

"没关系，管理员发现了，我们就说是我们强行进来的，跟你们无关。到时候，要罚也是罚我们，不会罚你们。"四十的应答显得苍白无力。

在这几个善良体质的人面前，四十的狡诈体质居然只能处于招架状态。难以想象，善良竟是这个世界上的最强利器。

"我倒是很理解你。"刚才说话的那人，微笑着对四十说完这句话，转脸看着另外的五人，"我反正是听大家的，大家说要让他们在我们房间里待会儿，我也没意见；大家要是说不让，我也没意见。"

"我也没意见啊，我也听大家的。"被那人先盯住的人说完，同样转脸看看别人。

别的人说出来的话都大同小异："我没意见，关键看大家的意见。只要大家同意，我没什么好说的。"这房间里的人，刚刚让四十

281

见识了什么叫登峰造极的推让术，现在又集体合作着向四十解释了什么叫推诿。善良怎么可以被他们操纵成这样呢？它甚至比聪明、自私、淫荡、暴躁、残暴还深不可测呢，四十忽然对先前自己设计的计划产生了怀疑，他下面还要选择去"快乐""豁达""宽容""忍耐"等房间吗？

"主人哥哥，这儿没意思，我们走吧！"阿七拉了拉四十，小声央求道。

原来，善良是最无趣的。四十在心里嘲笑这六个人，同时心里产生疑惑。按说，善良并非这几个人所表现出的这副表面一套、心里一套的样子，眼下的几个人，表现出的明显是伪装过的善良，难道是走错房间了？四十拉着阿七来到房门外，看了看上面的标注。没错，是"善良 B"。正不解，四十别过头去，看到旁边那扇房门上写着"虚伪 A"。

原来如此！因为靠"虚伪 A"房间太近，这房间里原本善良的几人，天长日久也习得了虚伪的本事，如今，他们是善良与虚伪嫁接而成的人。都怪机器人办事太机械，没有专门设立"伪善"标记的房间。

伪善太复杂，不够显明，不利于机器人监测，所以没有被机器人赋予人类"特质"的定义。机器人的本意，是对人类身上相对显明的特质专门研究，然后，择取他们最需要的单一特质，一一为它们编码，再用排列组合的方式做成诸多套餐，编入每一个机器人的系统。

弄清了这房间里的善良变异的原因，四十恼怒地唾骂了一句什么，拉着阿七快步离开这儿。他调整思路，向他认为目前应该去的房间走去。

自　我

　　一一九抱着双臂，一动不动地站在阔大的房间里。这是他的工作间、起居室、接待室。他所面对的那面墙上，是网格状的监控视频画面。这些视频，来自人类中心的各个部位。

　　十分钟前，他不再陪同十三寻找阿七，一任后者在人类中心的螺旋形走廊、各个房间里奔窜，而他自己，则回到了他的固定位置。

　　现在，一一九盯住视频网格中有十三身影的那块屏幕。画面中，十三刚跑进一个房间。片刻之后，十三又跑出来了。显然，那个房间里没有阿七。十三大步跨过走廊，又进入了一个房间。同样，片刻之后，十三又从这房间跑出。

　　一一九叹了一口气，为十三漫无目的的寻找。此时，在这个被灌输了冷静和同情两项指令的机器人身体里，同情占了上风。他在想，要不要立即告知十三阿七此刻的位置——回到这房间不久后，一一九就通过监控，通过与他那十名机器人部下的线上交流，发现了阿七和四十。

　　一一九将目光调整到另外一格视频上，那正是追踪四十和阿七的视频。此刻，四十和阿七正在一个标示为"懒惰Ａ"的房间里，他们已经在那儿待了三分钟了。他们一定会在那儿待八分钟以上。这房间里住着人类中心最懒的五个人，他们懒得说话，懒得动，懒得驱逐入侵他们领地的两个孩子，所以两个孩子很容易在里面长时间停留。也就是说，至少有五分钟的时间，四十和阿七的位置是固定的。相对于行动中的人，固定位置的人更容易被十三找到。只要一一九现在向十三提示四十与阿七的位置，十三就能在五分钟内找到四十和阿七。十三此刻置身之处，与四十和阿七的置身之处，只相隔了一层的距离，奔跑的话，十三只需要一两分钟就能出现在"懒惰A"房间外。

要不要马上向十三发出提示呢？一一九身体里的同情在向他发出这样的问询信息。

当然不要。这是一一九迅速得出的结论。

这个结论是他身体里的冷静发出的。冷静让一一九确信，阿七对十三已经失去疗治功能，甚至，已经被污染得更严重的阿七，有可能会加快十三自杀病毒的发作。十三绝不应该将阿七带回去，阿七只能留在这儿。

冷静永远能及时扼制同情，这就是一一九成为人类中心主管的原因。现在，一一九看到两块视频里的两路人马——十三，以及四十和阿七，正在反方向行动，一个去了上一层，一个去了下一层。十三与阿七越来越远了。一一九替十三松了一口气。就在这时，一一九收到了一条指令：

"十三号空气再造师已到工作时间，搜索发现他正处于你所管辖的区域，请立即找到他，当面告知他去往工作岗位。"

接到指令的一一九，看着那格有着十三身影的屏幕，皱起了眉头。

很显然，十三也已经得到了提醒回到工作岗位的指令，可十三居然还在这儿疯狂寻找他的宠物人。这一情况，在机器人世界里简直是不可思议的。机器人的思维是由指令构成的，也就是说，服从

284

是任何一个机器人的本能亦是宿命。十三是如何做到改变自己特定的思维模式，违抗自体指令的呢？

一一九忽然对十三充满了好奇。这好奇心是建立在佩服之上的。毋庸置疑，在此之前，一一九对十三多少还是有些蔑视的。

难道十三所具备的这种能力，是宠物人带来的？与宠物人的朝夕相处，让十三的精神世界得到了滋养？这种滋养的原理是什么？一一九思考着。随着思考，他发现他变得痛苦起来。很显然，他身体里所拥有的信息量，无法让他完成这样的思考。这样的思考对一一九来说是超限的。只有比一一九拥有更多信息量的人，才有可能完成这样的思考。那是高过一一九层级的机器人。他们驾驭着一一九这一层级，以及之下层级的机器人。

他们是谁呢？在可以通过指令相互交流的机器人世界里，见面变成了一件非必需的事情。只要上一层级的机器人不想，下一层级的机器人就永远无法见到他们。他们对下一层级的机器人来说，就变成了一个空洞、缥缈的存在，就像很多人类坚信其必然存在的那种叫作神灵的生物或非生物一样。

一一九不敢再思考"他们是谁"的问题。这些远高于他智慧的存在，以一一九的思维能力是难以看透的。倒是十三当下的奇特之处，一一九还是想努力思考一下。尽管，这种思考如此痛苦。

难道，宠物人的生产与投放，以及眼前这个人类中心所进行的研究，这二者之间，是有必然联系的？这种联系最终指向的是实现对人类性灵的捕捉与驾驭，是这样的吗？那么，十三此刻违背机器人定向思维的行动，是否属于一个值得重视的动向或研究成果？

机器人的宿命之一，就是没有自我。一个似乎正在实现自我的机器人，难道不值得重视吗？

这一发现让——九感到自己似乎比从前的任何时刻都通透了一些。这是一种自我进化吗？如果他学会在思维到达瓶颈时努力突破思考限度，他就能进化，然后像十三那样实现自我？

——九有点激动。就在这个时候，一条指令再次发送了过来：

请立即找到在你管辖区域内的十三号空气再造师！否则，你将受到处罚。

——九迅速向他的十名管理员群发指令：立即把十三带到我这儿来！

这条指令发出后，——九通过视频发现，最接近十三所在位置的那名管理员迅速找到了十三，将其控制住，逐层向上走来。

——九所在的这个房间，位于这座巨型建筑的顶层。机器人用飞行器作为交通工具，所以，与人类社会所不同的是：机器人世界里，一幢建筑的出入口、大堂、管理中心，都安排在顶层。

颂　　歌

十三抗拒着那名管理员对他的控制。他成功了，从那名管理员手上挣脱了出来。他快步远离此人，奔跑在螺旋形走廊上。这时，原本分处于各层的其他九名管理员向十三聚集过来，他们离十三越来越近。

"抓住他！"

十三听到他身后先前控制他的那名管理员的喊叫声。他显然是在跟那个向十三迎面跑来的管理员说话。

286

不被他们抓住，显然是不可能的了。被他们抓住的结果也显而易见：他们会立即将他从人类中心驱逐出去。十三绝不允许这样的事情发生，他不能自己离开，他必须带着阿七一起离开。

然而，已经没有时间了。怎么办？十三忽然感到自己的脑子里升腾起一个可怕的念头：跳下去，跳到腔体里面去。只要你跳下去，整个人类中心的人都会关注你，阿七没有可能不关注你，而阿七，看到你跳下去，一定会主动出现在你眼前的。

这个念头如此清晰，令十三激动。这激动，甚至令他失去了思考能力，他完全没意识到这念头是反逻辑的：跳下去，他就死了。而他眼下的一切行动，都是为了找到阿七。

看来，十三身体里的自杀病毒发作了。

十三自己也意识到了这一点。他为此惊恐，并迅速恢复了逻辑能力，继而将那个非理性的念头压制住了。

"阿七！你在哪儿？快出来！"

十三在螺旋形走廊里疯狂地大喊着。与此同时，十三悲哀地看到，十名管理者已全部在他身边聚集。十三的身体迅速淹没在这十个机器人中。

现在，十三被这十个机器人簇拥着走进了顶层那个大房间。在十三被押往此处的那段时间的某一刻，监视着视频的一一九看到从某个房间跑出的阿七看到了经过螺旋形走廊的十三。她正要向十三喊叫，却被四十捂住了嘴，拖进先前那个房间旁的另一个房间去了。此后，她再也没有出来。一一九看到，这个房间门上标示的是"狠毒A"。十三被押进来的时候，两个孩子还没有从这间房里出来。一一九算了算，他们应该已经进去八九分钟了。

287

一一九不想看这个房间里的视频。不用想他就知道"狠毒 A"房间里发生了什么。极有可能，四十和阿七已经被这房间里的五人分尸了。此刻，或许他们正在享用一顿难得的美餐。那些被遗弃到人类中心的宠物人，死在"狠毒 A"房的，远远多于死在其他房间的。这个房间里的五个人，是整个人类中心最具杀手潜质的人。

"兄弟，对不起，你必须离开这儿了。"一一九对刚刚被押进来的十三说，"我本来应该让他们直接送你出门，不用来我房间里多走一趟，但是，我有一个问题想问你。"

"什么问题？"十三按捺住烦躁，快速问道。

"宠物人……真的很有意思吗？"

一一九又没有染上自杀病毒，所以，在此之前，他从来没有考虑过要收养一个宠物人。但是，刚才的那个发现令他觉得，宠物人对他这种梦想实现自我的人来说，也许是有用的。当然，一一九想收养的是"蛹"里那些纯洁的宠物人。他的收入比十三这个阶层的机器人可观，要去"蛹"里买一个宠物人，一点金钱上的压力都没有，他可以选里面最优质、最昂贵的宠物人。

十三没有想到一一九会问这样的问题。他虽然洞见了一一九想收养一个宠物人的心思，可是，在眼前的局面下，一一九的心思不是个笑话吗？他阻止同类去寻找钟爱的宠物人，自己却又抱着收养一个宠物人的打算，来咨询这个正在被他伤害的同类？

"你放我去找我的孩子，我就跟你讲我的那些收养感受。我会给你讲很多很多的感受，怎么样？放掉我吧，再给我一点时间。我找到我的孩子，马上就走。"十三说着说着，就央求起一一九来。

"你的孩子已经死了。"一一九小声说道。

288

这当然是一一九主观上的结论。他认为，两个孩子，即便其中一个孩子来自"狡诈K"，也绝无可能在"狠毒A"房间里活到现在。

"你说什么？死了？"

"……这其实是我的推测。"一一九同情地看着十三，"不过，我确信，我的推测已经成了事实。不信，我可以给你看监控。"

一一九将视频调到"狠毒A"房间。令一一九意外的是，四十和阿七并没有死，此刻，两个孩子安然无恙。不过，他们的处境看起来并不太妙；他们被房间里的居民拎起来，倒立在墙根处。

"我的孩子！"十三欣喜地扑向屏幕，"她没死！你瞎说！她还活着！"

十三瞪了一一九一眼，就向门外冲去。一一九向他的手下示意，十三立即被控制得动弹不得。他大吼着，挣扎着，试图冲出去；但是没有用，他被控制得牢牢的。

一一九无视狂怒的十三，他调整自己的收听功能，使其有针对性地搜索，很快，他在"狠毒A"房间定格。他开始专注地收听这房间里的声音。

"我要下来！我受不了了！"这是阿七的声音，她在哭喊，"我要见爸爸！我要回家！"

"放我们下来吧！"这是四十的声音。与阿七不同，四十的声音里虽然也有慌乱，但总体听来是冷静的。

一一九好奇这少年的内心世界，也好奇刚刚过去的这至少十几分钟的时间里，他是如何让自己存活下来的。狡诈真是不凡之物，一一九对这少年身体里的那一份堪称灵异的特质，产生了极大的敬畏。

"是你自己提出来的，让我们用十种方法折磨完你们，再吃掉你们。"——九听到这房间里的一个居民的声音，他听出，此人是这房间的头领。"我只是遵从你的意思而已。不过，你不必着急，现在已经到第十种方法了，马上就把你放下来。"头领的语气是愉悦、放肆的。

不出意外，一定是四十用了拖延战术，才让他和阿七得以活到现在。不过，这个拖延战术显然也使他和阿七遭罪了。

"可以再增加一种吗？十一种。"倒立中的四十大声问道，"我现在特别想拉屎。哎！你们不是想让我带着排泄物给你们一并吃下去吧？这么不讲卫生吗？"

听到四十的话，一一九都快笑出来了。这个孩子，总是能想到一些托词，继续拖延时间啊。听他说的话，多么有道理啊，那房间里的人一定会答应他这个要求的。

"行！放他下来！"头领吩咐拎着四十和阿七的四名狠毒者。

四十站定之后，迅速脱下裤子蹲在地上排泄。他如此自觉和快速，倒让这房间里的五人意外。他们还以为，四十一定会如先前那样先讲一些条件，再开始排泄。四十一边排泄，一边向阿七使眼色。阿七当然误会了四十的意思，阿七以为四十在催促她效仿他的动作。她怎么可能做到？面前行为不雅的四十，已经令她羞愤不已了，她怎么可能像他一样当着别人的面做那样的动作。

"我不想……我没有……"阿七辩解道。

"你有！你跟我一样，有很多很多的排泄物！"

四十向阿七怒吼。同时，他越过自己的一堆排泄物向后退，蹲到了很接近门的地方继续。"太臭啦！你们先往里让一让。"

挡在门边的那个狠毒者捂着鼻子让到了里面。就这样，五个狠毒者全部站到里面，观摩着蹲在门口的四十。阿七忽然明白四十要干什么了，她蓦地大喊一声："太臭啦！"

五名狠毒者以为阿七要躲避臭味，但四十明白，阿七一定是如他所指挥的那样准备好逃跑了。果然，阿七向四十身后的门口冲去。等阿七冲过来，四十迅速提上裤子站起来，拉着阿七跑向门外。

他们刚跑到螺旋形走廊上，那房间里的五人已经追了上来。怎么办？不能再被他们抓进去。四十迟疑了一下，忽然踅身跑向螺旋形走廊的边沿。

"主人哥哥，那儿危险！"阿七大声提醒四十，并下意识地追随他来到边沿。

四十毫不犹豫地扼住阿七的手，迫使她与他一起跳入了腔体。

隔着屏幕，一一九和十三都能感到四十的决绝，同样能感到阿七的不情愿。然而，两个孩子的身影已经从屏幕中消失。很显然，他们被腔体吞没了。

十三疯了似的挣脱了控制他的管理者们，号叫着跑出房间。外面，各层的螺旋形走廊里，都有人探身往腔体下方看。刚刚的这桩事故，在人类中心虽不算新奇，但只要有人跳进腔体，总会引起大家的关注。

身体里的自杀病毒，在这一刻轰轰烈烈地分裂着。十三似乎听到这些病毒的狞笑。十三深吸了一口气，奋力跳入腔体。

光

十三头朝下坠入腔体，很快他震惊地发觉，这腔体并没有尽头。

人类中心的人看不到腔体的底部，但按照惯性思维，大家都默认这腔体一定截止于人类中心下方某处，只不过大家看不到而已。

这个惯性思维是错误的，腔体的底部并不存在。某些光线好的天气里，人类中心里的人探头往腔体望去，依稀能看到腔体底部的地面，那是他们的错觉。

他们看到的"底部"，是一种专门迷惑人类中心居民的幻影。那看上去由色彩斑驳的坚硬土层所构成的"地面"，其实只是某种影像画面的投射。

总之，长年生活在人类中心、在此间厮斗的人类，如果没有坠落腔体，根本不会知道这"地面"是不存在的。

如果他们知道这个秘密，会争先恐后地往下跳吗？

现在，十三坠落的身体已突破那作为假象的"地面"，进入了"地面"之下，这时，十三发现自己进入了一个光柱。"地面"真的来自光柱的投射啊，十三边往下坠落边想。

这光柱很长，也许有数千米，十三坠落的时间变得漫长。

坠落中的十三将身体掉转过来，用舒服的直立姿势，继续在光柱里坠落。这多么像人类所记载过的濒死体验啊，"我在一个隧道里坠落，这隧道是管状的，金黄色的。万籁俱寂，我感到我的渺小和轻盈，心里充满了愉悦……"，坠落中的十三查阅自身系统里的信息，发现了一篇小说里这样一段描写。

像人类临死前所可能幻想的那样，我现在所看到、感受到的，只是一种幻觉吗？坠落中的十三很快产生了这样的想法。他惊恐了。就在这个时候，他发现他终于坠落到了光柱的端头。这端头，是更大、更辉煌的一团亮白。

"嘭"的一声，十三坠落到了这团亮白里。

与看似具象实则幻象的"地面"相反，这团亮白看着是一个庞大的"无"，却是真切可感的实体。它极其柔软，如同一个巨型的胎盘，以至于当十三终于停止弹跳，静静地停留在它之中时，居然毫发未伤。

眼前的这一切，现在的自己，到底是幻觉还是真实存在的？十三思忖着，从这柔软之地站立起来。这时，他看清了构成这团光影的物质，它类似于人类曾经食用过的果冻，柔软、光润、半透明，但构成这种物质的分子密度一定很大，所以它难以破损。十三惊奇地打量这个在上方被投射成"地面"的神奇之地。

是谁创造了它？是十三这个阶层的机器人永远无缘照面的高级机器人，还是人类？如果是人类，那么，机器人世界只是人类所创造的一个世界？只是整个人类世界的世界之一？这个世界终究还是人类控制着的？抑或，不是机器人，也不是人类，有一个比机器人、比人类更高级的生物或非生物，创造了这一切？创造者的用意是什么？十三脑中翻涌着这些思绪，又因根本找不到答案而自卑。就在这时，他听到这柔软之地的边沿处，传来了阿七的呼喊："爸爸！"

循声望去，十三看到了他的孩子。

这是幻觉吗？不！不是！我没有死！十三看着远处的阿七，在心里确定了这一点。怀着难以抑制的惊喜，十三艰难地向阿七攀越过去。就在离阿七还有十来米远的时候，十三看到了她身边的四十。

这不让十三意外。意外的是，阿七的身边，除了四十，还有皱纹和那个弱智男童。

"欢迎你们也来到这里。"等十三停下脚步后，皱纹大声地说，"我比你们先到这里半天。这半天里，我终于想明白了。"

"你想明白了什么？"四十抢着问皱纹。

"首先，坠入人类中心腔体的人——不管你是自然人、宠物人，还是机器人，"皱纹说到这儿看了看十三，"我们都有一个共同的特征，那就是，我们是被人类中心或它外面的那个世界淘汰下来的。来到这儿，我们就拥有一个共同的名字：弱者。"皱纹停顿了一下，她是在卖关子，"但是你们看，作为弱者，我们来到的这个地方，显然比绝望的人类中心要好。人类中心里只有绝望，在这儿，我们能看到希望。"

听皱纹说到这里，十三才想起打量周遭。十三看到，他们的身后，是一个光影微现的洞口。它看起来极深，显然通向某个未知的远方。这未知的洞穴，就是皱纹所指的"希望"了。

"为什么弱者反而得到机会奔向希望呢？"皱纹望着那洞口，聪明如她，也被自己的思维困住了，"这只能问设计这一切的人了，也许，并不是人……反正我现在觉得自己是幸运的，幸运地被设计者选中了。设计者显然是要让我们进入那个洞，现在，我要进去了，你们呢？"

皱纹没有听到任何人的回答，但十三已拿定主意，要按照他如今坚信一定存在的设计者的构想，开始这段目的地未知的苦行。

（原载《文学港》2020 年第 8 期）

图书在版编目（CIP）数据

乘歌声之翼／王棵著. －－北京：中国文史出版社，
2021.3

（中国专业作家作品典藏文库. 王棵卷）

ISBN 978 - 7 - 5205 - 2593 - 0

Ⅰ.①乘… Ⅱ.①王… Ⅲ.①中篇小说 - 小说集 - 中
国 - 当代 Ⅳ.①I247.5

中国版本图书馆 CIP 数据核字（2020）第 232328 号

责任编辑：牟国煜　薛未未

出版发行：中国文史出版社

社　　　址：北京市海淀区西八里庄路 69 号院　邮编：100142
电　　　话：010 - 81136606　81136602　81136603（发行部）
传　　　真：010 - 81136655
印　　　装：北京新华印刷有限公司
经　　　销：全国新华书店
开　　　本：720×1020　1/16
印　　　张：19　　　　字数：207 千字
版　　　次：2021 年 3 月第 1 版
印　　　次：2021 年 3 月第 1 次印刷
定　　　价：65.00 元